谁的等待，恰似花开

ShuiDeDengDai, QianSiHuaKai

王火火 著

Wang Huohuo WORKS

U1013672

光明日报出版社

目　录

CONTENTS

【第一章】新将流年付他朝

（一）有人说，婚姻会是生活的另一个开端

“我说，结婚后要找你出来还真不容易呀。”KTV 包厢里，林亦欣刚结束第一首歌，死党许晨便凑了上来。

“呵呵，这话听着怎么那么酸哪？我现在不是处境不同了嘛。”将话筒递给左侧的盛晓，亦欣正襟危坐开始应对许晨的“盘问”。

从自己忽然闪婚第一天起，林亦欣就知道此番审问在劫难逃。

“是是是，你现在已然是已婚妇女了。”

许晨特地将“已然”二字说得极重，这是当年系里一位老教授的说话风格，该教授无论才学还是离婚次数，都叫人叹为观止，许晨十分崇拜他，因此总学人家酸溜溜的说话方式。见亦欣只是讪笑，她不由气得甩头，一手拄在桌子上，托腮做沉思状：

“想当初，咱俩可是无话不说，你侬我侬，焦不离孟，孟不离焦。那时我以为这等大事，你总会第一个告之于我，奈何，唉！”

“停。”亦欣举手投降，摸了摸手臂道，“我鸡皮疙瘩都快起了，咱直接点行吗？您到底想说什么？”

“说什么？”许晨倏地回头，一副不可思议的表情，“当然是说说某人瞒着我们结婚的事。你别狡辩，咱先不说你怎么突然那么早就把自个儿给嫁了，也不说有没有带男朋友给我们过目，就说结婚这事，你连个请柬都不发，隔了三个月才开口。林亦欣，你行啊，我们在同一个城市耶，打个车都不超过三十块钱，你也忒不够朋友了吧！”

许晨的指责句句属实，亦欣只能不住点头，一边还伺候着给她端茶奉水。

许晨倒是毫不客气地接过水杯，放在嘴边也不喝，想了想，还是觉得不可思议，于是对亦欣一开始便告知的信息进行第二次确认，“话说你嫁的真是邵楚意？真是那个邵楚意？那可是邵氏公司董事长，A 城顶级的钻石王老五啊，你们……我实在没办法想象你们会有交集。”

“呵呵。”亦欣干笑，结婚到现在，连她自己都过得云里雾里，有时候从大床上醒来，她都会有好一阵睖睁，弄不清自己怎么会遇上邵楚意，怎么就嫁给了他。暗

自叹了口气，她才诺诺道，“现代社会嘛，追求效率、效率。”

旁边，盛晓正握着麦克风吼着《Super Star》，许晨不得不提高声调：

“效率？我们当中就你最没资格说这两个字了，我告诉你，再多借口也没用，你当我肯善罢甘休？”

“说得好！”因为是间奏部分，盛晓也凑热闹似的转过身来狂点头。

“行，我请你们吃饭还不成吗？还补送喜糖！”

“这还差不多。”

还没等许晨发表言论，盛晓已然一脸满意地回去吼歌了。都说知足者常乐，看看旁边依旧咬牙切齿的许晨，亦欣顿觉这话的有理之处。

“说实话，你什么时候也把你老公叫出来让我们见见。”陈玥刚从洗手间回来，见这情形肯定是在问亦欣“闪婚”的事，立刻加入聊天的行列。

虽然话题没变，亦欣却极感激陈玥的到来，忽略其他人要杀死人的视线，赶忙回答：“行，等有空了我也让你们见见他的绝代风姿。”

“切。”

经陈玥这么一调节，许晨倒真没继续逼问下去，一帮人搁了话筒，任由音乐自动播放着，就刚才的绝代风姿谈到了电视上某绯闻女星，转而又开始计划着去哪里旅游。

“相聚离开，都有时候，没有什么会永垂不朽……”

也不知是何时切到了王菲的这首《红豆》，空灵的声音，配以林夕细腻优美的歌词，听在耳里似千帆过尽，那悠远深长的意味，一丝丝沁上心头。

林亦欣的手指一下下摩挲腿边的沙发，眼前的情景让她想起了大学时代的她们，那时候，她们也常这样挤在包厢里，谈八卦，聊未来。工作、学习、生活，甚至老公、婆婆、孩子，一切一切不可预知的东西，在那时看来，这些仿佛都能按照美好的设想来进行。

她甚至想起了大学第一天那猛烈的阳光，想起阳光下那个可以让她心神安定的男子，还有……那个可以理直气壮与他牵手的女孩。

曾经的暗恋乃至痛苦都还在心头，让她恋恋不忘，但又知道自己不得不舍弃。

苦苦执著了七年，她到底还是要以嫁给一个不爱的人的方式结束一切。

她曾经觉得，没有那些思念与等待的生活是难以想象的，可正如曾经笑闹着要永远在一起的好友们一样，终有一天，她们也要分道扬镳，各自在属于自己的领域里寻找着出路与生活。

是谁，说要在二十五岁前将自己嫁出去?

是谁，说不到三十岁，没享受尽生活的快乐就绝不踏入婚姻的坟墓?

又是谁，说会等待那个他，直到爱情结束?

小学、中学、大学，曾经抢着做伴娘的好友们也一个个把自己嫁了。

谁都不知道是否能找到了那个相伴看细水长流的人，但生活、爱情、婚姻，总要继续。

她也是。

没有伴娘，没有请柬，没有宴席，甚至没有祝福。

可她确实是把自己给嫁了。

她又想起了那天，她与邵楚意的初相遇。

那天，已在几个月内相亲 N 次的她，坐在一家格调优雅的咖啡厅里等待第 N + 1 次相亲，男方迟迟没有出现，她已翻烂了身旁的《时尚新娘》杂志，最后只能捧着清水无聊地望着窗外发呆。

整整一个小时又二十分钟后，他出现了。

林亦欣抬头时表情颇为惊讶，很显然是无法将自己的相亲对象与眼前衣冠楚楚、丰神俊朗的男人联系起来，于是她缓缓将压在手肘下的杂志往外移了移，似嫌不够，又移了移。

那本杂志，一直是她所在的婚介所的约会代号。

然而杂志名还未探出头来，他却已准确叫出了她的名字：林亦欣。

声音低沉清肃，透着股不缓不急的从容。

她一愣，忙起身与他握手，寒暄间暗自压下自己的讶异。

他的条件很好，二十九岁，邵氏公司总经理，可谓年轻有为。

她暗想，当初头脑发热，忽然想要结婚，于是在广告效应的影响下，选了这家会费不菲的所谓高端婚介所，原本只是抱着不遇见什么“极品”人士的念头，不料竟遇到了这样的相亲对象。

听完介绍后，她一时竟不知要问些什么，正兀自沉默着，他的手机就响了起来。

“喂?”

“我这边有点事，应该赶不回去了。”

“替我跟他们说声，改时间吧。”

见他三两句就挂了电话，她忙道：“你要有事的话，我们可以下次再约。”

他却仍不慌不忙，等缓缓收了手机，这才看着她道：“没什么重要的事。对了，我们刚才说到哪儿了？”

“哦，你说你没什么相亲经验。”她正襟危坐，双手交叠放在腿上，像是个诚实回答老师问话的学生。

他看着如此一本正经的她，不由觉得有趣，悠悠喝了口咖啡，道：“我没什么经验，所以接下来，我们应该做什么？”

“这……”亦欣没料到他会将主动权交给自己，一时有些慌了神，犹豫良久才轻声道，“要不就再聊聊？”

他嘴角轻动，似是一笑，待静静看了她一会儿，才问：“饿了吗？”

“啊？”她与他显然不在一个频率上。

看她一脸疑惑，他笑道：“要不一块去吃顿午餐吧。刚才让你久等了，也算是我的补偿。”

“哦，好。”

邵楚意选了家中餐馆，明显档次不低，进餐馆时亦欣才不免庆幸自己出门前稍作了些打扮，连衣裙配高跟鞋虽简单，但也还算妥当，可惜点餐时却还是碰到了件尴尬的事。原来当天是三月十四日，所谓的白色情人节。他一看就是不懂也不会记这些的人，而她，很不幸也是如此。每年有个二月十四以及七夕已经够让人纠结的，谁曾想又冒出个白色情人节来。

而且这家餐馆竟然还有所谓的白色情人节套餐与情侣专座！

是干脆点了推荐的情侣套餐还是跟殷勤将他们领到情侣专区的服务员解释？在亦欣看来，这实在是个大问题。盯着菜单半天，她最后只能将求助的目光投向他。

然而还未等他开口，两人就已被一声呼唤打断。

“楚意？”

亦欣循声望去，就见一西装笔挺的中年男子从她身后走来。

“徐董事，这么巧？”

“你不是有事吗？原来是偷懒在这儿约会啊，要我说姗姗这丫头今天怎么一大早就出门了呢，她呀，前几天还……这位是？”

见邵楚意站起来与对方打招呼，亦欣也礼节性地起了身，可见对方一看清自己就变得一脸愠色。她正思忖着该不该打招呼，邵楚意已伸手一把将她揽到了身边：

“这是亦欣。亦欣，这是徐董事。”

她被他的举动吓了一跳，下意识要挣脱他的禁锢，却见他偷偷朝自己使了个眼色。莫非……

估计跟那个什么姗姗有关吧。

她不知怎么就停止了动作，下意识觉得要帮他，于是乖乖待在他怀里，向对面的所谓徐董事点了点头，只因为动作太过亲昵，她脸颊不由泛了层薄薄的红晕。

而这神态看在他人眼里，实在是十足的娇羞。

“以前倒没见过这位小姐嘛。”对方狐疑道。

“她呀，向来怕麻烦，再说我也不想被人打搅了难得的二人世界。”

“那你跟姗姗？”

“我一直把她当妹妹。”

亦欣的目光不断在两人之间扫视，一面是甜得能渗出蜜来，一面却是犀利得能把她杀死，此情此景让她不禁暗自后悔，刚才怎么脑袋发晕就想着配合他了呢。

“你们这事怕是连老董事长都还不知道吧？”

“我正想找个时间带她去见爸爸。”

“哦？”

“没想到在这儿碰到徐董事您了，我也不怕丢脸，其实今天……”邵楚意突然侧身面对她，眼神专注，深情道，“亦欣，你愿意嫁给我吗？”

这什么跟什么啊？

见他一手拉着她，右膝已缓缓下降，亦欣当时的第一反应就是——

逃。

倒退，转身，一连串动作刚完成一半，她就被他拽了回去。

她忘了自己的左手还在他手中，而他的力气明显比她大许多。

一个踉跄跌回到他身边，她一个“你”字刚喊出来，他就已将食指放在了她的唇上。眼神坚定，语调温柔仿似春风拂面：“我知道你觉得很仓促，但请相信我的诚意。”

话音刚落，一枚质朴却精致的钻戒已不知不觉套入了她的无名指。

他是练过的吧？

这是当时林亦欣脑中闪现的唯一想法，而之后，她就被他一个蜻蜓点水的吻吓得再不敢动弹。

明明是很乌龙的一件事，可是戒指、白色情人节，这样突如其来的求婚，竟显得格外水到渠成，筹谋良久。

对面的徐董事也是良久才从震惊中恢复过来，神情颇为复杂："这……看来是要恭喜两位了。"

"谢谢。"

目送着对方的背影消失在门口，邵楚意才放开紧固在她腰上的手。

"邵先生，你什么意思，这……"她逃离似的与他拉开距离，一张脸已经红得不成样子，也不知是气的还是吓的，伸手要将戒指从手中脱下，却被邵楚意上前一把按住。

他按着她的手，脸上微有歉意："刚才不好意思，不过我希望你能先听我解释。"

她想甩开他的手，奈何力气不够，感受到四面八方若有若无扫视来的目光，看来因为刚才那么一出好戏，他们此刻已是整个餐厅的焦点了。

待她稍微冷静了些，他才放开手，替她拉开椅子："先坐下再说吧。"

"你说吧。"她坐定，强行压下心中的怒火。

"刚才真的抱歉，我也是迫不得已才请你帮忙的。不过现在看来，恐怕你得帮到底了。"

"什么意思？"

"我刚才都跟你求婚了。"

"邵先生，玩笑不是这么开的。"她愈发怒了，心里开始想着要怎么把那戒指摔到他脸上去。

"我不是在开玩笑。林小姐，我想问你个问题，爱情和安定，两者你会选哪个？"

她一愣，道："为什么问这个问题？"

"我想你知道原因。"

她咬唇："如果你说的是我放在征婚条件上的要求，我的确提过我要安定的生活。"

"你知道我说的不止是这个。"

她再次愣住，有些沉思地看着他，许久都未说话。

"刚才，我的确迫不得已，加上……一时冲动，似乎把我们俩给推到了风口浪尖。"他停了停，两手交握，继续道，"我需要一个妻子。"

"我们才第一次见面。"

“我相信次数不是最重要的，我有感觉，你可能还挺适合的。”

她瞪大眼睛看他，良久，仍觉得不可思议。

“不好意思，我没这个感觉。”亦欣脱下戒指，思忖半晌还是不敢往他脸上摔，只将它放在桌上，起身就走。

“林小姐，你还没回答我刚才的问题。”他仍坐在位置上，声音听来十分淡定，“爱情与安定，你会选择哪个？”

为什么他要纠结于这个问题？从一开始停下来思考，亦欣就有些明白了，只是她不敢往下深想。第一次见面，他本不该了解那么多的。

是的，爱情与安定，她只能选择一者，而要埋葬一段爱情，后者就是她唯一需要的，也是可以用来躲避的港湾，她也希望这是两人在交往中能够达成的共识。她相信邵楚意可以是那个人，但眼前进度却并不在她掌握之中。而他，就这样坐在她面前，仿佛看穿她一般，轻而易举地冲击着她的所有心理准备。

其实当时只要亦欣继续往前走，那么他们之间便再也没有纠缠了。可那一天，她却又鬼使神差地坐了下来。

于是之后，她听他说：“其实，我了解过你的一些事情，不过不要误会，只是一些最基本的信息。”

她又听他说：“这个城市虽然大，可要碰到满足彼此要求的相亲对象，却很难。”

最后，他说：“在这件事上，我抱的并不只是试一试的心态，如果可以，我希望我们能走到最后。”

她不知道是哪句话打在了心头，让她说出了那句“我想考虑一下”。

一句话，看似模棱两可的六个字，其实一切都已定下。

林亦欣又想起和他去领结婚证的那一天，她觉得当天的自己绝对是毅然决然的，可在签字的那一刻，她甚至感觉到自己的手在抖。心里有个声音在不断制止着她，可最终她只感到荒凉，好像年少时看张爱玲的小说，觉不出感情的好，只觉得那华丽文字背后的荒凉与沧桑。

她尚自沉浸在沉思里，快人快语的徐晨已经打断了她：“亦欣，你了解他吗？”

了解吗？

结婚前，她听了他的简介，概括出一句话：二十九岁，年轻有为，邵氏公司总经理。结婚后她有他给的卡，他们别墅的钥匙以及他父母的住址。他的家庭成员，从为数不多的见面中，她只观察到八个字：父严母慈，和谐美满。她也未曾要求过什么婚前协议，哪怕是结婚当天才知道他原来是邵氏公司的少东。

这就是林亦欣的二十五岁，N次的相亲与一次机缘巧合结成的缘分。

那时的她，将爱情看得太复杂，而将婚姻看得太简单，她更忘了QQ空间里几年前转载的二十条人生忠告，其中一条便是：千万不要随便结婚。

学校办公室里，正在批改学生作文的亦欣接到了邵楚意的电话。

“喂。”

“今晚有个宴会，方便过来吗？”

“什么时候？”

“八点，是公司的内部宴会，不会很久。”

“好。”

挂断电话，亦欣收拾着准备回家。关上办公室的最后一扇窗户，她才突然看到对面小山坡上那大片大片的向日葵，才几个月时间，它们竟已从小小的种子长到比人还高了。

而一转眼，她与邵楚意的婚姻，竟也过了近三个月。

她还记得自己搬离教师宿舍的那一天，邵楚意到楼下接她。那时山坡上的向日葵还刚播下种，那块此刻不知被淹没在何处的“敬请期待”的牌子还威风凛凛地矗立其中。

以前，她总有些抱怨那幢既古旧又狭小的公寓，可那天，她莫名觉得有些不舍，没来由的压抑让她呆呆站了好久，直到听见有他唤她名字，这才匆忙钻进车里。

学校离他们的新家有些远，一路上一直是他在寻找话题，后来到了门口，一开门，她还是不免紧张。陌生的环境，陌生的气息，她局促地站在门口迈不开脚步，直到他绅士地将拖鞋放在她脚下，她才有些不好意思地进了门。

之后的日子，他偶尔陪她购物，带她参加聚会。她不习惯，他也不强求，除一些必要场合外几乎用不着她，甚至连新婚的第一天晚上，他也只是看着洗完澡咬唇出来的她，笑着说“等你愿意”。

她林亦欣何德何能，能得到这样一个人？

或许，她总还是有用的。她隐约知道，邵楚意要接管邵氏的条件之一就是能够安定下来，有个家庭。邵家是书香世家，虽然到邵逸卿一辈从了商，可骨子里的观念变不了，总觉得成家立业，非得先成家后立业。何况邵楚意身在那样一个男女关系混乱的圈子里，家里也担心哪天发生些什么荒唐事，冒出个不清不白的准儿媳。邵楚意若能定下来，一来能让人觉得他更加稳重可靠，二来邵父自己也能少操些心，少上几张娱乐八卦报了。

亦欣深知在自己的角色，在当晚的宴会上更是着意自矜，不让自己出一点错。在人群中穿梭了两个多小时，脸上依旧挂着笑容，小腿却是已经僵硬，她低头看看那双六厘米高的高跟鞋，不禁感叹做高雅女人的不易。

邵氏每年都会有两次这样的内部宴会，一次迎新晚宴，一次则是年终晚宴。今晚是迎新，听邵楚意说一方面是要让新人熟悉公司其他部门的员工，另一方面，也让他自己认识下这些新员工。相对其他的宴会，亦欣的活委实轻松许多，什么也不必说，只需优雅端庄地站在邵楚意身边，微笑地看他与员工交谈，微笑地看他们喝酒，然后若有似无地抿上一口，那便是最合格的董事长夫人了。不过今晚的气氛似乎十分高涨，即使腿上撑得住，她脸上肌肉也得抽筋了。

身边的人似乎也看出了她的不适，于是趁着聊天的空当低头问她："还好吗？"

"没事。"她忙抬头报以微笑。

"就快结束了。"

果然，这边他话音刚落，场内音乐声便停了下来，伴随着掌声，主持人一路小跑上台。

"亲爱的各位领导，各位同事，我们今晚的宴会很快就要结束了，现在，让我们有请董事长上台。"

邵楚意放下手中的酒杯，径直走上了主席台。亦欣估计他是要讲话，心里思忖着时间肯定不短，便乘机去了趟洗手间，顺带还做了份电话家访。回来的时候却发现现场气氛异常热烈，不想平日里看着沉默稳重的他讲话还那么能带动激情，这倒让她也来了兴致，站在台下想听听他到底说了些什么。

"好，让我们掌声有请董事长夫人。"

她一愣，这什么状况？见全场目光瞬时都集中在了自己身上，而邵楚意也正在台上对着自己点头，亦欣霎时就傻了，但转念想想还是别丢脸站着了，于是也就硬着头皮上了台。

"这怎么回事？"一站定她就迫不及待地询问。

"难道你刚才都没在听？"

"呵呵，我去了趟洗手间，没听到。"

见主持人将一个按键器递给了自己，亦欣忙用眼神示意邵楚意给自己个答案。

“待会儿按这个红色键就好了，别紧张，只是让你抽奖而已。”

“好，最激动人心的时刻到了，让我们欢迎董事长夫人为我们抽取今晚的一等奖。”

此时场内已是掌声雷动，亦欣也算是搞清楚了状况。想她这一生也抽过不少次奖，可遗憾的是无论抽号码还是刮奖券，总没好运气。没想到终有一天让她成了决定者，但不容改变的事实是：奖品依旧没她的份。

不劳而获的事情总是最吸引人的，她也不再干站着，背对着大屏幕，在众人屏息间按下了确认键。

身后滚动的数字瞬时停了下来，许是被这氛围感染了，她也是迫不及待地转身去查看，见了屏幕上的数字，不禁对着邵楚意开心笑道：“十四，这还是我的生日号码呢。”

他笑着回应她。

“让我们恭喜十四号！”

看着获奖者连蹦带跳地跑上来，亦欣更是有了种大学社团搞活动时的感觉，方才站在台上的紧张与局促也消失得无影无踪。

“谢谢谢谢。”获奖的男生看上去比她还小，应该还是刚毕业的大学生，腼腆地跟她握了握手，便应主持人的要求转身对着台下致感谢辞，虽是很老套的“感谢CCTV，感谢 MTV”之类的，但还是引得台下众人狂笑不止。

宴会终于在一片祥和中圆满结束了，她坐在邵楚意的车里，轻松地舒了口气。

“有那么累吗？”

“我不是没经验嘛，正在慢慢适应。”见他今晚心情不错，她也没了平时面对他时的拘束，偷偷让脚底离开高跟鞋，继续道，“说起来你公司的氛围真好，特别是最后的颁奖环节，很难想象一帮已经出社会的人可以 HIGH 成那样。”

“是吗？可能也是因为看到他们老板终于有了归宿，以为以后的日子会更好过一些。”

这话……亦欣无语，只能干笑几声以示回应。与邵楚意相处的时间虽说不多，可好歹也算有一阵了，但直到现在她还是不能确定自己是否摸清了他的脾性，毕竟稳重沉默只能算是表象。不过近来她也想通了，不管怎样，他无论说话做事，都不会按她的牌理出牌。时间久了，她也熟悉了应变之法——以不变应万变。

“饿了没？”不知不觉间他已转了话题。

“被你这么一说，好像还真有点。”

“那带你去个地方吧。”

车子左拐右拐，半个小时后方停在了一个窄窄的巷子口。

邵楚意带她下车，沿着巷子向右转了个弯，才见到一家挑着灯笼的小店。店顶头不见任何招牌，倒是右侧，有由一张张美食照片拼成了“秦馆”二字招牌。

她笑：“这一定是个既好美食又爱摄影的老板。”

邵楚意刚踏进店门，见她这么说，转身揽过她，说：“倒真被你猜中了。这家店是秦郯的母亲留下的，现在由他打理，要说他这一生的喜好，也就摄影和美食了。”

“秦郯？”亦欣不由诧异。秦郯这个人她是认识的，在她和邵楚意的婚礼上，他是其中一个嘉宾，他年龄比她大些，却长着张娃娃脸，一见她面便“嫂子嫂子”地叫，性子看来十分爽直。同时他也是为数不多的人中能够调侃到邵楚意的，因而深为亦欣佩服。

“说起来倒很久没见过他了。”她笑道。

“说是到非洲拍野豹去了。”

两人进了门，亦欣才发现这店的一楼十分窄小，空荡荡只摆了几张小桌，沿着木质楼梯上到二楼，才霎时豁然开朗起来。两人双脚一离开最后一级楼梯，就有服务员上前将他们领到了包厢中。

亦欣虽然饿，但大晚上的也吃不了多少，将菜单略略扫了一遍，见都是些小点心，便简单要了碗汤圆，邵楚意又添了几样，才将菜单递还。

两人一时相顾无言，亦欣默默喝了口茶，目光慢慢扫视着包厢。与店里其他陈设一样，房间摆设清一色也都是厚实的木摆件，简约且精致。对面有屏风将他们与门隔挡开来，掩了屋内屋外的情景，上面刻了些简单质朴的花纹，并题着几句词句，她无聊地一句句默念下来，正看到那“既然难酬永叙，又何必，来去匆匆”，服务员就将夜宵端了上来。

汤圆做得很好，甜而不腻，只轻轻咬下一口，满嘴就充盈了浓郁的桂花香。

“味道怎么样？”

“嗯，很好吃。”

她连连点头，许是一时吃得有些急，被烫了嘴巴，又赶忙伸手在嘴边扇风。

“慢慢来，可没人跟你抢。”邵楚意笑着递给她一张纸巾，看到她被热气微微蒸红的脸颊，突然想起三个月前秦郯说的那句话。

彼时他正潇洒地甩下婚礼请柬，一派淡定地解释着他这横空出世的妻子。

待弄清原委，秦邺才咬牙憋出那句：“你迟早会后悔的。”

而面对好友的质疑，他也回答地很干脆：“别忘了那曾经是你的主意。”

是的，说起那场相遇还多亏了秦邺。那段时间邵父一直逼着他见各种所谓大家闺秀，他见得烦了，想着与其被迫接受一段商业联姻，以后束手束脚，处处被管制，倒不如自己选择，以后可以自己掌握关系发展的主动权。

那天刚跟秦邺从网球场回来，他将这想法随口一提，没想到就被秦邺“顺道”带到了他朋友开的一家高端婚介所来了。

他哭笑不得，道：“如果你的主意是这个的话，我似乎觉得还是老头子那种来得靠谱。”

“错。你说的，你没兴趣谈恋爱，可是你有要求不是吗？而这里，高矮胖瘦，贤良淑德，职场精英，居家能手，都已经有人帮你贴上了标签，你只需要做最简单的筛选，然后花一点时间去和她们见面，只要女方满意，一拍即合。”站在婚介所标牌下面，秦邺简直可以说是个完美的宣传人。

“怎么样，要不要试试？”

“你觉得我有那么多无聊的时间？”

“这没兴趣那不愿意，你也别想了，随便选一个，反正本质都一样。”

正待离开，他突然道：“我选那个。”

“什么？”

他当时所指的，便是亦欣。

那是他第一次见到她，她坐在大厅一角，低眉顺眼地填写着资料，清秀的脸上满是专注，当被问及对男方有何要求时，她说：“我希望对方是以结婚为目的的，生活……越安定越好。”

这个想法，倒是和他完全一样。他不禁有了点兴致，又看了她一眼。

说实话，她算不上什么第一眼美人，下巴尖尖，轮廓清秀，但一双眼睛清透得像泉眼，透着种别致的清淡味道。

不知怎么的，那一瞬间，他觉得她会适合自己。

但也不得不承认，选择林亦欣，是邵楚意的一次冒险。

那毕竟只是一瞬间的感受，相亲当天，他甚至还把这茬给忘了，他没想到，足足晚到了一个多小时，她竟然还在。

这加固了他的想法，当时就下了决定。

邵楚意从不做没有把握的事。这段关系如何开始，如何发展，如何延续或者结束，他都成竹于胸。唯一令他困惑的是，这段日子以来，他已将他的一切清晰地摆在了她面前，而她，却迟迟未作出任何反应。

人讲究的，从来都是一个“利”字。她是真的什么都不要，还是仍在待价而沽？

不过无论如何，他总归不会吃亏。他伸手夹了春卷放入她碟中，柔声道：“尝尝看，这个味道也很不错。”

这就是邵楚意的二十九岁，婚姻是他一次审时度势的选择。那时的他，只知道自己的母亲在爱情上受了苦，所以只愿要一场无需感情投入的关系。但他不知道的是，人这一生，最不可避免的便是受爱情的苦。他更不知道，彼时在他脑中一闪而过的问题，将在未来的许多日子里成为他情感道路上最大的障碍。

（二）饮食男女，生活无处不惊喜

又是一个公布月考成绩的日子，林亦欣站在讲台上，一手成绩单，一手扣分单，趁着放学前几分钟与班级学生沟通感情。

“这次月考，我们班有部分同学进步很大，值得表扬。但是，总体而言，很多同学的成绩却下降了。

“我希望大家拿到试卷后能够先自己找找原因。此外，近两天部分老师跟我反映我们班同学上课偷看杂志、小说，自修课在教室里打牌以及早恋，我希望能够得到一个解释。虽然我鼓励大家看小说，但对大家目前看小说的时间、地点绝对是十分不鼓励的。至于早恋……你们才高一，有些方面还是需要很慎重的。”

亦欣已经将话说得十分委婉了，老实说，当她在办公室拿到这份成绩单以及一叠班级扣分单时，她的心情并没有现在这般平静。将接下去要说的话又在脑中过了一遍，她才又轻咳，刚要开口，就听见门口一声清朗的呼唤。

“姐。”

全班学生几乎是和她一起回的头。

一身休闲服，脖子上散散挂着条围巾，半长的头发遮住耳朵，隐约从中现出条白色的耳机线，门外，林天乐就这样扬着手灿烂地出现在了这样一个严肃的氛围中。

亦欣几乎听见台下女生小声花痴议论的声音。

在全班人的视线下，林天乐倒还是自然得很，继续一手插兜闲闲站在门口，右手在额前虚敬了个礼，咧嘴笑道："不好意思，能不能暂借一下你们的林老师?"

"哇哦!"一帮男生开始起哄。

"行了，这是我弟，你们给我好好坐着，先反省反省我刚才说的问题。"亦欣气得发威，上前拉上天乐往外走，等到了走廊一头，这才开口，"你把耳机给我摘下来。"

"姐。"天乐讨好地继续叫她。

"你不用上课吗，这时候跑来找我?"

"姐，我们学校这周要组织外出写生，我想……"

"我可记得你刚答应过妈要好好念书，暂时不碰画了的。"

"我知道，可这次机会难得。而且你也知道，就我这底子，再读三年也不会有大进步的。其实前几次我都是偷偷去的，可这回时间有点长，要待一个多星期，所以……"

"又想让我帮你圆谎?"

天乐尴尬地笑笑，一脸谄媚相："姐，我已经跟妈说过了，这段时间我姐夫出差，所以我周末去你那补习功课，顺便陪陪你。"

"还先斩后奏了，你就编吧。"看着对面弟弟一脸哀求的模样，亦欣不由心软，问，"要什么时候去?"

"上午十点。"

"今天上午?"

"嘿嘿。"天乐默认。

"别跟我嬉皮笑脸，林天乐，你是料定了我会答应，是吧?"

"姐，我这不还特地亲自跑来跟你说了吗?"

她无奈，也料定了天乐知道自己会护着他，拒绝的话干脆作罢："不是我不支持你，可你都高三了，真要花点心思在学习上了。"

"我这次回来后保证用心。"

亦欣还想再嘱咐他几句，但闻下课铃声响起，她下面还要开会，只能长话短说："只此一次，到了给我发短信。"

"谢谢姐，我保证每天跟你报平安，你放一百个心，就算到时候事情败露，我也不让爸妈怪到你头上。”

天乐又是鞠躬又是发誓，倒让她哭笑不得：“行了，别给我闯祸就好。”

待目送走他，亦欣转身就看到班上女生正一个个从窗口探出头来，见她回了头，又刷一下整齐地缩了回去。她这弟弟，也是祸害，承了爸妈所有的优点，还长了个一米八的个子，加之又是学美术的，带着些许所谓艺术气质，更是吸引目光。从小到大，总有很多女生给他写情书，诚恳的，抒情的甚至带点威胁的，她篇篇都看过，偶尔还当当参谋帮忙分析。两人年纪相差八岁，天乐小时候顽皮，可就是听她的话，老爱跟在她屁股后面，等她住校了，每回有好吃的他也总要留到她回家再吃。

亦欣记得自己那时还很爱画画，于是天乐也就跟着一笔一画地学，母亲去开家长会时听学校老师表扬他有天赋，就专门送他去上了美术培训班。如今真要说起来，他这爱好还是她给培养的。

她在心里低叹口气，算了，反正从小到大，自己给他打的掩护也不少了，不差这一次。

放学后是学校的每周例会，亦欣到会议室时，毛嘉已给自己占好了位置。她毕业那年，H 中刚好搬新校区，一口气招了四名语文老师，毛嘉便是其中之一，两人同一时间进的校，加之办公桌又是面对面，因而关系十分不错。

这时节总是学校事务最多的时候，运动会、期中考、会考、教学质量检查，这次又来个外校交流，亦欣听到自己的名字也在名单之中，不由暗自感叹这下可真有得忙了。

“各位参加交流的老师注意一下，由于本周事务较多，我们就不再单独召开会议了。咱们这次去的学校近年来高考成绩都非常出色，大家一定要抓住机会，跟那里的老师好好交流，多取点经。交流时间为一周，共两所学校，本周日中午十二点统一从学校出发，各位老师相互提醒一下不要迟到。”

亦欣正低头往笔记本上记着时间，却见毛嘉偷偷凑过来，在她耳边道：“我研究了一下这次交流的名单，看来领导很看好你噢。”

“看好我？你想太多了吧？”

她带的班级总体成绩最多只能算是中等，这次月考还因为数学被拉下了好多。而在语文教学上，她也一直只是中规中矩，并没有太优秀的表现，怎么可能得到这样的机会？

“没发现我们这帮在新校区建成后进来的老师里只有你和那 CT 在交流名单

里吗?”

毛嘉口中的CT是数学组的一位男老师，姓张，有次毛嘉从他身后经过，正看到他弯腰系鞋带，结果不慎露出了内裤以及上面清晰可见的“CT”二字。从此他得了这称呼，不过她也只私下对着亦欣时才敢这样叫他。那张老师是学校从另一所省重点中学挖过来的，经验充足，亦欣自然无法与他相提并论。

“也许只是随机的。”亦欣不以为然，“不过说到张老师，我看你今天会上一直盯着他看，不会是看上人家了吧?”

“我？是人家看上你了。”

“什么?”

“你没发现他一直时不时往咱们这边瞄吗?”

“我以为他是在回应你那殷切的眼神。”

“去。”见台上领导还在滔滔不绝，毛嘉压低声音继续道，“他前几天莫名其妙地跟我聊QQ，讲着讲着就问起你的事情了，这两天还经常对我旁敲侧击，我看他绝对是看上你了。”

亦欣看了眼刻意转移掉目光的张老师，问：“你难道没向他透露我已经名花有主了?”

“你只跟我说自己名花有主，可这主死活没让人见着，没根据的八卦我可不随便乱八的。”

“你那是想看好戏吧?”

毛嘉窃笑不答，散会后才又奸笑着强调：“这次他可也在交流的队伍中哦。”

亦欣正要追出去，就被语文组组长叫住。

“林老师，你稍微等一下。”

毛嘉在门口朝她耸耸肩，用口型示意她待会儿办公室见。

“王老师，您找我有事吗?”

“哦，其实也没什么大事。主要这次交流呢，你在里面算是最年轻的老师了，可要多观察学习。咱们学校这次派去的都是资深教师。我看你有潜力才把你安排进去，这一路上，教学、班级管理方面，你都可以向老师们请教，年轻人嘛，学得多，提高得也快，是吧?”

“谢谢王老师，我会用心的。”

“有能力的老师我们都希望好好提拔嘛，上次我跟刘局聊起来，他也说你这姑娘不错。”

“刘局？”亦欣疑惑。

“哦，我也清楚男方家里的背景，你呢，不想在学校里太高调，是不是？当初我还想着给你介绍对象呢，没想到……”王老师哈哈笑着拍拍她肩膀，“放心放心，我不会说出去的。”

亦欣这才想起来，上次自己和邵楚意在某家酒店吃饭，刚好碰到王老师和一帮人进门，因为是迎面撞见，她只能尴尬地打了招呼。这王老师平素最爱八卦，她原还担心，结果连续几天在办公室碰到他都没什么状况，这才暗暗松了口气。没想到人家把心思打在这上面来了，至于那所谓的刘局，估计以前在某次宴会上碰到过，只她在那种场合从来不记人，因而如今一丝印象也没有。

所以说，这段日子自己突然受到重视，加上这次的交流会，根本不是什么努力或运气，而全是靠了邵楚意。

因为她嫁了个好男人，所以连事业也蒸蒸日上了？

她这算不算意外收获？

“谢谢王老师，那我先回去了。”亦欣笑笑告辞，这种事情，她什么都不好解释，唯一能做的就是更努力地把工作做好。

去交流前的一周过得本还平静，但在周五的晚上，亦欣却和邵楚意闹了结婚以来的第一次矛盾。

其实她也不知道那算不算矛盾。只因当天晚上有个舞会，邵楚意原定的舞伴临时有事去不了，便唤了她过去。这事亦欣倒没有丝毫芥蒂，因为本来那个舞伴就是代替她的，如今人家不能去，她当然不能让邵楚意下不来台。可她刚踏进舞会门口，尴尬的事情就发生了——那个临时有事不能到场的舞伴不知怎么就出现了，而且还比她先一步挽上了邵楚意的手臂。

邵楚意也是当场愣了一愣，可亦欣一见人家不仅身材高挑，五官明朗，连气质都是一等一的，立马就退位让贤道：“既然你舞伴来了，那我就先回去了，反正司机也还在门口。”

她自认为这一安排十分妥帖，哪知话一出口，邵楚意和那位舞伴的神情都变得有些古怪起来。

邵楚意瞪了她良久，才硬生生道：“你真要走？”

亦欣当然知道这种场面谁走谁尴尬，可见他身旁的美女此刻已是含笑看着自己，反正是要尴尬一个的，他们俩站一起明显比较登对，于是点头说：“嗯，论先来后到也是她比较早嘛，而且人家能赶来也是不容易的，那我先走了。”

说完还朝他们挥了挥手。

“她就是林亦欣，你的妻子？”亦欣走时隐约听到邵楚意身旁的女伴这样问道，听语气似乎还憋着笑。

后来邵楚意回家，见亦欣在书房上网，难得跟她聊了会儿天。也不知是说到了什么，他无意中提到前几日亦欣某姨妈的女婿上门请他帮忙的事，他本来已经推辞，此刻提起了便想要询问她的意见。亦欣对这种事情向来不甚喜欢，见他提起，便说这种事还是能推就推，同时也为给他带来麻烦而感到抱歉。本来谈话这样也就过去了，奈何邵楚意当天似乎兴致不错，又和她多聊了几句，顺便提到她做老师太辛苦，要不要托个关系调到教育局之类的云云。本来他也是这么一说，要是她有意，他便去办；要是无意，也就作罢。可亦欣彼时还正想着周一发生的事情，当下来了脾气，一时语气措辞都有些不当。一番好意被当做了驴肝肺，邵楚意自然是摔门就走。

等第二天清晨亦欣早早被许晨的电话吵醒时，才发现邵楚意早就出了门。

虽然在一起已有几个月了，可每天早上在房间里见到一个不相熟的男人，林亦欣还是觉得有些难以适应，所以起卧都刻意与邵楚意错开时间，此时没见到人也不觉得奇怪。倒是许晨，一大清早接到她的电话，亦欣就料到没什么好事。事实证明女人的第六感很准确，确实不是什么好事儿，竟是让她作陪去相亲，而且还美其名曰她的经验比较充分。

而经验充分的人此刻正坐在大餐桌前孤独地吃着早餐，一边想着许晨那样大大咧咧的性子以及不饶人的嘴，暗自揣摩这场相亲将会怎样进行。

半个小时后到达现场，亦欣才意识到自己似乎把许晨想得太恐怖了些。前奏简直可以说十分和谐。许晨难得换下了套装，一身连衣裙套着风衣翩然而至；相亲男主角也很不错，不但外形颇佳，也很会选地方，此时，他坐在阳光充足的咖啡厅拐角，一举手一投足都显得气质非凡。

三人寒暄片刻，相亲的两位主角就立马进入正题，除了许晨对对方家庭、事业、金钱以及前女友问得太过仔细外，所有谈话都还算正常。

半个小时后，许晨正滔滔不绝讲着她对男友的要求，身后一声“晨晨”生生让她收住了口。

亦欣循声望去，一见到对方面容就不由在心里惊叹了一声。

又是帅哥一枚！

接下来的氛围却不再如先前般和谐了。随着来人在男主角身边坐下，场面顿时冷了起来，四人八目相对良久，不，应该只能说是四目。至少许晨从看到对方起就一直转头注视着窗外的喷水池，表情凝重。而那位突然出现的帅哥则直直地盯着她，眼神中不时闪过复杂情绪。

这是什么状况？

两人还在对峙，亦欣只好将目光转向同样被晾在一旁的相亲男主角，却见对方也正看着自己，目光有些复杂。他从坐定起似乎就一直是这样的姿势与表情，此时阳光更盛了些，他的脸庞完全沐浴其中，虽然隔了一段距离，亦欣却能清晰看到他眼眸下睫毛的投影。光与影的完美交汇，再配上嘴角的淡淡笑容，让她又有了刚进门与他握手时产生的恍惚感。

他与她目光相触，轻轻一笑，带起眼角一阵温柔。

男主角就是男主角，哪怕是被人晾在尴尬氛围中，也丝毫不输气质。

亦欣收回脑中乱七八糟的臆想，努力让自己回到状况中。却见男主角已缓缓站了起来，脸上还挂着浅笑，大方介绍道："许小姐，这是我的朋友，韩非。韩非，这是许晨。"

"不好意思，我突然不舒服，先走了。"许晨似乎此刻才回过神来，猛地从座位上站起，拉上亦欣就往外走，经过那韩非身边时却被他一把拽住了。

亦欣也连忙停下脚步，立在一旁静候事态发展。

"晨晨，我找了你很久，当年的事只是场误会。"

"没什么好误会的。"

韩非，当年？亦欣的脑中开始不断闪过些什么，一个个片段终于重新拼凑回来。

当事人还在原地纠缠，所幸亦欣已有了头绪。

说起来那还是她们大四的时候，单身了三年的许晨终于轰轰烈烈地享受了把"黄昏恋"，但由于彼时大家不是考研就是实习找工作，每天忙得见不到人也很正常，所以等到亦欣知晓事情始终时，已经是许晨失恋后，一把鼻涕一把眼泪地在她面前哭诉了。

当时距离她们毕业仅剩一个多月。

事情已经过了三年，加上她也只在那时听许晨哭诉过一次，因而直到听到韩非的名字才想起来。

许晨还在竭力甩着韩非的手，无奈他实在拽得太紧，尝试了好久都不成功，她干脆作罢，将目光转向了另一边："萧先生，你是做房地产的？"

"是。"

"有车有房？"

"有。"

"你觉得我怎么样？"

"许小姐是个很直率的人。"

"不讨厌我？"

"怎么会？我很喜欢许小姐的性格。"

"既然这样，那我们交往吧。"

"这未免快了点。"

"我们不是相亲吗，既然彼此不讨厌，就可以先谈着了。"

说完，她也不等对方反应，转头向韩非道："韩先生，你这样在我男朋友面前跟我拉拉扯扯有点不太好吧？"

亦欣默默听着，不禁对许晨生出由衷的敬佩之情。快刀斩乱麻，说的就该是这样的吧。

"晨晨。"韩非一脸无奈，但也不放弃，微皱了眉柔声细语道，"我只需要你给我一点时间，听我解释。"说完，他又补充："我们今天并不是偶遇，我一直在找你。"

这时，那位姓萧的相亲男悠然发话："许小姐，我觉得你是该好好听听韩非的解释。"

亦欣见他大方退让，心下对他颇有几分赞赏。那个萧姓男说完，起身拍了拍韩非的肩，丢给亦欣一个眼神示意。见她还愣着，索性拉过她的手："我们先走，你们好好谈。"

（三）乌龙事件

相亲果真是件神奇的事情。等亦欣回过神来，自己已经跟着那个萧姓男子一起走在了咖啡厅对面的广场上。

“亦欣。”

“啊？”

“不介意我这么叫吧？刚才……情势所迫，抱歉了。”

“没事，我也没想到会……”她一时想不到该用什么话来形容方才突如其来的转折，于是轻咳了声，问，“萧先生，你好像也认识韩非？”

“叫我萧诺吧，刚才我好像还没自我介绍。萧诺，草头萧，诺言的诺。”

亦欣点了点头，许晨在一连串提问前，的确没给人家自我介绍的机会，因而她只知道他姓萧。

见亦欣有些愣愣的，萧诺自顾自开口道：“其实韩非说来算是我的小舅舅。挺远的一门亲戚，不过当年他和许小姐的那件事在家里闹了一阵，所以大家都有所耳闻。这次相亲也是我原先就跟韩非说好的，我那时一听许小姐的名字就想到可能会是她，没想到还真凑巧碰上了，这也算缘分吧。”

“你刚才说韩非和橙子的事在他家里闹了一阵？”

“是。”

“可他们当年不过是谈个恋爱，又没有谈婚论嫁，连分手都是因为韩非他……”

“你们只看到了表面。”他打断她。

“那他为什么过了三年后才突然出现？”

“似乎当初是许小姐骗了他，害他漂洋过海去了美国。之后，因为家里原因，他就没再回来过。这么多年来，他的感情生活一直空白，究其根源，怕还是因为想忘却忘不掉吧。”萧诺在一旁的长椅上坐下，抬头对她道，“你应该知道那种感受很难受。”

“或许吧。”亦欣笑笑，见萧诺一脸探究地看她，不由问，“怎么了？”

他一手托腮，略带沉思道：“我好像在哪儿见过你？”

萧诺仰头看她，五官暴露在她眼前，俊朗清晰。亦欣睖睁片刻，才笑说：“可能是我长得太大众脸了。”

“呵呵。”

萧诺似还在回忆。

这时，他们身后传来一声略带熟悉的呼唤：“林老师？”

亦欣回头，赫然见前阵子的八卦男主角 CT 老师就站在自己面前，还牵着一个四五岁的女孩。

“张老师，好巧啊。”被毛嘉一说，亦欣见到他就觉得尴尬，但还是不得不打招呼。

“是啊。对了，这是我小侄女。”见亦欣眼神扫到他身边的孩子，张老师连忙解释，“笑笑，叫阿……”

“哥哥、姐姐好。”一个“姨”字还未出口，孩子已经十分有礼貌地对着亦欣和萧诺打了招呼。

“哎，笑笑你好！”虽然差了辈分，可亦欣很喜欢这声“姐姐”。

张老师仿佛此时才注意到坐在一旁的萧诺，眼神在他们身上扫视了一圈，有些试探地问道：“这位是……男朋友？”

“没有，只是……刚认识。”

“你好！”萧诺与他握手。

“没打扰你们吧？”

“没有没有。”

张老师的眼神还在两人间逡巡。广场，还刚认识，亦欣不擅长说谎，当着萧诺的面更是要实话实说，然而方才的语意停顿，已凭空让人生出无限遐想。意识到自己的话引了歧义，她这会儿只想快点应付完就走。

“那个……张老师，我们还有点事，就先走了，你们好好玩。”

“那再见。”

“再见。”

待走远了些，她才低低松了口气。抬头去看身边的萧诺，却见他若有所思地看着自己。

“那个……”

“没想到你是老师。”

她呆愣住，不料他要说的只是这个，过了片刻才开玩笑答：“是啊，我可是正宗的人民教师，祖国的花朵都得从我们手中过。”

“那我是不是得事先贿赂一下，保不准我以后的孩子就得叫你老师了。”

“嗯。”她点头，笑说，“没准哦。”

“那不知道我未来孩子的老师现在能否赏脸一起吃顿饭？”

“现在？”

“你不会是还有一场相亲会要赶吧？”

“当然没有。”亦欣笑着摇头，思索了片刻，答应道，“好吧。”

两人在附近找了家餐厅，菜还未上，两人便先聊了起来。如果让亦欣形容刚才见到的萧诺，那她定会用“君子如兰”之类的词语，不过此刻聊起天来才发现他其实并不总是那么沉默淡然，反而极为风趣可爱。而且他竟也曾在亦欣的母校T大读过书，虽然只一年就出国了，但说来也是校友。见萧诺对母校的许多地方几乎忘得差不多了，她本还想提议一同回T大逛逛，后来见时间不早，只能作罢。

因邵楚意住的小区太过惹眼，萧诺送她时，亦欣只报了附近的一个地址。到了地方后，亦欣刚解开安全带，身边的门已从外侧打开。她笑着同他道谢。方才和萧诺吃饭，亦欣就看出他在礼仪上做得极为周到，想来也是富家子弟，只不知许晨表哥怎么帮她找到这样一个相亲对象的。只可惜了，许晨和韩非，有解不开的孽缘。

拒绝萧诺要将她送到楼下的好意，亦欣目送了他开车远去，这才继续往前走。亦欣刚迈出几步，突然就从身旁窜出辆车来，堪堪停在了她的面前。她惊得一跳，等缓过神来，才认出了那熟悉的车型。

邵楚意。

“你怎么在这儿？”

透过缓缓摇下的车窗，她确定是他，不禁有些疑惑地问道。

他却不回答，只侧头看她，良久才问：“你什么时候认识了鼎立的少东？”

亦欣更是一头雾水：“什么鼎立？”

他冷笑。他刚回家就远远看见萧诺的车，他本来并不在意，可随后就见她从车上走了下来。自己起初还以为她是个天真单纯的人，原来不过是扮猪吃老虎。

“别告诉我你不知道他是鼎立的小少爷。”

“鼎立？”这好像是A市某大公司的名字，想到不久前刚离开的萧诺，亦欣终于明白过来，“你说萧诺啊，他是我今天陪朋友一起相亲才碰到的，刚才吃了顿饭，因为晚了就送我回来了。”

她说得一脸坦荡，他却敏感注意到了两个字：“你去相亲？”

见他越来越误会，她连忙摆手，低头透过车窗向他解释：“你别误会，是他跟我朋友相亲，中途出了点事，所以才只剩下我们两个人了。”

他皱眉，应该是有些不习惯这种角度的对话，开了车门让她上车后，才缓缓道：“你不需要跟我解释这么多，只是提个建议，他，你玩不起。”

亦欣郁闷，心想刚才是谁一副她不给解释就要吃人的模样啊，还有这提的是什么建议？她听出他话中的讽刺，心中实在不爽，又不想与他顶嘴，只憋着气保持沉默。

而这一沉默，也让她忘记了知会邵楚意某件事情。

转眼就到第二天，又是一个美好的清晨，林亦欣的手机铃声再次响起。

亦欣还窝在被窝里睡觉，迷迷糊糊按下接听键，一入耳就是许晨的大嗓门：“快开门，我在你家门口。”

“什么？”她眯着眼去看床边的闹钟，这才七点不到。

以最快速度穿好衣服，一开门，一股浓烈的酒味就扑鼻而来。亦欣眉头还来不及皱，许晨已一头栽倒在了她身上。

她低头看许晨，一头乱发，肿得不成样子的眼睛加上两个硕大的黑眼圈。

“你这是怎么回事啊？”许晨认为自己昨晚突然接到盛晓的求救，帮她整理档案到凌晨已经够凄惨了，比起许晨来简直是小巫见大巫。

“我没事，我就来找你说说话。”许晨扶着门框干呕了会儿，泪眼婆娑道，“我告诉你，韩非他妈的就是个浑蛋。”

“来，先进来再说。”亦欣花了好大力气才把许晨拖到了沙发边，正准备使最后一把力，许晨却已自行瘫倒在了上面。

她站直身体喘了口气，转身想去倒杯温水，衣角又被死死拽住了。

只见许晨拉着她的衣角借力坐起来，满脸的憔悴，一手拨弄掉散在眼前的几缕头发，声音哽咽：“你说他凭什么啊？当初那样对我，现在又来招惹我，他是看我好欺负，是不是？”

“你们昨天后来到底发生什么事了？”亦欣将她扶好，问。

“过了那么久，才说什么要跟我解释，他这算什么，他……他就一浑蛋，白眼狼、没心没肺、花心大萝卜……他……”许晨一边喘着气，眼泪还没完全逼回去，一边又抱着她痛哭起来，“可为什么我就是那么好欺负……”

许晨边哭边骂，亦欣只能先暂时搁下要安慰的话语，维持着两人当前奇怪的姿势，任她发泄完毕。

待到肩膀都快麻木了，许晨才终于抬起了头，她的双眼肿得更加恐怖了，她也不管不顾，伸手往脸上随便抹了两把，语气颇有几分坚定：“我没事了。”突然仿佛想起了什么，又问，“你老公应该不在吧？”

亦欣知道她是哭痛快了，一边从桌上抽了张纸巾递给她，一边抛给她一个白眼：“你才想到啊。放心，他昨晚没在家。”

“你独守空房了？”

“是啊是啊，现在可以告诉我你昨天究竟发生什么事了吗？”

“旧情人见面还能发生什么？”许晨喃喃几声，终是简单讲述了事情的来龙去脉。

当年韩非与许晨恋爱时，两人都没有详细交代彼此的家庭背景。后来许晨才知道韩非是个高干子弟，而她家只是普通人家，“门当户对”就成了他们这段恋情里的潜在阻碍。正当他们热恋时，韩非的母亲找到了许晨，希望她可以离开自己的儿子。但许晨当年好歹也是她们寝室小言文阅读的带头者，见惯了这类套路的她，立马笑容灿烂地回了句：“伯母，我想这件事您应该跟韩非谈，毕竟决定权不在我身上。”然后潇洒离去。

然而第二天，形势却急转直下。许晨竟然发现了韩非搂着一清纯小女生在校门口“激情热吻”，按照她的性子，既然当场捉了奸，自然是要冲上去质问了。

据失恋的许晨描述，韩非当场就慌了，最后还是在她的“质问”下交代了那是他新女友的事实。许晨本想上前给他个巴掌，然后洒脱地说句：“我们分手吧！”但想到人家都有新女友了，这“分手”两字也就不好开口了。也不知道是脑袋一时短路还是气愤过度，她“哦”了一声便转身离去。这个场景数年来一直被她引以为耻。自此，她彻底消失在韩非的生活中。

而据韩非解释，那女生是他一哥们儿的妹妹，许晨也见过那女孩。那天他在校门口遇到小妹妹慌慌张张来找他，说是请他假装下男朋友，赶走一疯狂追求她的男生。

为了让场景更加逼真，韩非应小妹妹的请求“蜻蜓点水”了下人家的脸颊，然后以压倒性的优势打击了那男生过于膨胀的自信心。当时许晨上前质问，韩非使劲跟她使眼色，见许晨“哦”了一声，以为她是明白了。没想到之后打她手机关机，在她寝室楼下等了好久也不见踪影，最后辗转问了好多人，才打听到她竟已经出国了，而且去的还是许晨最讨厌的美利坚合众国。最最郁闷的是，韩非竟还真就信了，于是没过多久就拿了张 offer 追去异国他乡。

交往了近一年的双方，除了明确知晓对方的喜好外，对彼此的家庭、工作、圈子竟毫无所知。

世界上还有比这更乌龙的事情吗？亦欣只觉得无语，起身去倒了杯水。

“如果我猜得没错，你现在狠狠地拒绝了他，然后跑到我这撒泼。”

“不拒绝难道答应啊？破镜重圆这种事都是用来蒙你们这些清纯小女生的。”

“那刚才是哪个成熟女性说——可是我怎么就那么好欺负，我忘不了他的笑，忘不了他的声音，忘不了……”亦欣一脸鄙夷。

“停停停，我有说过这么肉麻的话吗?”被亦欣的一脸怪笑弄得十分不自在，许晨只能咽下想要辩驳的话，以退为进，“就算说了又怎样，人难免有点回忆嘛，现在事情也解释清楚了，再过些时间自然而然也就忘了。”

“韩非说那女生你也认识?”

“有点印象，不过这关我什么事?”

“我怎么知道?”看着许晨逃避的眼神，亦欣不禁正色道，“橙子，如果刚才你没有一身酒气地扑到我身上，或许我还信你那番话。咱们可是从高中时候就认识了，你知道吗，我眼中的许晨，做事从来都是勇往直前不后悔，坚强伟大得能让人嫉妒，什么时候会为了不在乎的事借酒消愁？这么多年，我只见你哭过两次，一次是跟韩非分手，还有一次就是现在。”

摆完事实，亦欣顿了顿，开始讲道理：“其实，我知道你并没有忘记他。既然这样，为什么不试着重新开始呢？这世上，一对真心相爱的人相遇是多么不容易？你向来是个懂得追求的人，至于当初的事情，说白了，根本不需要在乎。”

许晨一时沉默，良久才抿了抿嘴道：“你这女人，明明没谈过恋爱，倒搞得跟个专家似的。好了，不说我了，我还是第一次来你家呢，我那个狗窝就是不能比，太有档次了。”

“多谢夸奖。”亦欣也不再继续那个话题。相识那么多年，她知道那些个细微的动作代表什么。

“这是你老公?”转眼间许晨已将目标移到了卧室，指着墙上的照片问她。

“结婚照上不是我老公是谁?”亦欣没好气地答。老实说，邵楚意的卧室连她也没怎么来过，也不知许晨怎么找的，别墅里那么多间房间，她一眼就找到了。她看着婚纱照上笑容有些僵硬的自己，她和邵楚意就这一张婚纱照，结婚当天挂来应付邵父邵母的，没想到他竟没将它取下来。

“长得还不错嘛，这年头有钱的帅哥不都绝种了吗?”

“你身边不就有很多?”

“唉，我早就说过，你是个有福之人，这种狗屎运都被你捡到了。”

亦欣白了她一眼：“你又不是不知道我跟他之间的关系。”

她和邵楚意之间的事，在唱 K 后的第二个星期就被许晨在寂静深夜用极其温柔的语气探听得一清二楚——她与邵楚意在夫妻之名下，保持着井水不犯河水的友邻关系。其实那时连她自己都觉得当初的决定很荒唐，听许晨在一边旁征博引地分析了一番反而轻松许多。

她将许晨拉回客厅，眼角余光瞥到墙上的挂钟，终于记起来件大事。

“天哪，都快十一点了。”她惊呼，又匆忙上楼到房间收拾行李。

“你这干吗呢?”

“外出交流，十二点出发。”

“这么急?”

“你也意识到了啊？姐姐，解决了你的事，好歹也帮帮忙搭把手吧。”亦欣往行李箱里随便塞了几件衣服。从家里到学校打的也要半个多小时，她可不想搞特殊。

“那边还有个装好的袋子，你帮我拿一下。”

“你走了可就剩你老公独守空房了，小心人家出轨。”

亦欣急得焦头烂额，许晨却趁机在一旁说风凉话。

“你以为人家还能为我守身如玉？他外面能没女人，我估摸着每晚一个都够忙的，哪想得到我呀。我前阵子就见过一个，那气质！那身材！那相貌！”亦欣想着那天舞会上见到的美女，不由夸耀，最后又“啧啧”两声，感慨道：“真真是折煞我也。”

“得了吧，你就跟我贫嘴，可你跟他，总不能一直这样吧。听你说他人还不错，而且又有钱有貌的，要不你找个良辰美景就从了他吧。”

“别，而且我们这两天正闹矛盾呢。”

“闹矛盾？是不是郎有情妾无意，所以他生气了?”许晨将亦欣要找的袋子递了过去，嘴里继续调侃。

“是郎无情妾也无意。妾只想安安稳稳过日子，可是突然发现和那样有钱有貌的郎在一起，难度要超出想象很多。唉，我当初怎么就这么冲动了呢?”

拉好行李袋的拉链，亦欣正自托腮感慨着，眼神却不小心透过许晨，生生定在了门口。

邵楚意。

这两天她跟他的见面，似乎都有些巧了点。

“你……回来了。”她有些结巴地打招呼。

“你们在干什么?”他盯着她床上的行李箱，眉头紧锁。

“哦，我下星期要到外校交流。下午出发，忘记告诉你了。”见他依旧岿然不动地站在门口，她又道：“这是我朋友。你……怎么这时候回来了?”

“忘了样东西。”邵楚意冷冷瞟了她一眼，转身径直走进了书房。

“你说刚才咱们的对话他听到多少，他该不会以为我们要私奔吧?”许晨双手掩住方才一直张着的嘴，小声道。

苍天！亦欣只觉得要是现在地上能有个洞可以立马钻进去多好。世上没有后悔药，回想方才自己说的话，真是……

亦欣抬脚狠狠踩了下旁边开始偷笑的某人，随后又不得不马上换回笑容，一脸灿烂地望向书房。

邵楚意拿着份文件出来，表情依旧冷得吓人，再不看她，只快步经过她们，下楼，然后关门。

随着啪的一声，亦欣立马扑向了许晨：“你害惨我了。”

“谋杀啊！”

（四）总有一天，会有美丽的光亮到达

林亦欣紧赶慢赶还是晚了，只好匆匆上车，一个人坐在最后一排的位置上。

交流学校所在的城市四面环山，因隧道还未打通，大巴车只能在盘山公路上一圈圈地绕。

车子开了近三个小时，前排老师都还摇摇晃晃地打着盹，睡醒的亦欣揉了揉眼睛，活动着睡得有些僵硬的脖子，将视线移向窗外。此时大巴车还行在山路上，她坐的一侧正对山壁，放眼望去，满是萧瑟。光秃秃的岩石，一片片枯黄的杂草，偶尔看到抹绿色，也是稀稀疏疏，单一的景象在眼前不断重复，亦欣混乱的思绪渐渐回到了上午的事情上。

直觉告诉她，邵楚意听到了她和许晨在卧室中的大部分对话。作为一个男人，而且还是个有些较真的男人，他肯对会和她来上一次严肃谈话。而她在此时碰巧出差，真不知是否可以说是庆幸。她想到那时邵楚意的表情，黑得不行。她暗想，她说的也是事实啊，他不会一直很介怀吧？不过，她实实在在地诋毁了人家在外风流……

大巴车晃动着又转了个弯，亦欣也再一次叹气，郁闷地想：怎么就能那么巧呢？

车子到达目的地时，几个晕车的老师已吐过了一轮，亦欣虽然没事，脑袋也是晕晕乎乎的，便也推了晚上对方学校安排好的接待宴，留在酒店休息。

她临睡前查看手机，没有任何短信或者电话。

也是，按他的性子，这时也不会搭理自己。

第二天，亦欣精神还不错，听了整整一天的课，笔记也做了不少。期间手机倒振动过不少回，一条是天乐的，例行的每日一报，剩下的就都是移动的系统短信。还有一通电话，竟是萧诺打来的。回了电话，她才知道，原来她包包上一直挂着的红色平安符，不小心落在了他的车上。东西虽不珍贵，但毕竟挂了好久，她也有些不舍，于是约好交流回去后再拿。不过亦欣记得自己上次并未留号码给萧诺，正疑惑着，旋即想到他和韩非、许晨的关系，也不再在意。

快要入冬，天也黑得越来越早，亦欣和老师们从学校食堂吃完饭出来，夜已早早拉开了帷幕。学校领导考虑到他们刚来就马上投入了工作，提议不如乘着晚饭散步的时间参观一下学校。盛情难却，大家想想回酒店也没事干，纷纷表示同意。

校领导一马当先，众人三三两两跟在后面，架势也是颇足。结果明明是人流量最多的放学时分，远处也不时有校服闪过，可一到他们附近，就连个迎面走来的身影都没有了。领导有些尴尬，领着他们参观了校园主干道上的建筑物，就带他们来到了学校的科技楼。

说是科技楼，不过是供学生做化学及物理实验用的实验楼，只因楼顶设了个天文台，所以以“科技”命名。亦欣他们上去的时候恰巧碰到一个天文兴趣小组结束完活动，他们便沾了个光摆弄了下这高科技产品。奈何随行的一帮教师里没有一个是懂天文的，于是再好的设备也不过被当做稀奇玩意赏玩，片刻后就冷落在了一边。

“林老师，你也会这个?”亦欣正自顾自摆弄着，就听见张老师在身后唤她。

见对方漫不经心地靠近，她稍稍往后退了几步，答道：“稍微懂一点而已。”她大学时曾参加过两个社团，其中之一就是天文协会。因为次次活动都参加，她还曾做了一段时间的副社长。

“看不出来，我想你一定对星象很感兴趣吧?”

“呵，也不是，只是单纯觉得美而已。”

“是啊，我也觉得璀璨的星空是最美的。”张老师深情感慨一句，见她抬头，忙又指着天空道：“其实我对天文也有一点研究。冬季最适合观察天象了，现在虽然还有点早，不过你看那边，已经可以隐约看到冬季大三角了。那是猎户座，那是天狼星……”

亦欣不好意思打断对方，只能选择让耳朵自动过滤。呼吸间只感受着这里难得的好空气，偶尔也点点头，给身边滔滔不绝的他一点回应。

偏远的地方永远都有一个好处——空气好。大气少了污染，连星空也比其他地方明亮许多。她记起曾经有人跟她说过："星星即使毁灭了，却并不影响已经传播出去的光，总有一天，这些美丽的光亮会到达地球。"

可星光穿越几十甚至几百亿光年来到地球，到底是为了什么呢？

当你看见一颗美丽的星星，却想到这或许是几千万年前发出的星光，现在才照到地球上，映入你的眼眸中。你因为星光爱上了这颗星星，而这颗星，现在或许已经不在了，这又该是怎样一种悲哀。

她没有想过星光照射到地球的原因，也许它也照射到了其他星球上。只是有时她会想起那个跟她说那句话的人，想知道当每个人仰望星空时，他们爱的，究竟是转瞬即逝的星光，还是亘古不变的星星，抑或是当时牵动起他们情怀的某些人，某些事？

人们迷恋的，究竟是短暂的邂逅还是永恒的执手？

"亦欣？"

张老师的呼唤声再次将她从沉思中唤了回来，她胡乱点了点头，疑惑他什么时候对自己改了称呼。

"我听说每个人都有一颗属于自己的星星，这些星星，有些璀璨有些暗淡，就如同他们的人生一样。你觉得呢？"

原来对星空，每个人都有属于他的一套哲理。她笑笑，说："或许吧，不过我觉得只要那颗星星属于一个人，那么它于那个人而言，就是最璀璨的。"

手机铃声适时响了起来。她暗松口气，抱歉地笑笑，走到一旁去接电话。

手机上显示的是家里的号码，她按下接听键，就听到了母亲焦急的询问。

母亲是在不放心弟弟，每周都会定期电话抽检，可是这天，母亲打他手机不通，寝室电话也没人接，只好来问她。亦欣只好告诉母亲这阵子自己有空，把弟弟接到家住一阵，多辅导些功课。她又怕母亲让天乐接电话，继续编谎说邵楚意刚出差回来，吃完晚饭和天乐去散步了。林母是很满意自己这个"女婿"的，经常唠叨着让天乐多跟他学学，一听他们俩在一起，立马放了心，亦欣还有半句话没说完，那边已经挂了电话。

她看着屏幕上显示的断开连接，叹了口气。虽然她将自己照顾得很好，可有时也想有人能关心几句呀。

交流结束后还有些时间，亦欣请了最后一天的假，搭车前往附近的一个小镇。

去那儿是为了见一个叫小梅的女孩，她是亦欣资助了四年的孩子。

大三那年，她来该镇旅游，巧遇了一个因交不起学费而面临辍学的女孩小梅，热血沸腾之下，帮她交了学费。之后她回到学校，便正式资助起她来。

山区交通不便，她和小梅最少也要两个月才能勉强通一个来回的信，可这样坚持着竟也慢慢过了四年，小梅也从小学升了初中。不过近一年来，小梅寄来的信越来越少，而且也不再像以前那样一大页一大页地向她汇报学习情况，问各种各样的问题了。亦欣心里担心，于是趁着这次交流，搭了车直奔过来。

在镇上下车后还有很长一段山路，亦欣凭着记忆走了一阵，见眼前的景象越来越陌生，分岔路也越来越多，不免开始后悔自己竟然忘了先在镇上找个人帮忙带路。

这里是两市的交界，山路附近一片荒凉，她倒真不敢贸然乱走，只得先回到大道上，一边回忆以前走过的路径，一边翘首企盼能有附近的村民路过。还好运气不错，她等了半个多小时终于碰到了过路的一个老乡。小梅所在的村子，亦欣一打听，老乡就点头直说知道，再听说她此行的目的，马上热情地引着她往山里走。

弯弯曲曲的山路走到一半就变得陡峭起来，坡上到处大大小小的石头，一不小心就容易踩滑，老乡见她走得跌跌撞撞，将肩上扛着的扁担递给她一头，笑着让她牵着走。

她是早上八点出的酒店，到村里竟已是黄昏时分。家家户户炊烟袅袅，小梅家就在村口附近，脚下青石板慢慢变得熟悉起来，她加快脚步，不一会儿就见到了那扇有些破旧的大门。

铁环叩打在木门上，“叩叩叩”三声，却是没人应答。

“这时候正做饭呢，这样敲听不见的，姑娘你得使劲。”老乡一边用蹩脚的普通话说着，一边上前用力在门上敲了两下。门本是半掩着，被他这么一敲，已然洞开，他对亦欣憨憨笑了笑，向里头高喊：“梅子她妈，有客呢，梅子她妈。”

屋里终于有了应声，老乡一看门开了，笑指着亦欣说：“这姑娘说是来看你家梅子的，一个人在山路上，我就给领了过来。”

他见小梅母亲也认识亦欣，转身将扁担扛回肩上，也没等她道谢就大步走了。

院子里鸡鸭正成群围在屋前吃谷子，小梅母亲解下腰上的围裙，用力赶了赶，让亦欣方便进去。

“林老师，你看你来了也不跟我们说声，这山路不好走，我们该去接你的，这……家里也都没什么准备。”

“您别这么说，倒让我不好意思了，我也只是顺道来看看，您忙您的就好。”

小梅母亲从一旁搬了张椅子，拿布擦了擦：“林老师，快请坐。”说完，又对着厨房方向喊，“小梅，快出来，看谁来了。”

几年没来，小梅家变化并不大，屋内摆设构造还是从前的模样。不过屋子倒是稍微整修过，看上去没以前那么破旧了，屋内地面虽还是泥地，却也不像以前那样坑坑洼洼。亦欣再转头看厨房方向，只见小梅已经从里面走了出来，她手上还拿着烧火钳子，一见她，倒愣在了原地。

几年不见，她长高了许多，亦欣记得自己毕业那年过来，她还开心地拉着自己去爬山，身上背着她送的书包不肯拿下，这会儿看着倒变害羞了。

“哎哟，这孩子，快把东西放下，过来招呼林老师。林老师还没吃晚饭吧？我这就去做饭。”

“小梅妈妈，不用麻烦了，我晚上就得回去了。”

“要的要的，吃完饭再走也行，小梅你快过来呀。”

“小梅妈妈，真不用这么麻烦的。”

亦欣有些不好意思，起身从包里拿出自己带的东西，招呼小梅过来。

“小梅，这是姐姐给你带的书，还有文具盒、笔、本子，还有几件衣服，看看喜不喜欢？”

小梅手中的钳子已经被母亲拿走，可她仍只是看着桌上的东西，迟迟不肯上前，良久才低头叫了声：“林老师。”

“怎么跟姐姐都生分了？和以前一样叫我亦欣姐姐就好。”

她揪着身上的衣服，依旧没有上前：“亦欣姐姐，我跟你说件事情，你能先答应不生我气吗？”

“怎么会呢？你有什么事都可以跟姐姐说。”

“我……姐姐，我不想读书了。”

亦欣拿东西的手顿了顿，轻声问她：“是因为家里还有困难吗？”

“不是，妈妈是让我读的。可是……亦欣姐姐，我知道我对不起你。可我成绩又不好，我怕自己考不上高中。而且在村里，读完书还得种地，过几年嫁人，一样的路子，读了书也没用的，倒不如给家里省点钱。亦欣姐姐，我一直想写信给你，可又不知道怎么跟你说。你……你以后就不用再寄钱给我了。”

小梅从口袋里掏出一个信封，封口处已经有些破了，封面上工工整整地写着亦欣的住址和姓名，上面杂乱的褶皱显示着它被捏皱了很多次又一次次被重新压平。

亦欣接过信，却没有拆开看，只把它直接放进了包里。

“什么时候开始不读书了？”

“上个学期，开学的时候我就没有去。”

“那学校老师怎么说？”

“老师来过两次，后来见我坚持就不再来了。”

亦欣看着眼前的女孩满是愧疚地垂着头，衣角被她沾了灰的手揪得黑黑的，让亦欣想起第一次见她的模样，她一定觉得自己会骂她，可看着她这样，她只觉得心疼。

“小梅，你告诉姐姐，你自己想读书吗？不考虑其他，只是读书，你喜欢吗？”

小梅看着她，过了好久，才轻轻点了点头。

亦欣微微松了口气：“那姐姐希望你读下去，你只要自己用心学习，等初中毕业，姐姐接你去城里读高中好不好。咱们不走村里人的老路，我记得你有次在信里说前村的一个哥哥成了大学生，走到哪儿都风光是不是？咱们也跟他一样，也上大学，为你爸爸妈妈争气，好不好？你看姐姐现在是高中老师了，到时候你就来姐姐的高中读书，你不是说爸爸就在A市打工吗？要是你上了高中，每星期还能见到爸爸呢。”

小梅拽着的衣服已经被亦欣拉了出来，她只能一下下揪着手指。亦欣柔声细语地劝着，替她描绘未来。她知道，对小梅，自己绝不能打空头支票，可她也知道，这孩子争气，因为太过争气，才怕自己上学会拖累了家里，怕自己学不好，辜负了她的期望。

小梅不像一般的孩子，她知道前村那个考上大学的哥哥是因为在城里有亲戚，他们一家老早就搬到了城里住，在城里上学，否则小地方的人，很难走出去。把小梅转到A市读书，还是她所在的H中，肯定不容易，可比起从此要辍学，这是最好的办法。

小梅妈妈做好菜时，亦欣终于获胜了，她笑着揉揉小梅的脑袋，拿着刚才要送给小梅的书，一本本介绍给她听。

因为第二天就要回校，她不能在村里留宿，小梅和她妈妈拿着手电送她下了山，之前在镇子上叫好的一辆车已经在路边等着了，一见她来，司机马上开了车门。

小梅一路上都没有说话，这时突然拉紧亦欣的手："亦欣姐姐，我还是不去城里读书了，我听说城里学费很贵，而且高中是不给义务教育的。不过你放心，我不会再辍学了，我以后会更努力读书的。"

亦欣弯身，双手按在她肩膀上："小梅，你放心吧，姐姐答应过你的事就一定会做到。你忘了姐姐是学校的老师吗，我们学校对老师的亲戚有优惠的，只要交书费就好，小梅可是我妹妹，他们能不帮忙吗？我等着你好好读书，到时候想怎么报答姐姐都行。"

见小梅看着自己直点头，她知道自己的努力到现在才算真正成功了。

她跟小梅的相遇也算偶然，可也许就是那时的缘分，让她下决心要坚持下去。

两人第一次相遇那天，她的心情其实很不好，那时，即将失学，逃学出来的小梅一脸的落寞，她则比她更落寞。她治不了自己的心情，只能一腔热血地帮助她。可小女孩虽然伤心，却倔强得很，死活不要她的钱。亦欣也不知哪来的力气，押着她往学校走，快到校门口时，她告诉她，自己的梦想是成为一名人民教师，而她就是她的第一个学生，看着她好好读书就是她的梦想，她那时还说，等你有出息了，我这老师也就有出息了。现在想起来不过是毫无逻辑的道理，可那时的她竟然觉得理直气壮，而小梅，看着做着好事还快哭了的自己，竟也终于点头同意了。

车子渐行渐远，她笑了笑，对着远处的小梅挥手，车窗外星光漫天，山风轻拂脸颊。这是她的第一个学生呢，怎么能轻易放弃？

（五）夫妻义务

从小梅家到镇上，再转车回酒店，又乘大巴车回 A 市，亦欣一路几乎都没好好休息过。回到家后，她连行李都没放好，脱了外套就一头栽进被窝里睡了过去。

也不知过了多久，她才迷迷糊糊被手机吵醒。亦欣微微将眼睛睁开条缝，房间里窗帘没有拉紧，可以看到窗外天色已经暗沉，她拉了拉有些下滑的被子，心想原来自己一觉就睡了整整一个下午。手机还在一声声吵着，吵得她极为难受，她伸手在床头摸了好久才接起，声音哑哑的："喂。"

"姐，你回家了？"

天乐的声音从手机中传来，她稍微清醒了些，抿了抿嘴唇，只觉得口干舌燥，全身也是腰酸背痛。她打起精神起身坐在床头，她一边用手挤按着阵阵胀痛的右侧太阳穴，一边回答：“嗯，怎么了？”

“那你现在在哪儿？”

“我在……”

亦欣话音未落，房门突然被打开，探进一张脸来。

“天乐？”她有些呆住。

“怪不得，我就说刚才听到声音了嘛。”

“你怎么在这儿？”亦欣还一脸迷茫地握着手机，一时弄不清楚状况。

“Surprise！我写生结束了，不过还有些东西需要回来整理，反正是周末，就来你这儿蹭两天。姐，你怎么睡在客房里呀？”

“啊？”亦欣心里咯噔一跳，再看着天乐身后的邵楚意，只能继续使劲揉压着脑袋来掩饰尴尬：“哦，来找点东西，太累了就直接在这儿睡了。你什么时候回来的，怎么都不跟我说声？”

“昨天晚上，我打你手机了，不过打不通，所以就找姐夫了。因为太晚，姐夫亲自到车站接的我。”天乐笑容满面地将一手搭上邵楚意的肩膀，他跟谁都自然熟。可邵楚意，亦欣看了看他一副冷峻的神色，生怕他下一秒就要翻脸。

还好，天乐搭上片刻后便将手放了下来。

“姐，你回来得可真准时。我刚和姐夫去了超市，今晚你弟我亲自下厨，嘿嘿，林氏自制火锅。你快去洗漱一下，待会儿就能吃了。”

天乐以前有段时间和亦欣住在乡下，跟着外婆天天下厨房，厨艺很是不错。亦欣高三那年，他就经常在家弄些小点心给她吃，简直是她那段时期的物质食粮。之后她上了大学，毕业后，天乐又住了校，能吃到彼此做的东西的机会就越来越少。

只是……亦欣拿余光瞥了瞥还站在门口的邵楚意，天乐外出写生回来，他去接他已算尽心，竟然还有空陪他逛超市，任由他在家里折腾。想到几天前他的神情，不知道他现在是否还有介意被他“旁听”到的那段对话。

“快点起来，怎么过了那么多年还是一坐长途车回来就爱发愣呀？”天乐见她没反应，干脆上前推她，“你呢，先去洗个热水澡，等下我再给你做碗姜汤，要又发烧可不好了。”说完他又转身嘱咐邵楚意：“姐夫，我姐呀什么都好，就是有个小毛病。从小不管身上哪里不舒服，总会连带着发烧，一病起来就没完没了。你平时多照顾着她点，什么踢被子、吹风、淋雨的都得注意。”

"我有那么脆弱吗？踢被子那是你的爱好。"亦欣又是尴尬又是无语，低声喃喃和他反驳。

不过天乐说的基本也不差，她向来就这毛病不好，加上以前还有些晕车，乘完长途总要好久才能缓回来。天乐那时正是淘气的年龄，经常趁她不注意的时候捉弄她，可一见她发烧就会不吵不闹，还时不时到房里给她添点水，用手探探体温，有时干脆就陪在她身边安静地画画。连林母也经常奇怪，为什么爱使小性子的天乐跟她这个姐姐却能那样亲近。

笑着被天乐推进了浴室，亦欣不禁感慨，现在他长大了，叮嘱起自己来倒颇像他是哥哥她是妹妹。

洗了个热水澡，吹好头发出来，火锅已热气腾腾地摆在了桌上。底料是用骨头汤做的，骨头起码熬了好几个小时，应该是天乐早上就提前炖好的，微微加了点辣，味道极好。连邵楚意都不禁讶异，他原本不过是抱着随便尝尝的心态，没想到天乐竟然真有他自夸的那般好手艺。亦欣被强迫着喝了一大碗姜汤，等火锅吃到一半，额上已微微渗出汗来，全身也通畅许多，连酸痛感都减轻了。天乐时不时讲些写生时的趣事，除了她和邵楚意之间依旧没有沟通，一顿饭倒也吃得极为开心。

收拾碗筷时，亦欣才想到晚上的睡觉问题。别墅里客房倒很多，可要是天乐住这儿，她不可避免就得和邵楚意扮好夫妻角色，离开客房到主卧与他同床共枕。她正纠结着端碗筷进厨房，就被天乐一把拉到角落，压低了声音问她："姐，你跟姐夫是不是闹矛盾了？"

"你怎么会这么想？"

"你一开始在客房睡觉我就觉得不对劲，而且刚才吃饭的时候，你们也是一句话都没说过，你没发现我在那儿竭力调节气氛吗？结果到最后还只是我一个人在演独角戏。"

"那是因为……你姐夫就这性格，他……不善表达。"

"不善表达？那我跟姐夫去超市的时候怎么就没看出来？你可别想编理由，我再问你，为什么你的衣服都挂在客房的衣柜里？"

"那是你姐夫给我买的衣服多，没地方放所以搁客房了。"

"姐，姐夫不会在外面有外遇了吧？还是……是你有了？"

"林天乐，你脑袋里都想些什么呢？"亦欣用食指戳他，"还去检查我客房的衣柜，你干脆去做侦探得了你。我跟你姐夫真没发生什么，我们不说话，那叫'默然相爱，寂静喜欢'懂不懂？"

“切，别跟我背台词，上次被同学拉过去看电影，两个小时看得我都快睡着了。我开衣柜是想把行李箱放进去，后来被姐夫看到，他就匆匆忙忙让我换一间。姐，说实话，我觉得姐夫这人挺不错的，我跟他还挺谈得来的，你们要真有什么矛盾就好好解释，知道吧？”

“知道了。倒让你教训起我来了。快让开，我要洗碗。”

“那我找姐夫聊天去。”

“你……”

看着林天乐屁颠屁颠的身影，亦欣真不知是该哭还是该笑。之后她虽在厨房洗碗，注意力却全集中在了客厅的动静上。其实她的性子一直很静，对任何事情也总能抱着既来之则安之的心态。这个世界本就是如此，无论什么事情不是你一担心就不会发生了，既然如此，又何苦让自己天天提心吊胆？

可这段日子以来，与邵楚意相处越久，她就越觉得自己这些所谓心态慢慢都失了功效。她猜不透他的性子，这一秒她面对他也许是冷静的，可下一秒，她的冷静就很有可能被他打破。亦欣猜不透邵楚意，因而打心眼里怕他。他身上有某种让她想要逃避的东西，可她又说不清那究竟是什么。

碗反反复复被擦洗了许多遍，锃亮得找不出一丝瑕疵，她却还拿着抹布迟迟不肯出去。

清理流理台时，客厅中突然隐约传来熟悉的铃声，亦欣下意识地紧张起来，竖起耳朵仔细辨听。邵楚意的声音有些低沉，隐隐约约只能听到他说：“怎么……现在在哪儿……我过去……”

简短又模糊的几句话，却让她陡然间放松了许多。

原来，自己迟迟不肯出去，想等的就是这么一刻。

在她心里，竟如此不希望与他同处。

然而，她的一番庆幸最后还是落了空——正当她在手机里与高中同学聊得欢快时，邵楚意又回来了。

其实邵楚意不过是去附近酒吧处理了一下烂醉的秦邺，就回来了。他在外面抽完烟进来，见客厅和厨房里都没了人影。亦欣的房门虚掩着，微微透出些亮光，间或传出明朗愉快的笑声。

应该是天乐在里面。他心里这样想着，去书房的脚步还是慢慢顿住，继而转到她门口。

轻轻推开门，入眼便是林亦欣有些不大美观的姿势。房间里只有她一个人，她此时正半躺在床上，一手握着手机与人聊天。被子一半被她抱在怀中，一半散开在身下，枕边还摊开着一本杂志，轮到对方说话时，她就时不时翻动几下，有时翻着翻着就笑了起来。暖黄色灯光打在她脸上，让人觉得眉眼盈盈，与平日的拘谨、别扭模样全然不同。笑声荡漾在房间，连门口的他都不自觉地勾起了嘴角。

他干脆斜靠在了门框上。从结婚到现在，他似乎从未看过这样的她，从门口这个角度，只能看到她的侧脸，柔和的曲线，睫毛微翘，眨动眼睛时扑闪得可爱，鼻子也是挺挺的，因为刚洗过澡，她有些兴奋，白皙的脸上还微微泛着红晕。

以前的她，怎么形容呢？总一副——他努力在心中找着形容词——一副受了委屈的刺猬模样，一脸柔弱无辜却又竖着刺不让人轻易靠近。就像今天，他知道她一定还在为自己之前说过的话感到难为情，可天知道，他那天是真以为她要背着他逃跑，心里一紧，就口不择言了。

那次舞会她自觉退场，莫名出现的萧诺，让他觉得，也许，她并不是自己想象的那么简单。更加重要的是，她出差前的那番话，使他在这场关系中突然失却了一直以为的主导姿态。

她对这段关系，似乎比自己更不在乎，这让他极不舒服。

耳边，亦欣还在滔滔不绝地聊着陈年旧事。不过是个高中同学会，她却能从前桌的男生讲到放学后的篮球赛，蜿蜒曲折又转到退休的政治老师。女人总爱喋喋不休，一件小事能从原因的原因讲到结果的结果，并且分不同版本不同神态表达多次。偷听毕竟不道德，他握拳抵了抵额头，准备离开。

此时，她们的话题刚转到高二的元旦汇演，亦欣换了个仰躺的姿势，终于看到了快要退出门口的人影，一个“天”字一出口就又被咽了下去。

看到她一脸被吓到的表情，邵楚意有些好笑。她对他的多数表情，他都从未在以前任何一个女人的脸上见到过。

他是有多可怕吗？

既然她已经看到了，他干脆收住脚步，只维持着原先的姿势立在门口。

“我现在有点事，改天再聊啊。”亦欣匆匆挂断电话，整理着睡衣坐好，“你……回来了？”

好像出差前那次被他撞到，她问的也是这样同一个问题。

他也不回答，只反手带上门，悠悠走近。

亦欣本已准备起身，可因为不太习惯他的靠近，结果反而将身子更往里侧退了退。

一退再退，直至无路可退。

数秒后，她整个人几乎都被他包围在了身下。

昏黄灯光下，两人的暧昧姿势在墙上绘出了一幅更加暧昧的剪影。

他半压在她身上，修长的手指抚过她紧皱着的微微颤抖的眉头，然后是眼角，再是脸颊。

亦欣显然是被吓到了，一边躲开他的抚摸，一边将身子紧贴床头。随着邵楚意的步步紧逼，她恨不得能将整个人都缩成一团，再一次甩头躲开他的手，下巴却被他勾住，又重新转回了正面。这种有如电视剧般的场景，她跟许晨也曾闹着玩过，只要将头死死低下，对方那手再怎么使劲也奈何不了，可她毕竟错估了男人的力道，没对峙多久就被他轻易迫使着抬起了头。

他一手固定住她，好玩地看她脸上的一连串表情。唇慢慢印下，还差一点，卧室门突然被敲响。

“姐，你在里面吗？我想找张创可贴，不知道家里有没有？”

一个本应深沉而美好的吻堪堪停在了她的唇上，瞬间让亦欣觉得得了拯救，她赶忙侧头叫道：“我马上出来。”

想要起身时发现双手还被邵楚意固定着，她不禁瞪眼向他示意。

看她一副理直气壮的模样，邵楚意更觉好笑。两人连距离都未曾拉远，他的呼吸就喷吐在她脸上：“天乐，哪里伤到了吗？”

“咦，姐夫你回来了。我就不小心被纸划破了手，没什么大问题。”

“那你自己拿吧，客厅第二个抽屉里有药箱，打开就看到了。”他故意与她对视，继而缓缓开口，“我和你姐，有事正忙着。”

“邵楚意，你……浑蛋。”亦欣被他一句话说得脸色通红，反抗未果，只能低咒。

外面也一时没了声响，短暂的沉默后终于传来回复：“哦，那……你们……先忙，先忙。姐姐，姐夫，我不打扰了。”

听天乐的声音明显是在憋笑，最后一根救命稻草就那么没了，亦欣几乎想要大叫，可面对邵楚意，还是只能柔声细语：“你可不可以先起来，我们有话慢慢说。”

话音未落，他的吻再次落下来：“你说我不善表达。还有什么‘默然相爱，寂静欢喜’？”

她不禁愣了，怎么什么都被他听到了？

就是这一愣，让邵楚意轻易得了逞，亦欣本就没什么经验，只能节节退败，嘴巴被他堵住，没过多久她就觉得喘不过气来，一张脸憋得通红，原本还强硬挣扎着的双手也慢慢失了目的，连着身子一同在邵楚意身下胡乱扭动起来。

她身上只穿了件宽松的对襟睡衣，邵楚意本意不过是想小小逗弄她一下，因而起初只一下下装作耐心般解着她胸前的纽扣，这时被她这么一乱动，略带凉意的手掌触到底下柔软滚烫的皮肤，带起她一阵战栗，连他的呼吸也瞬时急促起来。

“不要乱动。”他抵住她，调整突然加速的心跳。

眼看着就要被攻城略地，亦欣早已快急哭起来，他低沉的声音一传到耳边，她的眼眶就不由自主红了一圈，而邵楚意此刻也已停止了动作，只仍维持着那霸道的姿势与她对视。

他见她虽是呼吸混乱，脸上也因为挣扎起了潮红，泪眼盈盈，可身体却比方才更加紧绷起来，仿佛只要他再有进一步的行动，她就要与他拼个鱼死网破。

可她不知道这副模样反而会更加惹人怜惜吗？

他轻笑起来，抓着她的手也微微松开，却不愿如此轻易就放过她，想了想，俯身在她耳边呵气：“我先去洗澡。”

放手、起身、离开，一系列动作收得与先前欺负她时一样连贯流畅。

果然，这才是经过实践考验过的高手。

直到再没听到动静，亦欣才敢移动已经僵硬的身体。

终究还是逃不过吗？

她仔细回忆他们的协议里是否有无需履行夫妻义务这一项。

可是不对，他们似乎压根没有过什么协议。

她撑起身来，顺势倚在床头，开始跟自己的思想作斗争。

半个小时，一个小时，两个小时

……

亦欣不知道自己是什么时候睡过去的，直到第二天醒来，脑袋还耷拉着靠在床头。她出来时，屋里只有天乐一个人，他一边吃早餐一边看着她偷笑，而她的脖子则是轻轻一动就疼得要命。

她不幸落枕了。

不明白邵楚意后来怎么就不见了，虽然脖子受了罪，她却有种劫后余生的庆幸。

（六）谁人懂初衷

回校照例要开一个冗长的会议，无非是交流中我们学到了什么，有什么收获，改进之处又在哪里等等。亦欣坐在会议室的最角落，拿笔无聊地在笔记本上作画。

因为落枕得厉害，她的脖子到现在还是阵阵酸痛，早上敲打脖子时还被毛嘉打趣，问她昨晚是不是太努力了？她不知怎么就被调侃得红了脸，连连解释，结果就换来毛嘉一副“我很了然”的神情。接着她又凑她耳边问是不是姿势不对的原因，害得她立马借上课之名落荒而逃。之后整天的状态都不好，她上课时误把王维说成是明朝的，让学生自由发言，课堂内容却被莫名其妙拐到了唐朝宫闱秘史中去，一节课下来竟连一首诗都没讲完。还好她今天统共也只有两节课，勉强应付下总算是过去了。

会议开到了将近十二点，最前排坐得笔直的老师估计也饿得前胸贴后背了，脑袋开始越垂越低。亦欣一边注视台上的情形，一边移动放在桌上的手机，用来遮挡本子上已经画好的简笔素描。第三幅正要落笔，教务处主任终于清清嗓子，开始做最后的总结。

一二三大点，四五六小点一一概括完，众人也早收拾好了桌上的东西，一听“结束”二字立马起身走人。倒是亦欣难得留到了最后，慢悠悠地收了本子，再将会议室的椅子一张张放好，拉好窗帘，刚到门口却又踌躇了。

下午没课，她本可以回家休息，可此时的她，有种无家可归的感觉。只要想到一回到那个家，就有太多的未知等着她，亦欣心里就觉得发慌。从小到大，做任何事情，她都习惯了先做好百分百的准备，而邵楚意，偏偏相反，他只会给她百分百的意外和惊喜，而且多数是只惊无喜。

生活上的他，与曾经和她协商结婚的他，似乎有着千差万别。

数年来，林亦欣第一次感到自己认人不清。

关好会议室的门，亦欣慢慢又往前挪了几步，发现竟还有一个人没走。睖睁片刻，她才有些惊讶地“咦”了一声，问道：“张老师，你是有东西落里面了吗？”

见到亦欣，他一下子变得局促起来，结结巴巴了好久，这才问：“我想问问前几天交流的资料，你有整理过吗？”

“还没。”亦欣摇头，想了想，又道，“不过毛嘉刚问我预借了，你要是想看怕得再等几天，要不……”

“我不是要问你借。”他打断她，有些尴尬地笑笑，说，“只是……那里面有份东西是给你的，我希望你能先看看。”

“给我的，什么东西？”

“你看了就知道了。”

亦欣倒还真没见过他这般紧张又神秘的模样，随口应了声“好”，心想等下午回去就拿出来看看。

文件还放在家里，她最近实在有些累了，于是决定先回家整理东西，再去许晨那儿躲上几天。生出这个念头后，亦欣不禁又暗自感叹：或许这就是所谓的由奢入俭难。结婚前她明明已做好了所有准备，可婚后被邵楚意一惯，她就要造反了。

天乐回学校上课了，家里又恢复了原先的冷清，亦欣径直走到书房，却没有如预料中的在书桌上找到那份文件。

她分明记得自己就放在了书桌上，又仔细回忆了一遍，记起昨天晚上天乐用过她的书桌，于是发了短信问他。

短信很快有了回复，内容却如晴天霹雳：

是黑色的那个吗？昨晚掉地上了，我以为是姐夫的，见他公事包开着，就放进去了。

没过多久，又是一条短信：

姐，我刚问过姐夫了，他说让你自己打电话给他。嘻嘻，没想到我误打误撞就帮你们创造了个那么好的交流机会，你记得多跟姐夫聊聊，有什么误会就解释清楚哦，不谢！

短信末尾还有一个大大的笑脸。

亦欣顿时欲哭无泪。郁闷了半天，最后还是只能打电话给邵楚意。

单一的等待声重复了好几遍，她才听到他冷淡的声音。

“你找我？”

“是。”亦欣尽量做到毕恭毕敬，“我想问一下你有没有看到一个黑色的文件夹，里面是一些教学资料？"

"没注意。"他继续不冷不热。

"那能不能请你看一下，如果有的话麻烦帮我带回来。"

"这恐怕得你自己过来拿了。"

"为什么？"

"我要出差，今晚出发。"

"今晚，没听你说过啊？"

"我现在不是说了。"

"那要多久？"

"一个星期。"

一个星期！他这绝对是赤裸裸的报复，她咬咬唇，只能说："那我晚点过去拿。"

亦欣从未来过邵楚意的公司，但眼前醒目而又独具特色的LOGO告诉她自己并没有找错地方。

前台的小姐正拿着镜子检查妆容，见有人来，忙抿了抿刚涂抹好的唇彩，礼貌十足："小姐，您好！请问有什么可以帮您的吗？"

"你好！我找邵……"顿了顿，她还是改口，"我找你们董事长。"

"不好意思，邵董现在不在，请问您有预约吗？"

她算有预约吗？见亦欣还思索着没回答，对方又道："或者您可以留言。"

"那请问他大概什么时候回来？"

"不好意思，这我也不知道。请问小姐您……"

话还没说完，前台突然停下，朝亦欣身后微笑，她以为是邵楚意回来了，转过身却对上了一张精致而又明艳的脸。而且那张脸，亦欣好像在哪儿见过。

"霍小姐，您好。邵董他现在不在公司，需要我帮您联系他的秘书吗？"

看着眼前瞬间殷勤的前台，亦欣不免有些瞠目。这变化也太大了吧？

不过那霍小姐却似乎忽略了前台的这份热情，反而是上前对她莞尔一笑，问她："林小姐也来找楚意？"

见对方认识自己，亦欣不由开始在脑中搜寻记忆，一时虽还未有印象，但也是礼貌地答了声"是"。

对方正视她的眼睛，动作、笑容都是落落大方："上次见面还没来得及自我介绍，我姓霍，霍雨祺。我跟楚意算是老朋友了，你们结婚时，我因为在国外没来得及参加，既然他还没回来，不如我们坐下聊聊。”

亦欣还有些发愣，就听她继续道：“林小姐不会还在为舞会的事介意吧?”

原来她就是上次舞会上邵楚意的那个舞伴，亦欣一面对许晨夸着人家多有气质，有身材，又多么折煞人，结果见了面却又不认得了。不过再一次近距离看她，亦欣还是不得不承认，这位霍小姐的确是位美人。

见对方仍笑着看向自己，她连忙摇头：“怎么会呢?你陪他我高兴还来不及呢。”

“高兴?”

“呃，我的意思是，我没有在为那件事情介意。”

“那就好，我们坐下聊吧。”

“好。”

亦欣边回以微笑，边暗自松了口气。

两人刚坐定，就听见门口传来一阵嘈杂的声音。

她回头查看，目光所及，只见邵楚意被一大帮人簇拥着进来。她平日与他相处，不是在家里就是在宴会上，倒还真没见过现在这般众星拱月似的场景，这回倒算见识这位董事长的架势了。

他似乎丝毫没注意到她，直到快要擦肩而过时，才突然转过头来，仿佛是有些惊奇地发现了她。

“你怎么在这儿?”

“我来拿我的东西。”

他看了一眼她身旁的霍雨祺，回答她的语气颇为冷淡：“你先跟 Sandy 到我办公室等一下。”

亦欣不免有些郁闷，心里思忖莫非是自己打扰了他幽会情人的时间，不过她要来是老早就知会过他了的，也就再怪不得她了。

邵楚意的办公室在顶楼，那个叫 Sandy 的秘书领她进来后便带上门出去了。亦欣略微扫视一圈，发现他整个办公室布置得竟也十分简约。一张简单的办公桌，几个书架，各类摆设与家中书房几乎没多大差别，只办公桌后面是一扇巨大的落地窗，但也被百叶帘半遮了，几缕夕阳透过帘叶斜射进来，打在桌上，衬得桌上叠放在最上方的一张报纸十分醒目，报纸字体粗黑的头条清晰地落入她眼帘里，她的瞳孔骤然一缩。

她在门口呆呆站了几分钟，这才定了定神，正欲上前拿那报纸，身后的门就有了响动。

先是邵楚意面无表情地走进来，然后是抱着一叠文件的秘书 Sandy。她看他坐下，拿笔，签字，一系列动作连贯而潇洒，似乎根本没注意还有旁人的存在。

亦欣也不介意，只继续站在一角，目光似在注视他，又似散射在别处。两人都是出奇安静，倒让一旁的秘书越站越难受，于是在他签完几份重要的文件后就找借口退了出去。

因为有人坐着，夕阳被遮了大半，只微微还有一束正好打在邵楚意签字的手上。他无名指上的戒指被笼了一层光圈，迷离得失真。

邵楚意送她的第一枚戒指，自那次荒唐的“求婚”后她便再没戴过，婚后一直收在盒子里，此后两人戴的便是手上这双简单的素圈。亦欣低头去看左手无名指，那上面同样闪耀的光芒，这算是他们婚姻的信物，代表着一种关系的确立。每一天，她总不会忘记在面对他时将它戴上，然后等他离开，就又取下。

分明是最简单的款式，她总还是觉得刺眼。

“你就打算一直这样站着？”邵楚意仍低着头，却开了口。

“拿到东西我就走。”

他微微抬头瞥了她一眼，有些不可思议地道：“在你左边。”

亦欣循着他的视线看去，发现那份文件就放在桌上，一般人一进门就能看到，而她，竟莫名其妙和他对峙了那么久。

“不要告诉我你到现在才发现？”邵楚意放下笔，将背靠向身后的椅子。

“不好意思，麻烦你了，我先走了。”亦欣也不理会他的嘲讽，四个字四个字地说完话，便径直拿起文件走人。许是她转身幅度有些大，走时将文件中夹着的一张纸条带飞了出来。

俯身捡起时，她略瞄了一眼，却是有些傻住了。

只见纸条上用略草的字体写着：

可以成为属于我的那颗最璀璨的星星吗？

一看到纸条，亦欣就明白今早张老师吞吞吐吐的原因，脸不自主地红了一圈。她还半蹲在地上，偷偷抬头去瞄邵楚意，心想他应该没看到这张纸条吧。

“不好意思，东西就放在第一页，我想看不到都没办法。”他将手一摊，解了她的疑惑。

她的脸霎时通红。

“我先走了。”她低头将纸条揉进手心，逃也似的打开门，还未跨出脚步，就迎面撞到了一个厚实的肩膀。她也顾不得看自己是撞到了谁，只一面道歉，一面继续闪人。

等坐电梯回到大厅，方才的尴尬才稍微平复了些，她用双手贴了贴仍有些发红的脸颊，只觉得自己这次丢脸丢大了。

“董事长夫人。”刚跨出大门，身后秘书就气喘吁吁地追了上来。

亦欣在门口站定，忽略不远处前台小姐一副活见鬼的模样，问：“还有事吗？”

“董事长夫人，董事长说让您稍等他一下。”

“有事吗？”

“这我也不知道，是单经理传的话，他说让您先到休息室坐会儿，董事长很快就下来。”

“那好吧。”亦欣此时躲他还来不及，但又怕那张老师还放了什么东西在里面被邵楚意捡到了，只能硬着头皮留下。

“董事长夫人，您就先在这坐会儿，有什么事都可以叫我。”

“好的，谢谢。”亦欣一边从秘书手中接过她刚泡的茶，一边问，“你叫 Sandy，是吧？”

“是的，董事长夫人。”

“你别董事长夫人、董事长夫人的叫我了，听着怪别扭的。我看我们差不多大，你叫我亦欣，或者林小姐也行。”

“这……不太好吧。”

“没关系的，这样我听着也舒服。”

“那我以后就叫您林小姐吧。”

Sandy 也是个干脆的人，亦欣微笑着点头，怕耽误她做事，说：“那你先去忙吧，我这边暂时也没什么需要的。”

她在休息室等了半个多小时，邵楚意这才下来，也不解释什么，待上车到了目的地才知道只是与他吃顿饭。

“你让我等那么久就为和我吃顿饭？”坐在西餐厅里，亦欣算是彻底郁闷了。

“出差前想跟妻子吃顿饭，不行吗？”他反问。

“没有必要吧？”

“我觉得挺有必要的。”他道，“我发现你今天说话总带刺，不太像往常的你。”

“我本来就是这样的。”亦欣低头，不想再和他说话，只咕哝一声，自顾自切起了面前的牛排。

他话到嘴边，想了想，却是又咽了下去。

饭吃到一半，亦欣包里的手机响了起来。她拿起查看，却是个陌生号码，本懒得接，可又担心会是学生家长，只能接起。

“校友，我可一直等着你打电话给我呢？”

她愣了愣，对这句没头没脑的话表示没反应过来。

“你不会是忘了吧？相亲，平安符。”

“萧诺！”经他这么一提醒，亦欣不禁脱口叫出了对方的名字。想起之前约好交流回来就跟他联系的，结果自己就给忘了，她不自觉地揉了揉脑袋，有些不好意思。

“你这种反应很伤人的。”

她被他的语气逗笑：“不好意思啊，我还真忘了。你什么时候有空？”

“今晚就行。”

“今晚我不行。”她看了眼对面的邵楚意，却发现他的脸色莫名有些难看，意识到自己正当着他的面和另一个男人聊得开心，只能长话短说，“要不我下次再打给你？”

“你又忘了怎么办？”

“不会不会，这次绝对不会忘了。”

“那可要记得先存号码。”

“一定，那先这样，再见。”

等她挂了电话，邵楚意才似笑非笑地问：“那个‘璀璨星星’应该不是他吧，看来你最近行情不错啊？”

亦欣扯扯嘴角，拿起杯子喝了口水，才问：“你不是说晚上就出差吗？”

“是啊。”他答，“现在就走，待会儿你自己回去吧。”

说完，他看都不再看她，起身拿起外套就走。

“哎！”

这世上怎么会有这么风风火火的人呢？

待站在了餐厅门口，亦欣还是有些愣愣的。早知道就不傻傻等他下班，吃这么一顿莫名其妙的晚餐了。

感到鼻翼微微有些凉意，她不由抬头。

下雨了。

已近初冬，天气预报里全国各地都是普遍降雪，可A城却丝毫不受影响，每天依旧只是不温不火地刮刮风，偶尔夹上几滴雨。此时天色已暗，亦欣一面等着出租车，一面环顾路上三三两两经过的行人。

这个城市，她走走停停了这么多年，却似乎从没仔细观察过。

她看到不远处几个靓丽的OL，应该是刚加班结束，裙子搭着风衣，露出洁白修长的双腿，踢踏着各式高跟鞋灵活战斗在打车的第一线；旁边一对情侣已撑起了伞，男孩揽着女孩的肩膀，甜蜜地走进电影院。亦欣远远浏览影院门口贴出的海报，无聊猜测着他们会看哪部影片。再旁边肯德基里门开了，有小女孩被父亲抱着出来，双手捧了杯可乐，一双大眼睛越过父亲的肩头，眼珠子滴溜溜乱转，当看到亦欣时，大眼睛紧盯了她好久。她笑着挥手和小女孩打招呼，女孩一害羞，抱着杯子就将脸埋进了父亲的胸膛。

整个城市华灯初上，亦欣站在城市的一角，路旁梧桐树叶被风卷携着不断飞起，眼前场景有如一副浓烈而又略带忧伤的印象派画作。

雨仍时有时无地飘着。这个城市的天空，明明阴沉得似积蓄了许多东西，却总喜欢这样慢慢地发泄。她再一次抬头，想起了小时候傻傻的天乐。下雨了，她站在楼下让他快点过来，他却仍是优哉游哉地闲逛着，跟她说“姐，你放心。我都是插空走的，你看，雨打不到我的”。

她不禁笑出来，心里却是在想，如果在幕天席地的忧伤中，她也能插空走，该多好。

【第二章】

谁来信这天时地利

（一）旧梦一场

当香槟色轿车开到她面前时，亦欣正抬手拨开被风吹乱到眼角的碎发，车窗缓缓摇下，她眯着眼透过一片片飘飞的梧桐树叶，却怎么也看不清里面人的模样。然而脑海中，另一张面孔却是越来越清晰。

她恍惚听到那个人笑着说："真巧。"

曾经许多个日子，她带着期盼坐在图书馆的同一个位置上，于是许多个夜晚，她能静静地和他走在同一条道路，彼此，只隔着一辆单车的距离。

那时的风总爱轻挠她的碎发，惹弄得她的心都发痒起来。

然而当风停了，梦也就止了。

亦欣看着最后一片飞舞的叶子擦过车窗落下，眼前渐渐清晰起来的那张面容，与脑中某一个影像重合，瞬间重又模糊。

"萧诺?"她的语气有些惊讶，实在没想到自己和他竟能这样有缘，在餐厅门口站一站都能遇上。

他却仿佛早知道她在这里一般，一手搁在车窗上，笑着与她打招呼，问她："一个人?"

她点头。

"不是说有事吗?"

"刚结束。"

"那现在去哪儿？我送你。"

"不用麻烦了。"亦欣摇头。

"不麻烦。本来就想晚上约你的，不过，"他看了眼她身后的餐厅，"既然你刚吃完饭，让我送一程总不过分吧?"

他侧了头看她，笑容纯粹无害，再配上一副恳切的表情，让人怎么也强硬不起来。亦欣只能咽下要拒绝的话，说："那好吧。"

她上车报了许晨的地址，车子启动时，萧诺才有些不经意地问："不回家?"

"有个朋友最近不太开心，所以去陪陪她。"这是她原先想来应付邵楚意的，如今脱口而出倒是很自然。

“哦，是吗？你这不开心的朋友是许小姐？”

亦欣看了他一眼，心里又是些许讶异，面上却只是笑笑不语。

萧诺似乎也看出了她今日状态不佳，一路上不再与她多话。车里放着轻柔的法语歌，亦欣一个字都听不懂，只将目光注视到窗外，默数着一盏盏霓虹灯安静从眼前闪过。

这本是属于她的绝佳发呆方式，然而今天却有些不奏效。车里音乐一首接一首，不自觉地钻进她脑中，然后在她意识里一点点聚拢起来，慢慢汇成了某个遥远而又模糊的画面。她仿佛又看到了那个熟悉的影子，起先只是一个人，可随后那影子又多了一重，仿佛彼此相视而笑，又似幸福相拥。那是她所不能触及的世界，只能看着，无法参与。

车子路过红灯，停车带来的惯性前倾让亦欣猛地扫清脑中幻影，她略摇下车窗，外面清爽的空气迎面扑来，一切都又杳无踪迹。

到了许晨公寓楼下，她下车，与萧诺告别，刚跨出几步，就又被萧诺唤住。

只见他从车里出来，手上拿着她的平安符，在她面前晃了晃，说：“差点把它给忘了。”

她恍然大悟，微笑着拍拍脑袋道：“还真是，幸亏你记起来，否则又得麻烦你一次了。”

“我们之间不用那么客气吧。不过，你今天好像有些不开心。”

他一脸的关切让亦欣不大习惯，于是微微低头去看地上：“是吗？可能是最近有些累了吧。”

“那可要注意休息了。”

“谢谢。”

“都说了不要这么客气了。”他靠近她，一张脸猝然在她眼前扩大，虽仍是笑容满面，却吓得她瞬时往后缩了缩。

萧诺“哧”的一声笑了出来，问：“你不是被吓到了吧？我有那么恐怖吗？”

“没有。”亦欣调整着脸上有些不太自然的表情，微笑着摇头，“你要没事那我先走了。”

“说到事情倒是有件小事，你下周末有空吗？”

“不知道，有事吗？”

“真不用那么紧张。”他举了两手露出无辜表情，笑道，“只是有个小小的聚会，到时候会请邵董参加，我希望你也能来。”

亦欣从未在萧诺面前提过邵楚意，更没有说过两人之间的关系，不过想来既然邵楚意认识萧诺，那么她也就不用惊讶萧诺对这些情况的了解了。

他邀请得大方，她也不好回绝，只说：“看情况吧，我尽量去。”

“那好，晚安。”

“晚安。”

与萧诺告别，亦欣又一个人在楼下踱了片刻，等站在许晨公寓门口，已是近十点。她有些疲倦地按下门铃，等了良久却是无人应答。

她一路整理心情，满腔的话只想找个人倾诉，此时却只能对着门板发呆。

她又用力按了几下，四周仍是一片安静，空荡荡的，好像她此刻的心。幸运的是她的脑袋在这时终于慢慢接上了线路，让她想起自己和许晨毕业时曾合租过一段时间，而自己的包里，还留有备用钥匙。

开门进去，房间里也是一片漆黑，许晨这么晚了还没回来，她不由有些担心她。亦欣整个晚上给她打了无数电话，都是无人接听，快睡觉时她再次尝试，手机终于被人接起，亦欣“喂”了两声后方听到回应。

“亦欣，你好！”竟是个男人的声音。

她愣了愣，随后才有些试探地叫出对方的名字：“韩非？”

“是我。晨晨她喝醉了，你找她有事吗？”

喝醉？

“哦，没什么，那你们现在在哪儿？”

“她在我家。”韩非倒是丝毫没有隐瞒，停顿了会儿，亦欣似乎隐约听到许晨在那边嚷嚷着什么爱与不爱的，心里不禁叹了口气，她还真是，每次一遇上韩非就非要醉上一场不可。

“你放心，我会照顾好她的。”

“那麻烦你了。”她也不再多话，虽然只与韩非见过一次面，可她对他，却是有种莫名的信任。

几天前她曾和许晨有过一场聊天，那时听她话里满是疲倦，对自己说王子和灰姑娘不是牵了手就会有幸福的。

最开始与萧诺的那场对话，亦欣也多多少少了解到韩非的家庭是两人之间最大的障碍，然而据目前的情形来看，那两人之间怕还是有千丝万缕的纠缠。那么多年过去了，只说许晨吧，也许她自己丝毫未曾察觉，可她的每场所谓恋爱都超不过半年。或许感情就是这样，人们自以为忘却了一切，可其实该留下的，该记住的，怎么也丢不去。心存留恋的人们总会在心中等待些什么，哪怕这等待最不可知，最不可能。

仰面躺倒在床上，她不由想，如果两人都未曾忘却对方，那么多年之后，这份酝酿已久的感情，应该可以更坚强一点吧？如果还可以在一起，那么即使再遇到什么磕磕绊绊，兜兜转转，应该也能谁也不放开谁吧？

应该，多无力的一个词。可人对感情，又敢作出多少保证呢？

就如现在的她，躺在曾经熟悉的床上，却是要辗转反侧。亦欣这人一向念旧，对新事物的适应期总需要很长。她认床，所以从小就不喜欢在亲戚家过夜，每次新换一个地方，前几天晚上总要失眠。刚搬到邵楚意那儿的时候更甚，她几乎是整夜整夜望着天花板发呆。

忘了是谁说过，人是习惯的动物。从前她一直以为，生活中最可怕的，是不管你怎么努力都无法去适应自己所要面对的环境，可后来她才发现并不是这样。生活中真正可怕的，是很多她认为会一直排斥的东西，在适应后竟慢慢形成了习惯，它们在不知不觉中渗入骨髓，一开始觉得新鲜，可渐渐就成了生活中的一部分，越来越难脱离，直至无法自拔。

可那是她真正想要的吗？

脑中有如一团糨糊，亦欣不想再继续胡思乱想下去，干脆起身去厨房倒水喝。

已是深夜，窗外一片寂静，房间里也只听得见她走动时拖鞋摩擦地板的声音，因为只开了盏壁灯，屋里的一切看起来都是朦朦胧胧的。那盆她和许晨刚搬来时买的仙人掌还在电视机旁边摆着，应该许久没晒过太阳，看上去像是缩水般瘪了一圈。对面茶几上凌乱堆了一叠的报纸、杂志，灯光弱弱打在上面，让她又想起了白天在邵楚意办公桌上看到的那份报纸，大大的标题也像这般笼着一层光晕，朦胧一如记忆中虚幻的过去。

亦欣愣愣盯着那叠东西看了好久，直到手中杯子里的热水变得冰冷才回到房间。

她后来闭着眼恍恍惚惚竟也睡着了，依稀觉得耳边有音乐一直在响，很像大学时学校广播里播放的晚间音乐，曲调悠长令人陶醉。

在那乐声里，她仿佛又回到那个傍晚：

夕阳在草坪上布了一层浓浓的金黄，路边的她正快步走着，半长的头发扎了个小小的马尾，在身后一甩又一甩。那应该还是大一时的她吧，被副部派去买活动时现场抽奖用的礼品，她一边走一边抱怨，这明明不是她的活，怎么能逮着一个算一个呢？简直是剥削劳动力，而且还是明天就要用了。她郁闷地踢了踢路边的石子，可转而又想到明天自己就要作为主持人站在台上，与他一同搭档，心中又是一阵期盼与雀跃。不知道明天究竟会是怎样呢？她想着想着忽又紧张起来，脚步也不自觉加快了许多。

喷水池、网球场、行政楼，她路过一道道熟悉的风景，分明记得只是不到十分钟的路程，却好像怎么也走不到尽头。夕阳仍如初时那般灿烂，她皱眉擦去额上因赶路渗出的汗水，再次加快脚步。这一次，她开始默记路过的每一个地点，在心里算着到达的时间，每靠近一点，她便多一份兴奋，但也多一点忐忑，心中五味杂陈，仿佛前方有什么重要的东西在等着她。一步接一步，眼看就要到了，眼前景象却是一转，她忽然就又回到了那被阳光打得有如舞台般灿烂的草坪上。

不，可能那就是舞台。她环顾四周，看清自己正站立在活动中心的舞台边。

那时该是初秋，天刚有了些凉意。她穿着露肩的礼服，不知是紧张还是灯光的原因，不仅是额上，连手心都渗出汗来。台下坐满了观众，暖场音乐依旧不依不饶地响着，她不停查看时间，活动不是六点半开始的吗？现在都已经超时了。

她四顾着找人询问，得到的却只是一连串的“不知道”、“不清楚”。心里越急，那音乐就响得越厉害，耳边歌词似乎还总重复着一句话，像极了她在车上听到的那首法语歌，她明明是不知道那歌词的意思的，可听得心越来越觉空荡。

有人在远处朝她挥了挥手，她看不清模样，只记得那人似乎总爱跟她开玩笑，说“小学妹，你可千万别再给我们老三迷了去”，每见一次他便调侃一次，以至于之后他一开口，她便抢在前面说了他的台词。可此时，她实在不能猜透他大老远做的口型，最终还是决定破罐子破摔。

她一脚刚迈向舞台，左手忽被人拉住了。

那是只骨节分明的手，有力地握在她的手掌间，细长的小指上有一颗淡淡的黑痣。她迫切转头，熟悉的名字在口中呼之欲出，一瞬间，仿佛是看到他了，可再一眨眼，却又什么也看不到了。没有了观众，也没有了音乐声，她只是一个人静静站着，光线刺眼而又朦胧，她似乎已经知晓了前方的景象，只冷静地等着，等重重迷雾一层层散开，等视线渐渐清晰，然后，出现了梧桐叶下那另一张脸孔。

萧诺。草头萧，诺言的诺。多么相像啊，可却不是那双手的主人。她使劲摇头，自己分明早已知道不同，但为什么还是贪婪地想要看一眼，再看一眼。

不，不能再看了，她慌乱地转身逃离，匆忙间好像碰到了什么东西，啪的一声，吓得她猛然惊醒。

原来是自己的手机，不知怎么被扫落在了地上，屏幕上的闹钟配合着音乐正锲而不舍地跳动着。亦欣顺势靠在床头，扒拉了几下头发，心想怎么突然就做起那样一个梦来了呢？

（二）只因相遇匆忙将时光流放

你有没有喜欢过一个人？在还不懂爱的年纪，傻傻地，疯狂地喜欢一个人。

你偷偷关注他的所有，他喜欢的，他讨厌的。

他的一切，你比任何人都了解，却比任何人都不敢谈及。

你喜欢他，连你最亲密的好友都不知道。

夏萧默……

这三个字她偷偷珍藏了七年，像尘封的密窖，本以为永不再开启，可只一个转身，再怎么坚强保护着的外壳都在刹那间轰然倒塌。

事情总是有预兆的，那天她在邵楚意桌上看到的报纸，阳光照耀下鲜明的标题以及那张过于熟悉的脸孔。

“著名海归律师——鼎立国际大公子夏萧默!”

原来，他竟是那样的身份。

她无法想象当时的一切究竟是巧合还是其他。这本是一场没有必要也无需由她出席的舞会，可邵楚意出差回来了，告诉她，霍雨祺要随父亲出席，而她，要伴着他。

如果她可以早点问清那场舞会的名义，如果邵楚意哪怕只是晚一点回来，如果霍雨祺还是他的女伴，如果……再没有如果了，当林亦欣挽着邵楚意的手进入大厅时，一切都是追悔莫及。

那人站立的位置也并不十分显眼，一身与众人无异的黑色西服，可每一次，只要是他在的地方，她总能一眼就看到。

实在很难形容她当时的心情。

惊讶、慌张、欣喜、害怕？

同一个舞会，那般接近的距离，是躲避还是上前？

其实亦欣压根没有察觉，虽然有理智在脑中时刻提醒着她，克制着她，可心和身体早已作出了最本能的反应，她的目光在看见夏萧默的瞬间便再也未能移去，甚至连对面与他们交谈的人都看出了端倪，问："莫非邵夫人与萧大公子认识？"

这一问，也让邵楚意转了头去看她。

她连忙窘迫地收回目光，笑了笑，假装思索道："好像……在什么报纸上见过。"

"哦，也难怪了，前几天各大报纸头条对他可都是争相报道啊。"

亦欣本意不过想掩饰方才的失神，没料到这话题倒引起了对方的兴致，压低了声音继续道："今晚虽说是慈善舞会，可任谁都知道是醉翁之意不在酒，看现在兄弟俩亲密无间，过阵子没准就要上演场争权夺位的好戏了。"

"争权夺位？"

"是啊。本来萧诺萧大少是萧家独子，可现在这节骨眼上突然出现一个哥哥，还是他爸背着他妈搞的私生子，能不有好戏看吗？"

"你说萧诺？"亦欣不由脱口低呼。虽然知道萧诺的身份，也看到了关于夏萧默的那篇报道，可她竟是直到现在才将同一个鼎立和两人的关系联系在一起。

也是啊，这样相像的脸孔，她怎么到现在才想到这一点呢？

邵楚意在一旁一直是不动声色地听着，此时见她这番反应，不禁冷冷道："他就在那边，要不要过去打声招呼？"

顺着邵楚意的目光望去，果然见到了站在一起的兄弟俩，亦欣心头咯噔一下，下意识摇头："还是不用了。你们聊，我去一下洗手间。"

微微点头表示抱歉，她正打算逃离，不远处就响起了萧诺清晰的声音："邵董。"

她背对着他，一时心乱如麻。

"萧默，我来替你介绍一下，这位是邵氏公司董事长邵楚意，这位是……"萧诺停顿片刻，等亦欣被迫转了身，才缓缓介绍道，"林亦欣。"

再次近距离看到那张脸，从前的事情有如浮光掠影般闪现到眼前，亦欣只觉得心头有什么东西被放下，却又有更重的东西压得她难以喘息。

他还是一样的温雅与从容，哪怕是在看清她的面容后现出些许惊讶，也只是短暂停留。

上天最爱与人开玩笑，若你还恋恋不舍，心中期待总不会发生，但若你渐渐想要遗忘，就总有莫名其妙的巧合勾起回忆。

终于，不经意间，她与他重逢。

“亦欣！”她听见他唤她，而她，却迟迟开不了口。

有一些人，离开了我们的生命太久太久，久到我们以为再相见时就可以不再犹豫逃避；有一些情节，在我们心里幻想演练了太多太多次，多到我们想着真正相遇时就可以轻松地说声“你好”或者“真巧”。可事实永远都不会是想象的那样简单。大厅明亮的灯光，一下子使记忆倒回到两人初次被介绍时的场景，依稀也是这般的热闹，也是有人在旁喋喋地介绍，她依然紧张，而他，依然云淡风轻。

五年了，将近两千个日子，她已辨不清如今心中积蓄的究竟是何种情绪，她只想时间能倒退回一点，哪怕只是几分钟，那她就不会这样尴尬，她就会有准备地为自己戴好最真诚、最阳光的面具，笑着回答他一句：“萧默，你好！”

只要那么简单。

那么简单，却又那么难。

身体好像被谁轻轻拉了一下，她也终于回过神来。

眼前，邵楚意正一脸询问地看向她，原来刚才，有意无意间，她竟刻意逃离几步与他保持了距离。抱歉地对他笑笑，亦欣终于收拾起心情，费力扯出笑容，可就在眼神交汇的刹那，那四个字哽咽在喉，最后仍是只化作生疏的一声：“学长好。”

心里默默叹气，别说几分钟，就是再过几年又如何，她还是和当初一样懦弱。

面对他时，旁边其他脸孔于亦欣而言仿佛都变得模糊不清，唯独还能让她注意的，只是他身旁的女伴。当然不是为了去嫉妒谁会那样幸运站在他身边，因为她知道，他的专一，以及那个有资格伴在他身边的女子的执著。

叶子琳。

从第一次见面开始，她就已是夏萧默的绯闻女友。

女人的第六感总是异常敏锐，当初，她不知怎么就猜透了亦欣的心思，在某天来找她“谈判”。她那么趾高气昂地对自己宣告，她才是和萧默青梅竹马，并要一身相携的人。叶子琳学的也是法学，亦欣本就处于弱势，更何况她存的是不能公诸于众的小心思，这一来，还如何招架得住。她记得当初，自己应该是落荒而逃了吧，只想找个无人之处，将这份暗恋埋入尘埃，埋得深深的，再也开不出花来。

可眼前只是一张陌生的脸，并不是叶子琳。

她来不及去想原因，夏萧默已再次开口，仍旧是简单的寒暄：“没想到能在这儿遇见你。”

她扯着笑容，道：“是啊。”

闪光灯咔嚓几声在两人中间闪过，亦欣一怔，这才发现身边突然多了许多记者。

“邵先生，萧先生，几位一起合个影吧。”

又是清脆的咔嚓几声，邵楚意一手揽着她对向镜头，一边低声对她笑道：“看来这是场打着舞会名号的新闻发布会，咱们也配合一点吧。”

听他说完，亦欣再去看四周。果然，所有相机几乎都是围着夏萧默在转。

可惜，此刻的她如何还有心情。

亦欣不领情地挣脱开邵楚意的手，忽略他略带讶异的表情，对他笑笑道：“你们拍吧，我到旁边等你。”说完，也不等邵楚意反应，转身退出人群。

舞会就在萧家举行，她一路穿过众人，终于在走廊处找到了一片安静之所。

眼前所见，除了一个巨大的游泳池，便是夜晚静谧的天空。天气好的时候，A城的天空也能望见几颗稀疏的星星，她发呆时总爱找些东西数数，于是抬头找着一片寥寥无星的天空数起来，深呼吸调整此时复杂的心情。

既然当初是自己选择的放弃，那么如今，再次面对他，她就要做出一百二十分的从容，怎能如现在这般慌乱。

他与她，从来都不曾有，也不会再有瓜葛。

亦欣在心里一句句冷静地开导教育自己，刚见了些成效，就闻见一股烟味进入鼻息，她轻咳了声，发现邵楚意竟不知何时站在了不远处。

他正背倚着走廊的栏杆，长长的烟被他夹在手中，不一会儿时间已经积了一段烟灰。

“你怎么也出来了？”她转身，假装冷静。

他也侧身面对她，微微眯着眼睛，却不回答她的问题，只说：“多年不见的学长，怎么才打个招呼就出来了？”

“我只是不想拍照而已。”这一点邵楚意是知道的，她绝对不希望某天看到毛嘉拿着报纸对着她大叫的场景。

“是吗？”他微微扬了语调，问她。

“是啊。”

两人之间的氛围一时有些奇怪，见他不说话，亦欣也只是沉默。有服务生端着盘子迎面走来，邵楚意将烟熄灭，招呼着拿了杯酒，这才开口问她：“会跳舞吗？”

她一愣，讷讷地点头：“学过一点。”

“那待会儿我带着你。”他说完转身就要往大厅里走。

“我……”亦欣来不及责怪自己那张笨嘴，赶忙上前拉着他，说，“我只在大学里学过，而且……那时候跳的是男步。”

她支支吾吾地说完，邵楚意几乎是以一种不可思议的眼神看她。他知道她是从不陪他参加舞会的，但他一直以为那只是因为她不想太过抛头露面罢了。

“不好意思啊。”亦欣说的的确是实话。大学时，她上的舞蹈课男生少女生多，跟她搭档的女生又比她矮，她只能自告奋勇选了男步。她后来也参加过舞会，却是大学里的小打小闹，她也多属旁观。

知道自己这个舞伴的不称职，她只能讪笑着深表歉意。

奈何她这般模样在邵楚意看来却丝毫觉察不出点不好意思的情绪，反而因为她离开后，霍雨祺的一番话，让他觉得她是在跟自己装傻，心里莫名有些来气，却又不好发作，只站在原地不说话。

“我真的不是故意的。”

她道歉。他依旧沉默。

“那个……其实……我协调能力还是不错的，你带我的话，应该……可以。”

还是没有回应。

“或者我们可以……”

“走吧。”

他终于冷冷开口，这倒让亦欣吓了一跳：“现在？要不你先跟我说说怎么跳。”

“我说回家。”

邵楚意不再理她，带着她提早离场。回家后，他便一个人进了书房。亦欣一路都是亦步亦趋地跟着，一副忏悔的模样，可心中也不免庆幸。

她实在不能预料自己若是再待在那个舞会上会怎么样。

想着想着，她几乎对邵楚意心存感激起来。今晚毕竟是她扫了他的兴，以至于邵楚意摔上书房门时，声音颇有些响亮。亦欣思忖着怎么跟他道歉，可在客厅干瞪着眼等了好久也不见他出来，便自顾自开了电视坐在沙发上。

家里这台电视从来都是摆设多于实用，邵楚意不看，亦欣也只偶尔打开来当当背景音乐。此时电视台正播着许久以前的《萧十一郎》，剧情应该已经很后面了，萧十一郎穿着锦绣华服，骑宝马携佳人来到沈璧君面前。亦欣没看过这一集，于是搂了个抱枕在怀中，将音量调高。

先是冰冰嘶哑却低柔的“萧大哥”，然后是两个名号很大武功超烂的小喽啰叫

“萧大侠”，再是气愤的风四娘叫“萧十一郎”……

她想起曾经甜蜜的报道：吴奇隆戏里戏外恋爱不断。可也就是不久前，马娅舒再婚，嫁了老外，吴奇隆一部部接新剧却是闭口不谈感情，再之后，所有唇枪舌剑、是是非非都归于沉寂。唯有电视剧，一遍遍，电视台百播不厌，观众也跟着看了再看。

“谁在一念之间，走过那么遥远，是否记忆只会开始就没有终点……”

朱茵唱的片尾曲，个别咬字有些奇怪，却也独特。歌词一遍遍重复在耳边，让她脑中又不争气地想起了那双白净修长的手，那手有节奏地轻点着稿子，一句句与她配合。

那是他们唯一的一次合作，在大一刚刚结束军训后，一群人全黑得不成样子，她因本就白皙，再加上皮肤好，没养几天就恢复了回来。她刚入的部门要搞迎新晚会，推来选去竟定了她为主持人，后来男主持人出台，却是开学时接她的那位学长，也就是萧默。

亦欣家就在 A 城，于是开学当天一个人拎着行李就到了学校，报到点的学长、学姐都是格外热情，带着她很快办好了手续。被领到公寓楼下后，那竟还有一批人站着，他就是其中的一个。其实，那时的她胆子很小，压根没敢仔细注意每个人的模样，更别说关注到他了。只是在上楼时，她刚低头按下行李箱上的拉杆，箱子就被他从一侧提起，她轻声道谢，目光停留在他提箱子的手上。那是一只很漂亮的手，既白且长，却又有力，曲起的小指骨节处还有一颗淡淡的黑痣。只是这样一个印象，却让之后的她如同着了魔。

一路从一楼到五楼，她走在他右后方，他每个低头抬头的侧脸，她都悄悄注意着。很多年以后，她看到这样一句话：我爱的那个人，有世界上最美的侧脸。

每个女人都有自己的情结，他的脸也很美，可是她想，或许她的这段爱恋，从那只细长的手开始，就冥冥中有了注定。

当晚寝室夜聊，室友间互相做了自我介绍后就熟络地八卦起白日里碰到的学姐学长，哪个幽默，哪个帅气，哪个漂亮。她头枕着手臂侧躺着，脑中浮现起他的模样，嘴角扬得老高。

那时她想：大学，真好！

与他的第二次见面，她刚被人开了玩笑，红着脸叫学长好。他还记得她，于是问她：“刚到大学还习惯吗？”

“嗯，大学挺好的。”

“新生嘛，对大学总是充满期待的，等到了我们这个年龄你就知道抱怨了。”

部长不知从哪儿冒了出来，手上扯了条彩带，一脸郑重其事：“这次迎新活动我好不容易争取到主办权，你们都给我精神点。哥们儿，我在这儿先谢你了，要能成功俘虏那帮大一新生，我就请你吃饭。”

后来她才知道，原来他和部长是同一寝室的，听说他在接新生当天人气颇高，于是他就作为外援被拉来当了主持人。

迎新活动的主持稿是她自己动手写的，加上高中的演讲底子，他们之前的练习都是十分轻松，没想到活动当晚出了意外。最后一次彩排后，到场嘉宾和节目顺序又进行了一些更改，负责通知的干事却把他们给忘了，萧默临时去场外了解情况，过了开场时间都没见人影。她站在舞台边看已经安静下来的观众席又渐渐嘈杂起来，额头手心都渗出了汗，远远看到部长在门口跟她打手势，以为是催她上台，刚抱着豁出去的心态急急迈出一步，就被他从后面轻轻拉住。

略带凉意的手指压在她滚烫的手心里，让她瞬间觉得安心。

也就是那时，她第一次体会到小鹿乱撞的感觉。舞台上灯光格外明亮，她紧握话筒，一面说台词一面要转头与他进行眼神交流。明明之前练习了好多次，但一看到他对自己微笑，想到手心还存留的那丝凉意，脸上就不禁感到火辣辣的。幸亏部里负责化妆的学姐在上台时又替她补了妆，红起脸来也能被两颊的腮红掩盖。

于是接下去的每一眼，她几乎都只是一扫而过。

后来聚餐，她被他打趣：“我在台上应该不恐怖吧，怎么觉得你都不愿意看我似的。”

她低头喝着饮料，心口扑扑直跳。

那样美好的时光，一生也便只有一次。因为随后，叶子琳便出现了。大家调侃着那是他的女朋友，虽然萧默一再无奈微笑，可她看得出叶子琳眼中满溢的幸福。叶子琳喜欢他，而他，似乎也习惯着她的陪伴。

她并不是学法学的料，于是大一下半学期便转了系，加入的部门自然也退了出来。之后唯一与他有关的，便是一个小小的天文社团，可那两年，她与他的交集，哪怕在最频繁的时刻，也似乎只是那样淡淡的。

林亦欣的这场爱恋，来得莫名，却生生在心里藏了整整七个年头。

七年，她曾以为永远不可能等待如此之久。

七年之后，看着书房透出的灯光，她已与另一个男人联系在了一起。

握在手中的遥控器在不知不觉中换成了手机，她按下一串数字，却只呆呆看着。手机屏幕一次次变黑又被她一次次按亮，那是他大学时的号码，毕业之后就再没用过。她拥有的，除了这十一个数字，什么都没有。这双手，经过了七年，终究还是什么都握不到。

（三）缩头乌龟

第二天依旧是要打起精神上班。亦欣昨晚忘了关窗，早上看着迎风簌簌飞舞的窗帘，这才发觉自己有些感冒了。她也不管，敲了敲涨得发疼的脑袋，蒙头继续睡，等到闹钟铃响，这才翻身起床。

去浴室洗漱，却恰好在走廊上与邵楚意迎面撞上，两人皆是一怔。

他已穿戴整齐，看上去精神不错，亦欣朝他点了点头，微微侧身想过去，却被他叫住。

他皱着眉，盯她看了良久，才缓缓开口："眼睛怎么了？"

她疑惑地看他，但觉得眼睛发酸，可能是有些肿了，于是随手揉了揉，解释道："大概是昨晚没睡好吧。"

声音哑哑的，看来方才捂的片刻并不管用。

见她一副有气无力的模样，邵楚意冷着脸，道："别揉了，洗完脸拿冰块敷一下。"

"哦，谢谢。"

"不客气。"他生硬地咬出三个字，说罢，也不再看她表情，抬手看了眼手表，说，"我晚上有事，不回来了。"

他是从不与她报备的，也没那个义务，因而这话说来连自己都觉得有些别扭，却见她倒是没什么太大反应，只"哦"了一声，仍是直直站在原地，似是等他离开。

于是下一刻，邵家别墅的大门再次遭遇重创。

自他出差回来，他们似乎都还没好好说过话。亦欣听着楼下大门啪的一声被关上，不禁多看了会儿镜中的自己。双眼红肿，眼神涣散，脸色更是苍白，浑身上下一点生气也无。

也是，这般半死不活的自己，谁看了不生气呢？原本打算着等他出差回来后就找机会与他道歉，可结果……

她努力摇头驱赶走那张又快要占据脑海的面容，直接将冰冷的水扑打在脸上。

不过一次偶遇而已，她什么奢望都不该有。

之后一上午坐在办公室里，她倒真没再想到夏萧默，可脑袋也一直没怎么清醒过，只一阵接一阵地发晕。

她今天的课在下午，中午随便吃了点东西，熬着上了一节课后便再也不想动弹。她恹恹地趴在办公桌上休息，有时清醒，有时又觉得自己做了一个又一个的梦。恍恍惚惚似又要睡了，她突然感到脚下一沉，仿佛跌入万丈深渊，全身都惊了起来，心跳也漏了好几拍。待按着胸口冷静下来，才发现不过是个梦。她眯眼定了定神，抬头时却看见了近两日自己忙着躲避的张老师。

他正一脸关切地站在自己身边，问她："我听说你身体不舒服，现在怎么样了?"

她想起他夹在自己文件中的那张纸，第二天她就偷偷将它放回了他的抽屉里，亦欣自认为这般拒绝已够明显且委婉了，莫非是他还没看到?

他伸手上前要探她的额头，亦欣忙后退躲开。他也不介意，只继续柔声关心她："我看你脸有些红，不会是发烧了吧？这样不行，要不我开车送你去医院?"

"不，不用。"

"亦欣，你最近好像一直在躲我。"

她看了他一眼，嘴上不语，心里却是在想，这不明摆着的事情吗?

"我知道你对我没感觉，那张纸条是我太心急了。可我一直相信精诚所至，金石为开，虽然你拒绝了我，但我还是会坚持下去的。"

"张老师，这不会有结果的。"

"你还不了解我，怎么知道我不适合你呢?"

"是我不适合你。"

"适不适合要在一起了才知道。好了，我们暂时先不说这个。我看你脸色真的很不好，收拾一下，我送你去医院，女孩子一个人还是需要照顾的。"

亦欣简直一个头两个大，在应付男人上，她从来比不上许晨或者陈玥那么游刃有余。这时候办公室的老师或在上课或已回家，毛嘉又正好请假去参加婚礼，她咬了咬牙，只能拿出目前她所能想到的最有用的挡箭牌。

她清了清嗓子，说："张老师，真谢谢你的好意，只是，我已经让我先生来接了。"

“先生?”

“是啊，已经注册了，到时候办喜酒请你啊。”

“亦欣，你别跟我开玩笑了。”

“我怎么会拿这种事情开玩笑呢，他应该就快到了，你不信我可以打个电话给他。”说完，她真拿了手机，一边向门口走去，一边作势着按键。

“亦欣。”

张老师唤住她，亦欣正待舒口气，却听见他说：“就在这儿打吧，外面冷。”

她背对着他，一张脸几乎皱成了苦瓜相。

看来今天他是要把自己逼上梁山为止了。亦欣翻着手机里的通讯录，手指在许晨的号码上停留良久，最后还是咬牙翻到前面，拨通了邵楚意的电话。

本以为要等上很久，没想到一拨通，那边就响起了他低沉的声音。她还正打着腹稿，一时不由有些愣住，心中也不禁有种马上要挂断电话的冲动，可转头看到对面张老师注视的目光，还是硬着头皮问道：“你现在在哪儿?”

“公司。”

“嗯，那好。嗯……”

她自设情景地对着手机嗯嗯啊啊了良久，邵楚意终于没了耐心，语气冰冷地问道：“你到底什么事?”

亦欣皱眉，终于说了句完整的话：“邵楚意，我……感冒好像越来越严重了，你能快点过来吗？我就在办公室。那好，我先挂了。”

她快速把话说完，也不敢等邵楚意做反应，立马挂了电话，又对张老师道：“他应该很快就到了，你要不先回去忙吧。”

偷偷按掉邵楚意拨回来的电话，亦欣此时简直要比让张老师送医院更加坐立不安，心里只盼望他能快点离开，这样她打回去解释也还来得及。

有一段时间毛嘉总爱在她面前八这位 CT 张老师，说他虽然情商不高，可智商绝对一流，又说他带学生做数模时是多么多么认真，做事是多么多么仔细而又锲而不舍。亦欣每次都不由要白上她一眼，可在下一刻，她终于全然见识到了张老师那非常不高的情商以及他伟大的不到黄河心不死的坚强意志。

因为她听到他说：“没关系，反正我也一个人在办公室，既然他还没来，我就在这儿陪你一起等吧。”

“那真是太谢谢你了!”她说这句话时几乎已经是咬牙切齿了。

之后两人就这么静静地对坐在办公室里。她的头还是疼，但已经睡不着了，屋里太过安静，能清晰听到外面传来沙沙的声音，引得亦欣转头看往窗外。

原来是下雨了。

她早上出门时还是阴天，现在窗外却已被雨雾笼得朦胧一片。南方的天气就是这样，入了冬还总有下不完的雨。临近的一扇窗半开着，有几缕雨丝飘打进来，让空气中都有了潮湿的味道，腻腻凉凉的。她收了目光，顺手去整理桌上的资料。一页页教案，盯久了，只让她觉得心情更加压抑，心里也不免有些烦躁起来。

“下雨了。”张老师似乎也觉出了两人这样静坐着的尴尬，于是出声与她交谈。

“是啊。”

亦欣低低应了一声，终于找到了内心压抑的原因。此时虽还只是下午三点，但因为下雨，房间内显得十分阴暗，余光扫到对面坐着的人，也是十分拘谨，只放了手在桌上，正襟危坐地对向自己。

算了，她在心里叹了口气，决定还是坦白交代。

她起身到门后开灯，因为有些冷，一手半抱着身子，一手刚按下开关，就看到了站立在门口的身影。

见她还呆呆站着，邵楚意将滴水的雨伞放在门口，一脚跨进办公室，手掌也在同时贴上她的额头。

房间里早已一片明亮，唯独门口那盏日光灯有些坏了，在他们头顶闪了良久，连带着两人的神情都忽明忽暗起来。

亦欣看他探完她的体温，又温柔地将手放在她肩上，呵护十足。

“只是有点发烧。”灯终于亮了起来，她低头，声音如蚊子般。

“你好，我姓张，你是林老师的……丈夫？”张老师此时也起了身，站在她身边有些诧异地询问。

“你好。”邵楚意简略打了招呼，又皱眉脱下大衣外套，待将亦欣整个裹在了里面，这才伸手与他快速握了握，说：“公司离这有些远，所以来晚了。刚才多谢你照顾她了。”

“哦，不客气，应该的。”

“那我们先走了。”

他拥着她离开，正碰上下课铃响，有学生跑过来交作业，她将头低埋在他大衣中，透过水洼的倒影，看到他将大半雨伞倾斜到她头顶。

到医院挂了点滴配了药，一路再被他送回来，两人之间几乎都没再说过一句话。

躺在床上，见他端着杯子进来，她才终于开口，说：“谢谢你。”

“谢我送你去医院，还是帮你挡了朵桃花？”他不冷不热地问。

“你知道？”

他本不知道，接到她的电话后，也只以为她是要跟自己解释昨晚的事，可她语无伦次地嗯啊了半天，只冒出那样一句没头没脑的话，再打回去又被她挂掉，他那时只有些怀疑，后来不知怎么就想到了上次天乐说她容易发烧的事情，想想还是去看看。再后来在门口看到漆黑的办公室只有他们两个人，都说女人敏感，可有些气氛男人也很容易感觉出来。他才有些猜到了原因。

“你肯定我会来？”他将手中的杯子递给她，问。

亦欣接过，没有想就摇了头：“今天麻烦你了，我也是没办法，我本来只想拖到办公室的老师回来，没想到那么不巧……”

“这样看来我还挺有用的。”

“不好意思。”

“难道他不知道你是有夫之妇？”

“我说了，可他不信。”

邵楚意瞥了她一眼，刚想开口说什么，但见她一副憔悴的模样，眼睛也没有消肿，只轻轻“哼”了一声，自言自语道：“也不知道怎么会有人喜欢。”

“你说什么？”

他不理会她的一脸疑惑，只说：“算了，吃药吧。”

亦欣早习惯了他转移话题的能力，也不再多想，等吃下药，才有些不安分地在被子里微微挪动起来。

话已酝酿了好久，现在只差一个好时机。而邵楚意的手机，似乎总能够解救她于水火之中。

听到铃声响起，亦欣几乎是下意识地坐了起来，略略抽了抽鼻子，怯怯开口道：“今天真的麻烦你了，我现在感觉好多了，我……就先回房了。”

邵楚意正接电话，看她半个身体已经出来，终于明白方才让她进房时她怎么扭捏了那么久。看她低着头一脸纠结的模样，他不禁想要发笑，可转而想到什么，又是有些生气，于是瞪了她一眼，语气严厉带着命令：“躺回去。”

说完又对着手机里道：“没什么，不是在和你说话。”

他继续用眼神强迫她留在被窝里。因为就坐在她身边，亦欣依稀能听到他手机中传来女人的声音，只是邵楚意的声音淡淡的，听不出什么情绪。

"我晚上就不过去了，你们尽兴，至于那件事，你别管。"

他就坐在床头，感到身旁的她安稳了许多，于是侧头去看。

亦欣呆呆靠在枕头上，眼神散乱，不知在想什么。

手机那头又说了一段话，于是他道："我听说夏萧默有女朋友了，你什么时候又对他感兴趣了？"

亦欣一怔，回过神后小心翼翼地偷瞄他，可邵楚意已挂了电话，见她抬起身子，嘴角扯了个笑，神情却是严肃："还想回去？"

"我感冒了会传染你的。"

"我抵抗力强。"

"那总归不太安全。"

"我不介意。"

他无赖起来真是谁都阻止不了。

"邵楚意，其实我……"

她极少唤他的名字，此时听来却像是有什么严肃的事要说，可他马上打断了她："放心，我说过会等你愿意，再说你发着烧，我还能对你做什么？这床那么大，你分一半给我，半夜有什么事也好有个照应。"

理由十分充足，却不像是她认识的邵楚意。

她又睖睁了会儿，终于答应。

与邵楚意同床，亦欣设想过许多次，可没有一种情形是如今这样。本以为自己是要一夜无眠了，可发烧后她实在是觉得累，而他也是规规矩矩的，只用被子裹了她，两人连碰都没有碰到。她稍稍调整了姿势，竟马上就睡了过去。

迷迷糊糊觉得有人敲她的脑袋，说："你就只能当只缩头乌龟？"

语气竟似有些恨铁不成钢。

她有些怕痛地往被窝里缩了缩，心里却觉得冤枉。遇上邵楚意后，她何时做过一只成功的缩头乌龟。

（四）别问是劫是缘

亦欣这次发烧来得快，去得也快。被捂了一晚，第二天烧便退了，只留下些感冒的小症状，她也不甚在意。可邵楚意自那晚后像突然转了性，每天不仅及时督促她吃药，连上下班都到学校门口接送。

那天她出校门，正跟学生聊着几天后元旦汇演的事情，也没顾得上看周围，谁料没走几步，就听见一阵喇叭声。

竟然是他。他正坐在车上斜睨自己，见她看过来，干脆下了车，绅士道："上车吧。"

她一面受宠若惊，一面又是无措，三言两语跟学生告了别，埋头进车后就让他快走。他的车看着低调，终归牌子摆在那儿了，她自己可以将名牌当杂牌，可现在学生个个懂行得很，隔天就被她听见了关于所谓有钱"师公"的传说。以至于她站在讲台上，看到学生的目光，都顿感压力。她自觉那天下午的事张老师不会说出去，可学生的嘴巴无限大，传播能力更是无限强，最后连办公室老师都知道了邵楚意，以毛嘉为首催她带出来见见。亦欣头大，只能开开玩笑先应下，举手投降以避免他们更进一步的攻势。

慢慢踱出校门，如前几天一样，亦欣又见到了转角不远处停着的那辆熟悉的轿车。她与邵楚意再三协商，最后只将这停车位置挪动了十来米。不过十来米，好歹能让她躲过不少目光。车就在眼前，黑色玻璃窗紧紧关着，让人看不清里面的状况。但亦欣知道此刻的邵楚意，一定正在认真翻看腿上的文件，手上一只钢笔有节奏地在文件夹边缘轻点，那是他思考时的习惯动作。

不知怎么她就清楚了他的许多细节，包括他那只手的手背上，有一颗淡淡的黑痣。

很多时候，林亦欣都觉得自己是不是疯了，疯得会将每个人都与夏萧默联系起来。

这种联系就像吸毒。

而她，已经上瘾。

暗自嘲笑了自己一番，她上前去敲车窗。待邵楚意露出一张皱眉的脸，才有些抱歉地道："我今天还有点事，你先回去吧。"

"什么事？"

"高中同学会。"她如实回答。

时间是老早定下的，只因为这几日发生的事情太多，倒让她给忘了："抱歉没有提前告诉你，我也是刚才接到电话才想起来。"

"先上车吧。"

她知道他要送她过去，于是摇头道："地方挺远的，待会儿我等其他人一起过去吧。"

他不以为然，收了手中的文件，说："正好我晚上没什么事，你们应该不介意带家属吧？"

"这……"

同学会的规定，向来是可带家属。不仅可带，而且还是热烈欢迎并提倡携带家属。但眼前邵楚意这番模样，实在让亦欣心中没底，她更没做好要将他公之于众的准备。

"怎么还愣着？"

他固执起来亦欣就没了办法，最后还是跟他上了车。

同学会的地点定在T大附近的一个酒店，T大在郊区，因而酒店也算偏僻，不过装潢还是一派富丽堂皇。长长的走廊顶上每隔几米就悬着一盏光芒耀眼的大吊灯，灯光映照下，两边凹凸的壁画显得栩栩如生。

亦欣走得极慢，邵楚意也不着急，边走边问她："你们这同学会有人来吗？这时候又不过年又不放假的。"

"明天不就是元旦。"

他扬眉，似乎并没有将元旦当成过一个假期。

"班级里有两对情侣明天结婚，大家说是好日子，正巧元旦放假，所以大部分都能赶回来凑凑热闹。"已经不再指望他能离开，亦欣干脆告诉他原因。

"这么有缘？"

"是啊。"她说来也是一脸歆羡。

"那待会儿不会碰到你的什么初恋男友？"

她瞪了他一眼，说："我没那么早恋。"

"是吗？"

他似笑非笑地反问，亦欣只当他拿自己逗趣，不再理他。

他们来得有些早，酒桌上一应事物刚置备齐，门口迎接的班长一看见两人就立马迎了上来。若换了别人，见到邵楚意难免不会打趣几句，还好班长读书时就是个学术型人才，听了亦欣介绍，规规矩矩地和邵楚意握了手，便引他坐下。亦欣则上前帮忙招呼新来的同学，这一来一去倒是把邵楚意冷落在了一边。多年不见的好友们忙着彼此叙旧，一时间也没多少人将他们俩联系起来。

亦欣从前在学校里还算是个挺活泼的人，同学关系处得也不错，觥筹交错间，她已被灌了好几杯酒，刚又添满一杯，杯子却被人夺了去。

“她这两天身体不舒服，这杯酒就让我代喝吧。”他一饮而尽，让亦欣和众人都是一愣。

“邵楚意！”还是许晨揭开了答案，她来晚了些，此时正脱了外套加入敬酒行列，见到眼前景象，不由先大呼起来。

邵楚意仍是一脸微笑，可据亦欣的经验，他此时定是有些不爽了。她不记得自己何时又招惹了他，而且归根结底也是他自己要跟来的。

“邵楚意，我应该没认错人吧？”许晨倒是丝毫没察觉这其间气氛有什么不对，只一把揽过亦欣，半靠在她肩上与邵楚意打招呼，“许晨，亦欣的高中兼大学死党，我们见过一面的。”

“印象深刻。”邵楚意还是笑。

不过事实上，他的确是不爽了，而且是很不爽。从前的任何酒宴上，无论他是不是主角，总归是备受瞩目的，谁曾想今日竟被人忽略到这种程度。他本来也不过是心血来潮，他看出她的不乐意，于是偏要来坐一坐，哪知一来就被她丢在了角落。她的同学一个个来了，却极少有人注意到他，倒是她与人交谈得风生水起，似乎已经压根忘记了他的存在，而这于他而言绝对是极大的打击。

其实这件事真不能怪大家，同学会的安排是先自由场再到正场，此时大家都还只与熟悉的同学叙旧聊天，加之邵楚意坐的又是个偏僻背光的位置，即使有人注意到也只以为是某人带的家属，只等着到时候介绍，谁曾想才一个小时不到他就受不了了。

“上次事发突然，我没来得及自我介绍，没想到今天亦欣把你也带过来了。”许晨自己打完招呼还不过瘾，一边朝亦欣使了个脸色，一边已经甩开膀子撒嗓子喊道，“同志们，来，介绍介绍，邵楚意，多才多金，风度翩翩帅男一枚，林亦欣的现任丈夫。”

可恨亦欣下一刻就去捂许晨的嘴已经来不及了，她一嚷嚷开，众人的目光都集中在了两人身上。以前她背成语，记得有一个叫“众矢之的”，如果将众人目光比作箭的话，那么她现在的感觉就跟那众箭所射的靶子差不多。

她看着被捂了嘴还忍不住偷笑的许晨，真想将手往下移一移，一把将她掐死算了。

她还真是为邵楚意做了个最完美的介绍……

邵楚意被闷了半天，这回倒是顺了气，又见到亦欣一脸气急败坏的模样，更是忍不住笑了起来。他是交际圈里打滚惯了的，这种场合自然应付自如，三两句就跟她一帮同学混了个脸熟。亦欣苦笑着接受一句句恭喜，只觉得接下来的时间无比漫长。

同学会最后是两位新婚夫妻做主角，大家在位置上坐定，邵楚意才俯身在她耳边笑问：“怎么无精打采的？”

“累了。”她没好气地答。

“刚才可都是我在应付你那些同学，怎么倒是你先累了？”

“感冒还没好，没你那么精神。”

“哦。”他点头，一脸戏谑，又见她嘟嘴赌气的模样可爱得很，不知怎么就伸手去弹她的额头，“别气了，你看人家多甜蜜。”

这一弹，让两人都是一愣。

“给你。”后来还是他先开了口，手上不知何时就拿了一片东西。

“这是什么？”

“口服含片。喉咙没好，晚上还喝那么多酒。”

他又恢复了一张冷脸，变脸那么快，却让亦欣看出点不好意思来。不过喝了些酒，她喉咙的确有些异样，撇撇嘴接过，掰出一片含在嘴里，就不再说话。

好不容易等到同学会结束，与邵楚意一同出来，下楼时她没看台阶，差点踩空，被邵楚意扶住，说：“怎么那么不小心，真不舒服？”

亦欣没答，继续往门口走。透着凉意的空气迎面而来，一身微醺的酒意也散了不少。

他将车开来时，亦欣的其他同学都走得差不多了，连许晨也不见踪影，只剩她一个人默默看着远处。

他在车里看了她良久，这才开门出来，抱手斜靠着车身，问她：“在想什么？”

“你为什么突然对我那么好？”她目光仍看着远处，问出了最近一直压在心头的问题。

“我想想。”他一手托腮看她，似在揣度她眼神中的东西，良久，才有些漫不经心道，“可能是同情你吧。”

她有些疑惑地转头看他。

“喜欢一个人却只能远远看着的感受不太好吧？”

她全身都是一怔，眼神明显是在问：你怎么会知道？

“早就让你离萧诺远点了，可惜你不听。他可不是什么好人，这么巧安排你和夏萧默碰面，之后又把你们的关系告诉我。”

“我们没有关系。”她辩解。

“我知道。你也别想太多，听说夏萧默过几天就要回法国了，你要是想和他有关系还真得抓紧了。”

她咬唇：“所以你只是同情我？”

“是应该还有点别的什么。”他一脸神秘莫测，又是沉默片刻，才道，“最近我突然想通了一件事情。”

“什么事？”

“林亦欣，你当初究竟为什么会选择跟我在一起？”他此时已起身走到她身边，居高临下看她。

“我不知道怎么说。”她低了头，避开他直视的眼神。

“还记得当初的二选一吧，是因为我能给你安定，却不需要你给爱情？”

她再次咬唇，点点头。

“可我也记得我曾经说过，我抱的并不是试一试的心态，如果可以，我希望我们能走到最后，是吗？”

她愣了愣，再次点头。

“我从来都不希望把我们的婚姻当成是一场交易，的确，我们都还没准备好进入一段感情，可我现在不是已经开始尝试了吗？”

“不应该是跳过吗？”她抬头，惊愕的眼神赫然闯进他的眼眸，那里隐约闪过一丝什么，让她莫名预感到有什么要发生。

“我想我当时传达的意思是——我们可以先婚后爱。”他一字一句解释。

爱情与安定，她选择后者，所以不应该是只婚不爱吗？

亦欣重又咬唇，仔细考量着邵楚意今天这话的分量。

他嘴角含笑，顾自欣赏着她的纠结。与她相处久了，他发现她其实很好对付，每次只要她一咬唇，就证明他成功为难到了她。

"邵楚意，我想我们之间有误会。"

她要是再咬下去明天嘴唇可就要肿了。他笑，却不给她丝毫反驳的机会，一边上车一边道："那就以后慢慢把这误会解开，我想我刚才的提议应该是个很不错的方法，你可以考虑考虑。"

坐在车里，亦欣脑中简直一团混乱，无数次的欲言又止让她终于放弃，开始埋首沉思今天发生的一切。

他跟她说夏萧默，跟她说先婚后爱，一切的一切都超出了她的预想，可分明一开始，他看来就是一副不相信爱情且更不愿受婚姻束缚的模样。

难道所有都是她的误解，都是她没看清？

亦欣将因果往前推了又推，觉得也许发烧那天自己就不应该打电话给他。甚至，一开始的那次相亲，她就应该在他迟到后离开。

追悔莫及的滋味，她终于又一次理解。

第二天，两对新人的婚礼，邵楚意自然也被应邀在内，但原本同学会的意图就是提前恭贺了两对新人，亦欣与他们也算不上说是交情很好的朋友，哪敢再带着邵楚意去参加。大清早起床，却听见他打电话让人准备礼物送到婚礼现场，见亦欣看他，他也一脸无辜地回看，最后还是她先泄了气，道："我知道，这是社交礼仪。"

"错了，是同窗情谊。"他更正她。

"可那是我的同窗。"

"所以礼物上有你一份署名。"

她无语，反正，总是他比自己有道理。

傍晚两人一同去亦欣家吃饭，林父林母对邵楚意都是极为热情，连天乐不知何时也跟他混熟了，一见面就拉他到房间打游戏，其乐融融的场景让亦欣不时觉得是不是自己是多余的。

饭后母亲要留邵楚意住下，亦欣正在厨房收拾，听了这话，也顾不得满手油腻，连忙出来道："妈，这太麻烦了，我们就不住了，反正家里离得也不远。"

"这什么话，楚意都还没在娘家住过吧，就让你留一个晚上都不愿意啊？"

"我不是这个意思。"

"那是怎么，嫌家里太小，伺候不起你了？"

"妈！"

亦欣赶忙制止母亲的话头，知道她的性子就是这样，也不再争辩，却见邵楚意不知何时站在了自己身边，对着母亲道："您别生气，她其实巴不得不回去呢，主要是因为我。"

亦欣转头看他，暗自揣度他这话里的意思，怎料他也侧了头，含笑与她对视一眼，继续道："我明天开会用的资料都还在家里，亦欣是怕我明天早上跑来跑去太麻烦了。"

一句话就化解了矛盾，林母瞬间收了板起的面孔，一边拉着邵楚意坐回到沙发上，一边问："元旦不是休息三天吗，怎么明天就工作了？"

"快年终了，事情比较多。"

"你说你堂堂一个董事长，怎么比员工还累？又是出差又是加班的，这可得注意身体。"

"我知道。"

"这样吧，晚上还是住这儿，我锅里还熬了汤，正好给你补补。明天嘛，迟到一点也没有什么关系。就是房间和床都小了点，怕你不习惯。"

"怎么会？家里虽然大却很冷清，我倒挺喜欢这儿的。"

听了这话，母亲脸上简直是乐开了花："喜欢就好，那我先去帮你们把床铺一铺。"

亦欣在其中丝毫插不上嘴，知道邵楚意是在帮自己解围，只能在心底叹了口气，拉住急急张罗着的母亲："妈，还是待会儿让我来吧。"

"那行，我去厨房看看汤熬好了没。"见亦欣还围着围裙，又说，"脱下来我来吧，你去收拾房间去。"

"哦。"

其实也没什么好收拾的，知道他们要来，母亲应该有打扫过，地面和桌上都是纤尘未染，一应摆设也跟她离开时一样整整齐齐。亦欣在书桌前坐了坐，这才起身到柜子里拿被褥。

结婚后，她的东西基本都搬到了邵楚意的别墅，只剩下一只红木箱子，还静静和被子一起躺在柜中。那是她最珍视的东西，或者应该说箱子里收藏的都是她最珍视的东西——生日时收到的礼物，朋友从远方寄来的信件，玩过的溜溜球，掉了耳朵的毛绒兔子……一应旧物几乎可供她从小学追溯到现在。

这是用来收藏实物的，而记忆，则存放在脑中。

所有曾经拥有过珍惜过的东西，一样都不曾丢弃。

整理到最后是一小叠明信片，每一张上面都写着简短的几个字："这里是××，祝好！”

从丽江、凤凰到伦敦、巴黎，她曾经向往过的风景，曾经期盼的天空，在那些相同而又熟悉的字迹背面一一呈现。

近在眼前却也遥不可及。

想来每个人青春年少时，对未来总是充满信心和憧憬的。每个人都曾向往过远方，向往自由，因而有了许许多多伟大而又遥不可及的梦想，这其中，就包括环游世界。

可又有多少人，在遭遇现实后还能有勇气放弃一切去实现这些梦想。

门口传来敲门声，亦欣猜想是母亲不放心过来查看，忙将东西都塞回了箱子，等抱着被子回头，却发现竟是邵楚意站在自己身后。

“怎么是你？”

“怎么不能是我？”

见她还呆呆站着，他不由叹气，问：“真被吓到了？”

她咧了咧嘴，摇头说：“我刚才以为是我妈进来了。”

“我是指昨天晚上。”

她一怔，思忖着他莫非是现在就想要答案，却见他从自己手里接过被子，在床上放好，才又开口道：“你其实不用这么紧张，我说过会给你时间考虑的。”

“我没有紧张。”她反驳。

“哦。”他抱臂抬头看她，“那你打算在上面站多久？”

亦欣低头看了看，这才意识到两人此时的高低差距。因柜子太高，她刚才是垫了凳子才打开的，他突然出现在她身后，就吓得她把什么都给忘了。

待她故作镇定地下了凳子，邵楚意已对她的房间感了兴趣，环顾一圈后随手拿起书架上的相册翻看。

“你小时候长得还挺可爱的。”他边欣赏边做评论。

“谢谢。”

“不客气。”他笑，既然她爱跟自己客气，他也要礼尚往来。

目光在相册的一页停留住，邵楚意指了其中的一张，问：“这是什么时候拍的？”

那是一张十分老旧的照片，大大的槐树上女孩扎着两个羊角辫，丝毫不顾及身上的连衣裙，两脚踩在树干上，对着镜头摆了个大大的笑脸。亦欣看了一眼，一时有些发怔。

那么多照片，他怎么偏偏就挑了这张。

“很小的时候吧。”她含糊地应上一句便不再多说。

“哦，我看你其他照片都规规矩矩的，就这张最活泼。”他拿着照片和亦欣比对了会儿，道，“长得是越来越漂亮了，只是性格，还是活泼点的好。”

见他仍是意犹未尽，亦欣不禁垂眸，思索片刻后才走到他面前。

“邵楚意。”

“想跟我说什么？”她一唤他的名字，他就知道是有什么正经事要说，虽然她从不说什么不正经的事。

“虽然我们现在的关系……有点莫名其妙，可是有件事情，我觉得你还是有必要知道。”

她停下来，他也不说话，只等着她继续。

似乎是下了很大的勇气，她才开口：“我其实并不是爸妈的亲生女儿。”

“嗯。”他并没她意料中的惊讶，只是微微点了点头。

亦欣愣住，而后方有些自嘲地笑笑：“也是，我怎么会觉得你不知道呢，按你这种家世，要娶我，肯定是得调查清楚的。”

“你别误会，我承认我知道，不过也仅限于你刚说的这些。”

“没关系，其实你知道的话我说起来反而更轻松。”她作出大大松了口气的样子，向他笑了笑，“那是我在福利院时留下的唯一一张照片，听说是五岁生日的时候拍的。”

“听说？”他抓住了她话里的小细节。

“嗯。”亦欣点头，“我在八岁的时候发过一次很严重的高烧，后来虽然恢复了，但可能因为年纪小吧，以前的事情都记不太清了。有时候想到一些，也只觉得糊里糊涂的，不知道是真的还是在做梦。”

“那后来呢？”

“其实很多人也都记不清小时候的事情了，我这个又不算失忆，后来当然也是没想起来。不过以前爸妈特别宠天乐，我还真怀疑过自己是不是他们的亲生女儿。”她耸肩笑了笑，继续道，“直到有一次我不小心听到爸妈的对话，说起我被领养的事情，这才知道他们瞒了我那么多年。”

“他们为什么不一开始就告诉你呢？”

“我也不知道，只知道当时我爸身体不太好，所以结婚几年都没有孩子，后来算命先生说他们要先领养一个，而且领养女孩的话，生男孩的几率就大。听着很不可思议，可没想到领养我三年后，天乐还真的出生了。”

“后来我问过爸妈，结果只拿到这样一张照片。我也去过福利院，不说很多老师都已经退休了，就算还在也记不清那么久之前的事情，我能找到的只是一些简单的登记资料，还有一个地址，是个乡村小镇，我也去找过了，但最后……没什么收获。”

其实她本没想说那么多，然而讲着讲着就觉得心头一直压着的那块石头变轻了许多，或许，她一个人藏了太多东西，该找个人倾诉倾诉了。

“我不知道你已经了解了多少，不过，这就是我全部的故事了。”

“明天想不想去福利院看看？”

“啊？”她一时没明白他的意思。

“我明天正好没事，而且，那是新和儿童福利院吧？”

“你怎么知道？”

他还说自己只知道那么一点。

“我们公司在那儿有过资助，我刚才看到照片就觉得那棵大槐树很熟悉，现在想起来不就是新和大草坪中间的那棵吗？”

见她惊讶地张大了嘴，他不禁扬眉笑了起来。

亦欣知道自己又被他耍了，也懒得气恼，只又唤了他一声，慢慢道：“我想起许晨曾经给我提过一个很烂的建议，说是我们俩应该做个约定，在一段时间内，谁要是找到了生命中真正的另一半，另一方就放手；如果没有，那我们就成为彼此的另一半。不是现在这样，而是真正的在一起。”

那是许晨刚知道她和邵楚意之间的关系时开的玩笑话，可她不知怎么就想了起来，就当是病急乱投医吧。

“是挺烂的。”他点头表示同意。

“邵楚意，如果我说以三年为限呢？”

生命中真正的另一半，她早已不确定自己还能否找到。但无论是夏萧默，还是邵楚意，她都必须做出一个决定。其实与夏萧默见面之后的一段时间，她一直都在想着这个问题。婚姻以七年为限，说是七年之痒；爱恋呢，陈奕迅唱《十年》，那便十年吧，再允她三年，所有留恋、回忆、不舍，她都会完全忘记。

“我知道自己是个缩头乌龟，最擅长的就是逃避。所以我想，应该做个改变了。”她说，“以三年为限，这段时间内我们可以试着慢慢开始，相互了解，但同时，在这三年时间里，任何一方也都可以自由选择退出，怎么样？”

“你不用那么快作出决定，我说了你可以考虑。”

“这就是我考虑的结果。”

他看出她眼中的决绝，却是一口否决：“那么，不怎么样。”

“为什么?”

“半年。”他答，“三年太久了，不合算。要约定的话，就以半年为限。”

他一副做生意的口吻，让亦欣咋舌，然而沉吟片刻，她还是点头答应：“好，就半年，要不要定个协议?”

她想，要做就要做得让自己毫无退路。

他依旧是摇头：“不用，在这方面，我还是相信你的自觉的。而且，今天晚上，就可以是一个很好的开始。”

她看了看身后的床，明白了他的意思。

“当然，我们可以从单纯同床开始。不过，倒可以给你定个要求。”

“什么要求?”

“别老拿眼睛说话。虽然沉默是金，可我真的不是每次都能猜中你在想什么的，既然说好不当缩头乌龟，就稍微活泼一点。还那么好欺负，每次都忍气吞声，真想当旧社会的喜儿?”

他也知道自己经常欺负她啊。亦欣忍不住莞尔，点点头说：“好。”

“刚才讲了那么久，渴了吧？帮我倒杯水去。”

“不是问我渴了没吗？应该是你帮我倒才对吧?”亦欣反驳，他也就知道欺负她，好话刚说完就又指使起她来了。

“行，鉴于这是你向我提的第一个要求，那我帮你倒去。”

邵楚意起身，还真一副出门给她倒水的模样，他笑得一脸爽朗，让亦欣也禁不住展眉。

（五）重回起点

第二天两人没能去成福利院。

原本一切都算顺利。亦欣于几天前收到小梅寄来的一封信，她见天气越来越冷，便想着不如去商场帮她挑件外套，顺道也给福利院的孩子们买些礼物。邵楚意随行刷卡，两人一路逛下来，收获还真是不小。买东西有人跟着付钱、拎袋子的滋味也的确不错，亦欣看着身旁有钱有貌的男人，终于理解为什么有那么多女孩挤破头只求坐在宝马车里哭了。

这样的日子，如果让她每天享受，保不准某天也要沦陷。

车开到半路时，亦欣提前给福利院的李老师打电话，得到的消息却是福利院近两天整修，孩子们都搬到城北郊区去了。本已是南辕北辙，不料邵楚意又在此时接到电话，被通知说新产品试验出现故障，需要他立刻赶过去。

“看来今天的行程是要泡汤了，要不我先送你回家，下次再过去?”

“你们新产品在哪儿试验?”

“城西。”

“可家在城东。”

两人面面相觑，半晌，倒是亦欣先笑了起来：“要不你就停前面吧，这里离 T 大很近，我顺道回学校逛逛，到时候自己回去。”

他赞成，不过还是送她到了 T 大门口，离开前又补充道：“晚了就让司机来接。”

“嗯。”亦欣应着，等目送走他，这才一路沿着主干道进入校园。毕业三年，说来虽是同城，她却极少回来过。倒不是不想回来，只每次有打算后又总会被什么事情给耽搁，这样来来去去，时间竟已飞逝。

离别多年，如今看来，校园依稀还是记忆中的风景。

她穿着高跟鞋，在新校区逛了一圈便觉得有些累了，于是在草坪上坐下休息。元旦并没有多少人回家，因而学校还是热热闹闹的，此时又正值临时抱佛脚的期末复习阶段，经过的不少学生手中都捧着一叠叠复习资料，整个校园看来倒有浓烈的学习氛围。

当然，也有不能被这氛围所冲淡的。

虽然身下草已枯黄，但也挡不住腻在一起的甜蜜小情侣们，一对对或躺或坐或聊天或看书，在亦欣身下这个被戏称为“情人坡”的草坪上形成一道无法忽略的风景线。

“Honest.”

“Honest.”

“To face yourself.”

“To face yourself.”

身旁离得最近的一对，男生正耐心地帮女生纠正英语发音，听来像是在读某段演讲稿。许是有人在的原因，女生在念到需要激情的语句时总是放不开，音读不准，男生只能一次次耐心地重复。亦欣笑笑，起身将空间让给他们。

再往前走绕过草坪便是老校区了，因她大学时的宿舍和上课地点多在新校区内，因而平时也并不怎么来这里。

当双脚沙沙踩过满地梧桐树叶时，她又清晰地记起了脚下的这条路。哪怕已很多年不再出现在脑海，如今走来却是清晰如昨。

踱步走进路尽头的古旧大楼，右转，再一步步走上楼梯。

在那里，有她最快乐的时光。

那里，朋友们曾一起打过地铺，一起笑过、闹过，甚至爱过。

天文台的访问时间向来有限制，而且使用前必须做好预约，因而当见到紧锁的大门阻挡住去路时，亦欣也并没有感到太大的失落，只在门口稍作停留，又一步步沿着方才走过的路下了楼。

等走到楼前的空地上，她还是忍不住抬头仰望。视线停留在楼层最顶端，努力寻找他们曾经站过的每一个角落。

不知是何时起的风，吹得她眼睛干涩。亦欣眨了眨眼收回目光，等再抬头时，头顶天空却已开始渐渐阴霾。大片大片的乌云涌来，遮住了原先的晴朗。

怕是又要下雨了。

这个城市，总是有下不完的雨。

走出老校区时，天空已开始飘雨。起先还只是零星的几点，然而没过多久，雨点就变得越来越大，打得人脸生疼。亦欣望到不远处的法政学院大楼，将包顶在头顶，一路小跑过去。迎面一辆轿车开来，她小心地避开，待到了门口檐下，却突然转头，愣愣地站住了。

一楼大厅里有人在排练节目，一句句台词即使夹杂在瓢泼的大雨声中，仍显得浑厚有力，然而传到亦欣耳中，却只变成模糊一片。她呆呆看着渐渐消失在视线中的车影，强忍住了想要追上去的冲动。

应该是她看错了。

方才车里的人，怎么可能会是他？

她自嘲地笑笑，低头扫掉身上的雨水，转身进了大厅。因暂时无处可去，她只立在右侧的教师照片区看一张张或熟悉或陌生的面孔。

“林亦欣？”

身后有人唤她，亦欣只觉得全身都是一怔。

她忘了自己回头时是怎样一副神情，也许是期待，也许是害怕。可当看清来人，心中却剩一片失落。

“肖杰学长。”她苦笑，为自己的自作多情。

“真是你啊，我还以为认错人了呢。”对方十分熟络地上前与她打招呼。

“你怎么也在这里？”

“我在这儿工作呀。”他笑笑，“我现在可是这儿的辅导员了，你呢？”

“我在 H 中当语文老师。”

“也是人民教师了。”

“是啊。”

“哈哈，今天可是个好日子，我刚送走了萧默，这才去了趟洗手间，出来就又碰到你了。估计是老天听到我想重振天文社的心愿，暗示我这几天正是好时机。”

“你说……萧默学长？”

“是啊，他才刚走，你刚进来的时候没碰到他吗？你不知道，这小子现在出息了，说是在法国当律师。别站这儿了，去我办公室聊吧。”

“好啊。”

因还放假，办公室只有肖杰一个人，亦欣和他寒暄片刻，还是禁不住提到了夏萧默。

肖杰正沏着茶，背对着她道：“他也就坐了一会儿，说是晚上的飞机，又要走了。这小子，回来也不提前通知声，要是你再早点来，咱们说不定还能出去吃顿饭呢。”

“是啊。”亦欣微笑着接过肖杰递过的杯子，沉吟片刻，问道，“学长，你还记得我们以前说过的那个环游世界的梦想吗？”

“当然记得，想起来那时候我们一帮人多开心啊，现在却不知道天南地北散到哪里去了，真是光阴似箭啊。”

“那你有收到过明信片吗？我们以前说的，每到一个新的地方，都要给社员寄张那里的明信片，这样，我们就可以一同环游世界了。”

“大学毕业后就再没收到过了。”肖杰有些尴尬地笑笑，许是连他自己都忘了有过这样一个约定，“明信片没收到，倒是去年收到张喜帖。还记得钟叶平吗？当初老逗你玩的那个，现在人家可在 B 市的天文台工作，去年就奉子成婚了。”

“是吗？”

亦欣微笑着听肖杰说起如今各个社员的去向，脑中却抛不下不断涌动的思绪。也不知过了多久，有学生到办公室来，她也不再打扰，与肖杰告辞离开。

外面天空还是阴沉，可雨总算停了。她拿出手机要看时间，却发现有一通邵楚意的未接电话。

看上面显示的时间，应该是方才下雨时打的，她才没有听到。正要将手机放回包中，想了想，还是回了条短信："还在学校，正要回来了。"

按下发送键，再次抬头，她却猝不及防地对上了那张直到方才还挥之不去的脸庞。

他看到她怔愣的表情，只低声温柔地唤了声："亦欣。"

"学长，"亦欣故作轻松，"真巧啊。"

"我刚才一直在想是自己看错了，可又觉得那是你。"

他的目光温柔而又灼热，让亦欣慌乱无措，他沉默，她也不敢说话。两人隔着三四米的距离，却是相顾无言。

也不知过了多久，他开口问道："这几年，你过得怎么样？"

"我很好。"亦欣微微笑笑，"你呢？"

"不算太好。"她低着头，让他看不清表情，披肩的长发在风中飞舞，扰乱着他的视线。

"外面挺冷的，我们找个地方聊聊吧。"

"不……不用了，我要回去了。"

"那我送你。"

"不用。我听肖杰学长说，你晚上就要走了。"亦欣拒绝，见他望向自己，又解释道，"而且我想乘公交车绕一绕。"

T大前面刚好有环城公交车经过，以前周末，社员们经常结伴骑车沿着公交站牌环游全城。亦欣是无车一族，每次都要借车参加，而每当借不到车时，萧默就会好心地载她。

在大学里盛行买二手车，因而一辆车的价格并不贵。可亦欣却从没有生过这个念头。她只怕一旦买了车，以后便再没有借口找他。

"那我送你到车站。"萧默上前，话是恳求的，语气却是不容拒绝。

"亦欣，我只想和你走走。"

"好吧。"

从学院门口走到车站有二十分钟的路程。亦欣走在路的里侧，只觉得时间过得好慢好慢。临近有一条小道，萧默带她从中穿过，蜿蜒曲折，安静得只能听到银杏树叶飘落的声音。有叶子落在她肩头，她也不敢伸手去拂。

这时候，多做一个动作对她而言都需要很大的勇气。

树叶在走动间被风轻轻带落，也让亦欣突然清醒。

曾经，她是多渴望能和他这样一直静静地走下去，可而今呢，物是人非，他们都有了应该陪伴的人，她还能再执著什么？

即使这次回国没有见到叶子琳，可亦欣知道，她才是适合他的。那个漂亮而又爽直的女孩，为萧默付出了那么多。她明明讨厌自己，每次和她见面对话时都止不住的火药味，可在最后，却能跑来请求自己和萧默一同出国。

"学长，"她第一次抬起头，将目光从那只未找到戒指的手上转移，"那些明信片，谢谢你。不过，以后，就不用寄了。"

他点头，没有问为什么，却是问："亦欣，我终究又是晚了，是吗？"

她再次听到他唤自己的名字，却怎么也说不出话。静默的空气在两人之间流淌，她听到学校广播里又响起了了低柔的音乐，一如她曾经做过的那个梦。在那条路上，她一直走，一直走，却总也走不到尽头。

走不到尽头，是因为他们之间，不会有尽头。

哪怕路上的风景再怎么熟悉，她走的，总是一条错误的道路。

这时她才听清了广播中播放的音乐，略带沙哑的女声，重复唱着：

Oh，it' s the last time.

Oh，it' s the last time.

Oh，it' s the last time…

他问："亦欣，我终究又是晚了，是吗？"

可从来，他都不会晚。只是她，选择不了他。

人生唯一一次可能的幸福，是被她生生扼杀的。

她想起那个夏天，明明只是六月，天气却异常的热。那时刚好是毕业生离校时间，快递公司的车几乎将公寓门口堵了。而他，就站在那儿，站在她面前，说："我喜欢你。"

年少的时候，我们都还不会用"爱"，但仅仅一个"喜欢"，已经足够让人甜到心头。

然而唯一一次，她面对他，面对这期待良久的四个字，却没有手足无措。三十九度的高温让人都不愿在外面多待一秒钟，可她，安安静静地站在那儿，听完他的所有告白。其实也不是很长，她记得手里刚买的奶茶杯子外流出了水，一滴滴沾湿她的手心，她觉得腻，觉得难受，才慌忙扔了杯子逃回寝室。

之后，她忘了他到底对自己说了什么，脑中只有方才他身后那显眼的送别横幅。

鹏程万里——白晃晃的四个大字，在阳光下随着汽车的一次次经过而飞舞起来。

她终于摇头，道："不，晚的，是我。"

他苦笑："能告诉我当初为什么要拒绝吗？"

拒绝的原因？似乎有很多，又似乎只有一个——她爱他，但她配不上他。

再多的爱、再多的渴望都抵不过"前程"二字。在他"鹏程万里"的道路上，她没有丝毫帮助，甚至反成阻碍。过去以及未来的路途，她拥有以及需要的，永远比他渺小现实。

很多事情，不是不想，只是做不到，不可能。

"不记得了，可能当时觉得你可望而不可及吧。"亦欣停下脚步，依旧笑着道，"学长，车站就在前面转角，就送到这儿吧。"

他想留下她，却不知道说什么，两人之间的距离一步步拉开，他终于叫住她："亦欣。"

他想问："你现在幸福吗？"

却是迟迟开不了口。

她回头，看到朦胧夜色中他修长的身影，仿佛是知晓了他欲言又止的问题，只扬声道："我不知道以前的选择是不是正确，不过现在，我有一份安稳的工作，还有一个……不错的家庭，我觉得很好。我想，或许只有珍惜自己所拥有的才能幸福吧。学长，珍惜你身边的人，她真的很不错。"

那样的话，明明虚假，说来却并不拗口，亦欣闭了眼转身，然后低声告诉自己："再见了，萧默。"

大学里读席慕容的诗，有那样一段话，她背了好久：

我喜欢那样的梦。

在梦里，一切都可以重新开始。

一切都可以慢慢解释。
心里甚至还能感觉到，
所有被浪费的时光，
竟然都能重回时的狂喜与感激。
胸怀中满溢着幸福，
只因你就在我眼前，
对我微笑，一如当年。

她希望自己也可以做那样一个梦，可是，那只是梦。

佛说："一切有为法，尽是因缘和合，缘起时起，缘尽时无，不外如是。"

她想，他们的缘起得莫名，如此这般尽了，倒也应了那句梦幻泡影。

右手附上双眼，默数一、二、三、四、五。

拿开，抬头。

还是这样绚烂的世界，跌跌撞撞，她又重回了起点。

亦欣拢了拢外套，急切地转过那个转角。她怕，一个不经意，她就要转身，她更怕，转头后，他还会一如她幻想站在那儿。

明明写着十五分钟一班的公交车，不知是她运气不好还是上天故意要与她作对，亦欣足足站了近二十分钟还未等到。绵绵不绝的雨又开始下了起来，身旁的站牌上不时发出滴答的声音。

真背。

她开始期盼能够看到哪怕是一辆的士的踪影，妄想在这场雨下大前赶回家。翘首眺望了良久，终于看到远方一盏救命的红色，她连忙挥手，车慢慢靠近。然后，和她看的许多欧美爱情剧一样，她拦到的的士被人捷足先登了。

林亦欣看着那个提着笔记本电脑的男人在离自己不到五米的地方进了车，慌忙赶上去也还是没能拦住。

比不上那些爱情剧，她连艳遇的机会都没有。

雨继续忽大忽小地下着，看不出任何停止的迹象，不时还夹上了几粒雪子儿，似是要把积蓄多日的压抑一股脑全发泄出来。

"连你都跟我作对。"她低头，一脚踏碎身旁水洼的反光，积水漾动着重归平静，长长的街道又只剩下了她一个人。

亦欣已经分不清现在打在身上的是雨还是雪，冰冷的感觉触到睫毛的刹那，眼中的液体也终于再憋不住，她干脆蹲在了路旁，埋首在肘间。

手臂刚有些湿润，她就听到了一个熟悉的声音：“被人抛弃了？”

淡如清水的语气，让她的眼泪一下子憋了回去。

倒不是吓的，只是此时的她不希望任何人看到自己这番模样。

可偏偏，让他撞到。

见她没有答话，邵楚意顿了顿，却是自顾自继续道：“我原以为他会是个好男人。”

她微微动了动，却还是没有声音。

耳边只有汽车飞驰的声音，一辆又一辆，好像人的一生，不断往前，往前，然后遇到，错过，再遇到。也许有一天，也许是一场车祸，也许是一次堵车，一些人相遇了，因缘巧合总是那么神奇。但正如任何一起交通事故，交警总要出现，该负责的负责，该疏通的疏通，很快，大家又都得各自奔向要走的道路。好像她小时候听的那个老和尚给小和尚讲故事的故事，从从前又回到从前，不断的重复，告诉着我们所有结尾总要回到开头。

如果他们一直都只是两条平行线该多好，没有相聚，也就没有告别。

“真的有那么爱？”他微微侧着脸去看T大的方向，身旁有车灯忽明忽暗地打在他脸上，让人觉得扑朔迷离。

只是过了一小会儿，他听到了她的回答，低得让人觉得只是幻觉，可他知道，那是。

略带着鼻音，却是清晰：“很爱很爱。”

他最终还是欲言又止，只静静站在她身边。地面有沙沙的声响，有时是雨，有时是大粒大粒的雪子儿，两人的外套、头发几乎都湿了，可没有一个人动。

蹲着的腿从发麻到麻木，亦欣才缓缓从双臂间抬起头，抽了抽鼻子，道：“邵楚意，我们的约定还能算数吗？”

他颇为认真地看着她，似是在慎重地思考她说出的话，直到她仰着的头都有些发酸了，他才伸手一把将她拉起：“看在你失恋的份儿上，那就还算吧。”

（六）谁能追逐风

临近学期结束的一段时间总是最让亦欣痛苦，加之她今年刚接手的班级语文底子不扎实，因而每天都是忙不停歇。唯一能让她庆幸的，是这阵繁忙让她没了伤情的时间。留不出空闲想很多事情，心情也不至于低落。

在电脑上拟好下周的日程表，亦欣捏了捏发酸的脖颈，翻书准备开始备课。本是一周里最惬意的日子，无奈她现在只能早早起床工作。刚落笔写了几行字，她就听见书房门打开的声音。

家里虽然房间多，书房却只有一个。以前她和邵楚意的作息时间完全不同，两人穿插使用，碰面机会倒是少之又少。这段日子她开始忙了起来，便经常出现两人共处的情形，有时各占一角，安安静静，一天便也过去了。此时邵楚意开门进来，她也不甚在意，只抬头扫了一眼，却见他今日只穿了身简单清爽的休闲服，见惯了西装革履的他，这般形象倒让她眼前一亮。

“怎么，不认识了？”

“没有，只是觉得你这样穿挺帅的。”亦欣实话实说。

“难道以前不帅，还是突然间发现我的魅力了？”

“呵呵，帅，都帅。至于魅力嘛，正在慢慢发掘。对了，我做了早餐，现在应该还热着。”

“倒真像个贤惠的妻子了。”

他绕过书桌走到她身后，弯腰俯首间，有香味萦绕鼻端。亦欣辨不清是什么味道，但知道那是他专用的沐浴乳，淡淡的，极舒服，却也……极暧昧。

屋里暖气打得十足，她本也只穿了件衬衫，背上感觉到他的气息，让她十分不自在。

“唯有生命走到尽头，我们才知道自己的爱之所在。这是什么？”邵楚意却丝毫没有反应，看到她放置在一旁的A4纸，拿起随口读了一句。

“哦，我们班元旦汇演的剧本，你读的这句还是我参与修改的呢。”

“就改成这样？”

“是啊，接下去，说这句话的主人公会无限深情地握住他身旁女子的手，然后从她手里把猪蹄抢回来。”她一双眼睛带着笑，语气却是一本正经。

……

趁着空当，亦欣挪了挪身子，试图躲开他的气息，然而邵楚意似乎早有察觉，反而不经意般地将双手撑在了她身体两侧，更加俯身到她耳边，气息吞吐，让她的耳朵飞红：“想知道我的爱之所在吗?”

她知道他在逗她，可脸还是禁不住红了一圈，长长的睫毛微微颤着。他每接近一分，颤得就更厉害一分。

这般距离与神色，看在他眼里却是有种别样的唯美，连心口都好似有什么荡漾开来。邵楚意眼神扫到她紧握着笔的右手，明明紧张得不得了，她却还是坚持着没有抗拒。他不由自主地伸手过去，轻轻将笔拔出，她的手有些发烫，触手间感觉极为细腻。

他小时候总被母亲逼着练书法、背古诗，他是最最讨厌《诗经》里那些反反复复的起兴，因而总记不住，可这时脑中突然想到了一句话：手如柔荑，肤如凝脂。他记得诗里的女子笑靥美丽醉人，而眼前的她，只是低着头，让他看不清表情。

两人靠得那么近，几乎没有了距离。

终于，她猛地弯下身子，从他双手间钻出，有些不自然抢过剧本，说：“你可别鄙视我，我们这话剧最后还得了二等奖的。”

“我以为你还能多撑几秒呢。”他也敛了方才的神色，把玩起那只从她手中拔出的笔。

“我下次会努力的。”

他挑眉，随手合上她桌上的书本：“去换件衣服吧。”

“什么?”

亦欣一时没反应过来，直到他拍她的脑袋，说：“想要遵守约定也要做好工作的好不好，今天可是我生日。”

她“咦”了一声，问：“那你打算怎么过?”

“上午约了秦邺他们打球。”

“高尔夫?”

“网球。”他看着她摇头，“看来真是要让你好好了解一下我了。”

被邵楚意赶出书房，亦欣先打了个电话给许晨，推了两人原定在下午的聚会，许晨在电话那头一听她是要陪邵楚意，直嚷嚷说她重色亲友，亦欣无语，只能解释：“今天是他生日。”

“生日？哇，他是摩羯座，怪不得!”亦欣还没来得及思考到底是“怪不得”

什么，许晨已开始了她的星座知识传授，“摩羯可是少数的几个天才型星座之一，意志顽强，有抱负，有野心，沉稳、冷静、有安全感，不过……”许晨缓了口气，继续道，“他们很少会跟人打开心门，而且还很固执，在感情上也经常是被动的。但对喜欢的人又不一样了，他们通常会非常主动而且霸道。”

亦欣在一头听得咋舌：“你什么时候也信起星座来了。”

“博学嘛，我们公司小女生都信这个，我这耳濡目染地不也学了点嘛。啧啧，林亦欣，你真是遇上了个极品的男人。”

亦欣哭笑不得，干脆道：“这么极品，要不送你？”

“那不行，姐姐是射手座的，跟他匹配率太低了，倒是你不错。对了，你买礼物了吗？”

“我前几分钟才知道，哪来得及买？”

“要不你晚上直接把自己洗洗送他床上去，肯定是个 big surprise！”

“我看是你还没睡醒，再去洗洗睡吧。”

亦欣没好气地挂了电话，从衣橱里翻出良久没用的网球服，试了试，刚好。

看来自己身材保持得还不错。

出门时天气格外的好，亦欣也是兴致勃勃，可惜没过多久，她就有种想要趴在地上再不起来的冲动。

一个斜角球落在右侧，亦欣气喘吁吁地对着邵楚意挥了两下拍子，示意一轮都没赢过的自己实在是不行了。

他上前递了条毛巾给她，笑道：“体力这么差。”

他看上去好像只是做了个热身运动，这让她十分郁闷：“我哪能跟你比啊？”

“去那边休息一下吧。”邵楚意接过她手中的拍子，两人还没走几步，就听到身后响起秦邺的声音。

“哟，还以为你跟徐家那小公主一起呢，这身边又是哪位美女啊？”

亦欣随着邵楚意一同回头，就见秦邺在看到她时脸色突变，过了几秒才“哈哈”几声与她打招呼：“呀，是嫂子啊！”

邵楚意狠狠瞟了一眼秦邺，果然是一出现就给他捣乱，侧头查看亦欣的表情，却见她压根没有反应，倒是在看清秦邺身边的女伴后惊喜叫道：“玥玥！”

他苦笑，这还真不知道是该生气还是该庆幸了。

“你们认识？”

“我们做了四年的室友，你说认不认识？”陈玥接了秦邺的问话，随即又跟亦欣道："那么风华绝代的老公，难怪要瞒着我们，是怕人抢吧？"

亦欣的保密工作做得还真好，她在A城有名的杂志社工作，这两天一直跟邵楚意接触，竟也到现在才知道自己曾经的室友成了邵夫人。

对这个话题，亦欣向来是能避则避，干脆笑不作答，陈玥也没再追问，之后秦邺和邵楚意对打，两人就在一旁东拉西扯地聊了起来。

"玥玥，你怎么跟秦邺在一起？"

"这可说来话长了，我们杂志社之前想采访你家那位，可惜啊，惨遭拒绝。不过还好我跟他秘书关系打得不错，这一期专题的人物要跟艺术搭边，她就推荐我去找秦邺，只是没想到你竟然还是堂堂邵董事长夫人，早知道这点的话，上一期我就不会被逼得临时换人，年终奖金也能丰厚点了。"陈玥一脸惋惜道。

"得了，你这女强人还在乎那点年终奖金？更何况我上次听曹健学长说他升职了，话语中透露着某种愿望，就看你什么时候答应了，他可是很乐意养着你的。"

曹健是陈玥的男朋友，也是她们学院的学长，刚进大学那会儿，他就对陈玥颇为照顾，过了半年两人就自然而然在了一起。陈玥和他都不是本地人，但为了不分开，两人最后双双选择留在A城工作。

"可惜，我已经跟他分手了。"陈玥将手一摊，不冷不淡的一句话却抛出个巨型炸弹。

"分手？你别开玩笑。"

"我拿这开什么玩笑，反正已经分了，我也不想瞒你们。"

"怎么会这样？"听曹健前些日子的语气，绝不是要分手的模样，亦欣看着陈玥放在一旁的手机，水晶挂件上那个"曹"字清晰可见，"不会只是一时闹脾气吧，情侣间分分合合也很正常，彼此软一软就好了。"

陈玥也注意到了那个挂件，但还是对她摇头道："这不能说明什么。我知道他对我好，当初为了我，他还放弃了更优越的工作条件，可感情不是一天两天的事情，我们俩在一起，彼此迁就得太多，其实大家都累了。不过是因为经历了那么多，彼此都觉得弃之可惜罢了。可是婚姻和家庭是一辈子的事情，一辈子啊。亦欣，当我去想这三个字的时候，脑中闪现的就是另外三个字，不适合。"

陈玥将挂件从手机上取了下来。

亦欣记得那是曹健去云南旅游时买的，听他同行的人说，一堆水晶里，他挑了个最贵的，又专门找人在上面刻了这个"曹"字，后来带回来时当着她们全寝室的面替陈玥戴上，说是他的这个姓看着不俗，能装饰，又有专属意味，而陈玥也能天天看到他在眼前晃悠，简直一举三得。

那时是多么羡煞旁人啊，再是后来的后来，身边很多对分分合合，他们还是坚持到了最后。亦欣是真的相信他们会天长地久的，即使过来人都说，上学的时候谈恋爱，我们总能说出这样那样的甜言蜜语，许下这样那样的山盟海誓，但最终，修成正果的人少之又少。可她觉得他们会，因为彼此表现出的熟稔与信任，那种平淡而又甜蜜的欢乐，让她曾经那样的坚信。

可原来，她总是错的，看不清一切最后都会物是人非。

“那么多年的感情都不值得你再继续坚持吗?”

“也许现在会觉得值得，但将来，我真的不能确定。”

“那曹建学长呢?”

“他说他尊重我的决定。”陈玥嘴角抿出一丝苦笑，“他连钻戒都订好了，可我一提分手，他就点头同意。这些年我们真是相处得太累了，既然他没有勇气，那就由我来好了。”

“玥玥。”

“行了，我早想开了。犹豫拖延都不能解决问题，该怎样还是要怎样的。倒是你，你确定自己跟他能幸福吗?”陈玥示意亦欣看向不远处的网球场，只见一个娉婷少女正拉着邵楚意亲昵地说着什么，“我们跟他们完全在不一样的两个圈子里，邵楚意的为人处事，我在业内也有所耳闻。你太柔太弱了，怕是抓不住他。”

亦欣转过头笑笑，神色中没有一丝不悦：“我知道，可是已经走到这一步了，我只想顺其自然。”

“你倒淡定，这样一个男人，要换了别的女人，可恨不得每天都能跟在他屁股后面。”

亦欣但笑不语。

“你就是林亦欣?”

方才还一脸羞涩拉着邵楚意的女孩不知何时出现在了她们面前，一脸的飞扬跋扈。

见亦欣点头，她继续道：“也不知道邵哥哥怎么看上你的。像你这样，就是跟在男人屁股后面也不知道会不会有人要。”

“你是?”亦欣看她年龄应该才二十出头，五官长得都挺好看的，只妆化得浓了些，话说得也不大好听。

“我叫徐珊珊，我爹地是邵氏的董事之一，当年他和邵伯伯一起打拼的时候你还不知道在哪儿呢!”

亦欣与陈玥面面相觑，这女孩说话还真逗，于是干脆顺着她的话笑应道：“是，我们都还不知道在哪儿呢！”

“哼，我告诉你，你是碰上狗屎运了才能嫁给邵哥哥。不过，我爹地说得对，他肯定也只是在利用你。邵哥哥这样一个风一样的男人，怎么可能会被你绑在风筝线上呢？”女孩瞪着一双杏眼，表情十分生动。

亦欣憋着笑，问：“我能知道你是学什么的吗？”

“连自己的情敌都不了解，你真是没救了。我告诉你，我读的是表演系，将来可是要当明星的，不过我还为了邵哥哥选学了金融，看你这副古板的老师样，就知道你跟邵哥哥没什么共同语言。”

“怪不得。”陈玥对着亦欣做了个口型，估计这女孩也没什么杀伤力，便给了个她一个“你自求多福”的眼神，起身说道：“你们先聊，我去打球了。”

许晨说邵楚意是个极品，可亦欣只觉得眼前这位才是极品，见对方仍颇有气势地居高临下看着自己，她不由招手道：“你要不要过来坐坐？”

女孩还未有反应，亦欣身边的位置却是被人占了去。

“聊什么呢？”邵楚意刚跟秦邺结束完一场比赛，坐在她身边擦着额上的汗水。

“我正夸亦欣姐姐的戒指好看呢。”果然是学表演的，这表情换得就是快，一瞬间又已是一副甜美小女生的模样了。

“是吗？”

“邵哥哥，今天是你的生日，我给你办了一个盛大的 party，邀请了好多人呢，你一定会喜欢的。”

“Party？可惜我不能参加了。”

“为什么？不会真跟秦大哥说的一样，你们要过二人世界吧？”

亦欣见她看邵楚意的眼睛都快滴出泪来，忙笑笑摆手道：“不会不会。”

她话音刚落，邵楚意在一边故作惊讶地“咦”了一声，说：“你不是早上刚说有礼物给我的吗？而且只能是我们两个人。”

“什么？”亦欣几乎和徐珊珊一起惊呼起来。

邵楚意继续晓之以情：“我知道你不想违了珊珊的好意，可这毕竟是我们在一起过的第一个生日，我也不希望你花的心思落空，是不是？”

“是吗？”亦欣忽觉得头有些大。

“嗯。”邵楚意点头。

“就算要过二人世界，一个晚上足够了吧，我可以把 party 时间改到下午。亦欣姐姐，这总行了吧。”徐珊珊一双杏眼斜睨她，那眼神里要是能射出刀子的话，那亦欣现在肯定已经成肉末了。

“下午我们也有活动。”邵楚意接着插话。

“什么活动?”

亦欣知道是邵楚意不想参加派对，可也不能拿她当挡箭牌呀，还有那徐珊珊，老盯着她看有什么用，有本事问你家邵哥哥去啊。心里这么想，嘴上却是什么都不能说，一面绞尽脑汁，一面好不容易才挤出了个借口：“我们……要去看电影。”

“看电影，这不是小情侣才做的事情吗?”秦邺也不知何时从哪儿过来掺上一脚。

“是啊。下午有一部我和楚意都特别喜欢的电影，没有晚场的，所以只能下午看。”亦欣咬牙切齿道。

“邵哥哥?”

“珊珊，你的好意我领了，至于今天，”邵楚意温柔地牵过亦欣，道，“我们还真是要看电影去。”

一路和邵楚意十指相扣走到门口，亦欣简直是有苦不能言，有气无处撒。什么沉稳冷静，有安全感，许晨说的那些，除了固执以外，一个都不准。还什么在感情上经常被动，她就看到自己和那徐珊珊被他耍着玩了，哪有一点被动的样子。

“哎，你们俩等等。”秦邺正和陈玥从后面快步赶上：“楚意，真这么快就走了，我还约了单程呢，他晚点就过来了。”

“那你们俩玩吧。”

“这多没劲啊，他比你更闷。得，我也走了算了。”秦邺一手搭上邵楚意的肩，一张娃娃脸却对上了亦欣，满是佩服地道，“嫂子，跟我哥那么久了，我还是第一次见他去看电影。这什么电影这么好看，也跟我说说，下次我也带人看去。”

亦欣也朝他笑笑，道：“哈利波特。”

“哈利波特？我记得这上个月就上了呀。”

亦欣继续笑嘻嘻，一字一句地说道：“我们特意留着等今天看的。”

“真是浪漫。”秦邺十分配合地点头赞叹。

邵楚意的嘴角明显抽了抽，干咳一声，扯下秦邺还搭在他肩上的手，道：“我先去车库取车。”

“急什么？我跟你一块去。”

待秦邺三步并作两步地赶了上去，亦欣这才觉得心里畅快了些，哪怕明面上斗不过，她还不能从嘴上赚点回来?

“你们平时都是这么相处的?”陈玥看着她嘴角扬上的微笑，不禁问道。

“怎么可能？他这人脾气怪得很，保不准什么时候就翻脸了，我也是找准时机才敢跟他抬杠的。”

陈玥听了摇头：“我是看不懂你们俩。不过，刚才那什么珊珊虽然二，有句话倒说得挺对，他们都是风一样的男人。”

见陈玥望着方才两人走的方向叹气，亦欣心上不由一咯噔。

“你不会是对秦郦……”

“想多了，我是觉得他不错，可也绝对不会跟他在一起，太不靠谱了。别瞎操心我，你有没有听说过霍雨祺这个名字？”

“嗯，我跟她还见过两面呢，很漂亮，而且看上去是个很有气质的女人。”

“别顾着夸人家，徐珊珊什么的不过是小菜，她才是你真正要担心的。可别怪我没提醒你，那绝对是个强大到能追上那些男人的女人，而且她跟邵楚意之间的关系，很复杂。”

亦欣疑惑：“你怎么会了解那么多？”

“别忘了，我在杂志社工作，虽然不是八卦杂志，但有些小道消息还是很需要了解的。怎么样，要不下期我给你辟个专栏，专门讲讲你的豪门生活？”

“别了，到时候没人买我可负不起责任。”

（七）一意非孤行

下午当然是没有《哈利波特》可看，然而邵楚意竟真带着亦欣到了影院。见他兴致勃勃地排队买票，亦欣无奈笑笑，百无聊赖地站在一旁看海报。

说起来，她真是好久没有到影院看过电影了。周末人多，来来往往嘈杂而又热闹。人们喜欢电影，喜欢在闪烁的画面中感受别人的生活，别人的梦想。但其实，每一个从身边经过的人，都有他或她自己的故事，只是有时候，我们习惯沉浸在别人的故事里，却逃避掉自己的。

“别傻站着，快去买吃的。”邵楚意不知何时已到了队伍前面，不再让她发呆，一边挑片一边支使她。

“你要吃什么？”她问。

“看电影都要吃什么？”他明显是个外行。

她笑：“爆米花，可乐，吃不吃？”

“都是垃圾食品，不过，试试也不错。”

亦欣无语。食品柜台前也是挤满了人，等她两手捧着爆米花和可乐出来，邵楚意已经拿票等在了入口处。

“快点，要开场了。”

于是还没等看清楚片名，她就被拉了进去。等电影开场，亦欣才意识到，邵楚意挑了部恐怖片。

林亦欣这辈子，就怕两样东西。一是老鼠，毛茸茸的让她全身起鸡皮疙瘩；另一个就是恐怖片，当年即使只是看了《少年包青天》，她也经常疑神疑鬼把自己吓个半死，花了好长时间才终于缓过来。

夜色阴森，一片宁静的游泳池渐渐漫上血色，突如其来的惊叫，似有若无的黑影，她只能抓紧椅子，半侧着头一边保证自己看不到屏幕上的画面，一边又不用闭上眼睛随音乐在脑子里模拟恐怖现场。

手背突然触上什么凉凉的东西，她吓得连忙缩手。

却是邵楚意碰了碰她，见她一副见鬼了的神情，不禁低笑：“原来你这么胆小。”

“是啊，可哪有人会在生日看恐怖片的，怎么说你也要考虑到自己身边还有位女士啊。”亦欣两手互抱，控诉道。

他却是一脸无辜：“我只是让售票员拿了部最卖座的。”说完又抬抬下巴示意她看向周围，“而且这不都是带女生来看的吗?”

亦欣听罢粗粗扫了一眼，还真是，整个影院中大半都是情侣，而所有女生几乎都正小鸟依人地缩在男生怀中，只剩下凄厉的惊叫声声声入耳。

原来男人们的英雄气概都是在这时候显现出来的，顺带还能揩油。

“邵楚意，要不我们走吧。”她恳求道。

“好啊。”他答应得痛快，可还未等亦欣展开笑容，就又听见他说，“不过接下来我们做什么？今天可是我生日。”

又是一阵刺耳的尖叫声，亦欣十分配合得抖了两抖，几乎是哀求：“干什么都可以，只要不是看这个就好。”

“哪有让寿星自己安排的。”他耍起无赖来就丝毫没了所谓董事长的气质。

她无奈，估算了下时间，怯怯问说：“要不我们再买张票，去看《纳尼亚传奇》?”

“没兴趣。”他摇头。

“那要不我请你吃饭?”

“没意思。”他继续摇头。

"那……如果是我亲自下厨呢？除了今天的早餐，你还没尝过我的手艺吧，很不错的，而且绝对还有比看电影更有意义的生日礼物。"

他看了她一眼："更有意义？"

"暂时还是惊喜，待会儿你就知道了。"

他一脸质疑，似是不相信她会有什么惊喜给他，但还是点了点头："好吧。"

亦欣大松口气，几乎是小跑着出了影院，待下了楼，她先让邵楚意等在原地，过了不过三分钟时间，她又回来了，手上还拿着张单子。

"这是什么？"

"我说的惊喜啊。"她笑着递给他。

"献血单？"

"嗯，生日献血，够有意义吧。"她笑，眼睛几乎弯成月牙状。

"我怎么觉得你是在报复我？"

"怎么可能。难得生日嘛，你只要献两百毫升就好。单子都填了，总不能临阵脱逃吧，那边医生还等着你去验血呢。"她好心地为他指了指献血车的方向。

他瞥了她一眼，本是不以为然，但见她一脸笑眯眯的模样，也扬起嘴角，说："你好像小看我了。"

最后邵楚意献了四百毫升，毕竟两百是女生的量。他刚插好管子，亦欣便不知所踪了。待他献好血，她才拎了一大袋东西回来。

"刚好我也买好东西了，我们走吧。"她扬扬手里的购物袋，又关切地问，"你应该还行吧？"

"你觉得呢，要不要回去试试。"两人还在献血车中，他说得一脸暧昧，如预计般看到她又羞又窘，心情格外的好。

等回到家里，亦欣倒真跟要做大餐似的，一个人自顾自到厨房忙活开来，邵楚意不过在厨房门口站了站，就被她举着菜刀赶了出来，道："君子远庖厨。"

他笑："小心别把厨房烧了。"

一个小时后，亦欣终于带着成果出了厨房。

"好了。"

他看了看桌上被盖得严严实实的东西，不过巴掌大的盖子，最多只够放一个碗，于是笑道："不说是大餐吗，就这么点？"说完，又似乎是突然茅塞顿开，"不会这里面的才是惊喜吧？"

"不好说。"亦欣揭开盖子的手顿了顿，表情有些为难，"不知道这算不算？"

盖子揭开——一碗热腾腾的面条，加了青菜、小葱和荷包蛋，香气扑鼻，看上去倒还算色味双全。

“这就是你花了一个小时的成果？”

“慢工出细活嘛。虽然不能算大餐，不过你尝尝看，绝对美味。”

见她一脸期待，他坐下，拿起筷子尝了尝，发现味道竟然真的很好。刚想抬头夸她，就听她“啊啊”叫了起来。

“别咬断了，长寿面是要一口气吃完的。”

他一愣，一时不知想到了什么，待回过神时面条已经断了。

他轻咳一声掩盖方才的失神，问：“现在怎么办？”

“还能怎么办，算了呗，本来也就图个吉利嘛。”

他有些不好意思地笑笑，待一口气吃完剩下的面条，这才抬头问：“就一碗？”

“很好吃，是不是？”亦欣自豪道，“你不要看碗里的料少，这汤可是费了我不少功夫的。”

他笑：“我只是怕某人傻傻的，只做一碗，然后把自己给饿了。”他打击她的自信心，但随即又低低补充道，“不过味道是不错。”

亦欣已来不及高兴，重重拍了下脑袋，懊恼道：“我好像真的只做了一碗。”

“好像？”

她“呵呵”笑，随即道：“没关系，厨房里还有材料，我待会儿再煮就好了。”

“哦，对了。”见他已经吃完，她这才偷偷从身后拿出一小盆东西放在桌上，“你那么有钱，肯定什么都不缺，我实在想不到要送你什么，刚才看献血有仙人掌送，所以去拿了一盆。你办公室里太没生气了，这个反正也不需要怎么照料。”

她一口气说完，见他不说话，又继续道：“礼轻情意重，这段日子以来，谢谢你了。”

“终于说到点子上了，我就觉得你下午有些不对劲。”

她笑：“你最近不是也有些不对劲。”

自夏萧默离开以后的这段时间，虽然邵楚意时不时跟她抬杠，有时也拿夏萧默与她开玩笑，可这阵子若没有他，也许她还陷在悲伤里无法自拔。她从来不是一个拿得起放得下的人，这一点，几年前她就知道。学不会洒脱，却只学会了上瘾，想一个人想得上瘾，不可思议却又无法控制。然而这段时间以来，邵楚意如同他所承诺的，给了她足够的安定，甚至快乐。以前的两个人，有点像两只刺猬，彼此都难以靠近，而他先试图改变了，以平淡的温馨冲击她心中蠢蠢欲动的贪恋。

“上午走的时候秦郧跟我说，你是从来不过生日的。”

“的确是很久没过了。”他笑笑，一时若有所思。

"生日快乐!"她说。

"谢谢。不过……"

"哎。"亦欣立马打断他,"你说话怎么这么多转折呀,这句话不能有不过。"

他笑,却是一脸孩子气:"可是我还想吃红鸡蛋。"

"可我没有准备。"

"那就现在准备啊,我好久没做过红鸡蛋了。"

"你会吗?"

"当然。"他答,一脸自信。

亦欣心里质疑,可还是跟着他再次出门,结果两人逛了几个大超市,都被告知没有食用色素卖,后来还是邵楚意想到办法,拉着她到蛋糕店要了一些。

因为东西本就便宜,蛋糕店老板怎么也不肯收钱,两人笑着谢过,又买了一大袋面包,这才告辞出来。

回到家将材料调制好,亦欣不禁有些奇怪地问:"你怎么会知道蛋糕店有这东西?"

"常识。"

"怎么可能?"她敢打赌他这辈子连酱油都没打过。

他受挫:"以前生日,我妈都会给我做长寿面,再配上两个红鸡蛋。我有次陪她去买过。"

"怪不得。"这才是合理的解释。

他们买了一打的鸡蛋,染红的时候亦欣一时兴起,拿手指蘸了色素在鸡蛋上作画,虽然没有颜料效果好,但好歹也能出个样子。邵楚意看她三两下在鸡蛋上画了张表情,一边欣赏一边评价:"表情呆滞,技术一般。"

亦欣没理他,细心画完最后一笔,这才将鸡蛋举到他脸颊边,对比着道:"跟你平时挺像的。"

他笑,也拿上鸡蛋抹了两把,却是一张皱眉不高兴的脸:"这个像你。"他画得太快,染料慢慢渗开,看上去越来越苦大仇深。

"好难看。"她嫌弃道。

他却是一本正经:"我看挺像的。"

"像什么,怨妇?"

"这可是你自己承认的。"

"那能当邵董事长的怨妇是不是也是我的荣幸?"

他不理会她话里的讽刺,一脸认可地点头:"荣幸之至。"

亦欣冲他翻白眼，又看了看自己手中的鸡蛋，若有所思道："看来我应该把这表情画到墙上去。"

"为什么？"

"你看这鸡蛋壳那么薄，可比不上你的。"

他反应过来，拿手轻点她额头："拐着弯说我脸皮厚是不是？"说完，看到她额上被自己手指沾上的红色，又不由笑起来。

厨房没镜子，亦欣只伸手去抹，结果越抹越开，连带着自己手上的都沾了上去，又见他在一旁偷笑，干脆趁他不注意一巴掌朝他脸上抹了上去。

邵楚意脸长得还算白，这时印上五个红手印，再配上他有些硬朗的五官，看来颇为滑稽。亦欣忍俊不禁，道："这下公平了。"

他却不生气，也不报复，只看着她道："高兴了？"

她点头，又看到流理台上一片狼藉，就是两人脚下也是一滴滴红色，笑意还挂在脸上，道："这要是不收拾，明天张阿姨过来肯定得吓一跳。"

张阿姨是家里的保姆，邵楚意不喜欢有生人在别墅，因而她仅每天早上过来打扫。偶尔邵楚意想在家吃饭，张阿姨才会留到晚上，但收拾好碗筷后也会自行离开。

亦欣话音还未落，厨房突然一片漆黑，她自己倒是被吓一跳："怎么回事？"

"应该是停电了。"邵楚意看了看外面，也是黑黢黢一片。

"你说现在一片漆黑，我们手里又是一片通红，还真像下午看的电影。"

"你别说了。"她毛骨悚然起来，今天下午看过的一点场景一齐又全都涌了上来，忙伸手制止他，结果不小心碰到了他的手臂，只听他"嘶"的低呼一声。

"怎么了？"

"碰到针口了。"

"对不起。"她拉他走到窗口，透过朦胧的月光，可以看到针口处肿了个大包，"肯定是献血后没好好按着伤口。"

见她一脸关切又责备的模样，他不由微笑，抬头看到头顶一轮满月，低声道："今晚月色不错。"

"对月吃鸡蛋，你说我们这是应景还是煞风景？"亦欣一边小心翼翼地将他衣袖放下，一边逗趣道。

邵楚意却是没有回应。她抬头，却见他一脸沉默地望着头顶的圆月。亦欣突然有种感觉，她觉得他定是想到了什么，也许是某个人，也许是某段珍藏的回忆。

人有些情感，埋得越深越久，就越容易在不经意间被某一外物所触发。

周围一片静默，亦欣只听得到自己缓缓的呼吸声。男人沉默时总让人有种不可抗拒的魅力，而不可否认，邵楚意是个魅力十足的男人，足以让许多女人为之心动。她突然想起陈玥早上的那番话，不知怎么就问他："你说我们能有结果吗？"

半晌，他才问："你后悔了？"

"不是。"他没有看她，可亦欣还是摇了摇头，"只是总想不通为什么我会遇见你。"

"我也想不通。可是既然遇见了，那么这一路只能一起走了。"他停了停，"不要觉得自己是在利用我走出过往，因为我也是。你要尝试放下，而我，要尝试拿起。"

她还没有明白他话里的意思，原本沉郁的气氛却被他一语打破："我饿了。"

"电还没来。"

他却是摸黑拧开了火："这不就可以了。"

灶火跳动，在她和邵楚意周围笼上一层光，也许交心只能在黑暗时，亦欣此时也敛了方才的神色，先上前看了看晾在一旁的鸡蛋，差不多干了。于是加水，将鸡蛋放下去。

火光跳动，两人却都是沉默，直到红鸡蛋煮熟，关了火，那一阵诡异的氛围才渐渐消失。

毕竟是豪华别墅区，电很快就又来了。闹了一晚上，亦欣也有些累了，稍微收拾后便各自回房。待躺在床上，无意间看到手上还未洗掉的颜色，她开始睡不着了。脑中不断晃荡出影院里的画面，闭上眼更是鲜红一片，她使劲深呼吸，想要想些别的事情，烦躁地左右翻转，最后只能痛苦地抱着被子将头埋在了里面。

半小时后。

邵楚意刚洗完澡坐在床头看书，就听见有人轻敲房门，然后探进个脑袋："你还没睡吧？"

"没有。"

开了门，他就见她正赤脚踩在地上，抱着被子一脸可怜相："邵楚意，我可不可以在你这打地铺。我……有点怕。"

"怕？"

"下午恐怖片看的。"

他轻笑出声来，眼中也尽是笑意，道："我这不接受打地铺，要么你就上床来睡。"见她还有些犹豫地站在门口，他继续道，"进来或者出去，你只有十秒钟考虑时间。"

亦欣一脸纠结，可想想刚刚走过来时一个个过于空荡的房间，忙闪身进门，反正她两人也早同床共枕过了。索性心一横，她小心而又快速地将被子放在床侧，钻进了被窝。

邵楚意看着两人中间生生隔出的距离，嘴边的笑容也变得无奈起来，从来都是女人往他身上贴，可在她看来，自己就好像成了洪水猛兽。转身将台灯关掉，他往中间移了移，然后躺下。

“林亦欣。”他低声唤她。

“嗯?”

应了半天却没有反应，亦欣不由觉得奇怪，微转过身想要询问，却对上他眼底浓浓笑意，腰一把被人揽住，她依旧在床侧，身体却被搂在了他怀中。

感受到她整个身子瞬间的紧绷，邵楚意又紧了紧右手，把她舒服地安置在胸前，制止住她想要逃脱的动作，开口道：“乱动的话后果自负。”

他威胁她!

可她还是被迫投降了，毕竟她尝试过两人之间的力量悬殊。

她本露了只手在外面，竟也被他眼精地抓住了。她体质偏寒，他的手却极为暖和，整只手被包裹在里面，只觉得有暖流缓缓侵上全身。她其实是极恐惧这般亲昵动作的，心跳像擂鼓一般，只想着该怎么拒绝，可在开口与不开口之间徘徊良久，也让她早忘了方才还在不断闪过的恐怖画面。

困意袭来，她还没想好对策，迷迷糊糊已经睡着。

这一晚，竟是意外的好眠。

之后连续的几天，邵楚意几乎每晚都准时回家，她第二天就又搬回了客房，可有时他也会来蹭一蹭，这委实把她给吓到了。有一次，她实在受不了了，便问：“最近公司不忙吗?”

“还好，只是有个项目一直拿不下。”

他向来不跟她说公司的事，她对商业上的事情也不清楚，只轻轻地应了声：“哦。”

很长时间以来，邵楚意一直不明白自己为什么会爱上林亦欣。无论是长相还是性格，她都不是他喜欢的类型。可对她的笑容，她逃避他时的小把戏，他都乐在其中。

感情的发展，无论是友情还是爱情，向来是你进我一步，我进你一步。彼此各进一步，感情也便进了一大步。

彼时，她时刻提醒自己两人之间的约定，虽不习惯这有些过快的进展，但想着他也不过是心血来潮，很快就又会放慢步调。

他则享受着她的每一丝改变与靠近。他情不自禁地想要打开心门，无论是她的，还是他自己的。

也许谁都不曾看好他们，可毕竟，在所谓的约定下，他们一意非孤行。

#【第三章】

此岸彼岸

（一）青春带走什么，又留下什么

终于熬到了期末，监考完上午最后一门考试，亦欣这一年的工作差不多也算结束了。

期末考，学生的位置是全年级打乱的，亦欣站在讲台边，面前恰好是自己班上的一个女生，因而时不时就关注她几眼。已经是最后半个小时，女生早已完成了答卷，先检查了一遍，应该答得不错，很快就检查完了。她无聊转了转笔，看看时间，等了会儿又检查一遍，速度比之前更快，分明是有些不耐烦了，但还是宁坐着发呆也不肯交卷。

这不禁让亦欣想到了以前的自己，也是这般，除非大半人都离开，否则就会一直坚持坐下去。这是一种不能用谨慎来形容的习惯，直到多年以后，亦欣才知道那是因为她们都太乖了。家长心目中的乖乖女，老师眼中的好学生，大抵就是如此。

林亦欣毕业于 T 大，不过那并不是一所师范学校，教师这个职业更是她在大二前都未曾考虑过的。高中时，她的梦想是成为一名记者，而林父林母为她拟定的首选专业是金融类，其次是外语，都是那几年最热门的。最后，她听从了父母。可能是当时心情落寞或是脑袋短路，又或者是她潜意识的抗拒，总之她碰上了高考填志愿中最乌龙的一件事——直到收到录取通知书，亦欣才发现自己填错了专业代码。幸亏乌龙事件还不止一件，她高考分数高，误打误撞填错个代码竟进了法学院。

当时林父林母着急得不得了，不过当他们意识到学法适合考公务员时，这种担心就又马上消失殆尽。亦欣记得那年学校刚尝试混合寝室，她们这届被作为试验品，于是寝室四人有了三个不同的专业：她是法学，许晨是经贸，陈玥和盛晓则是中文。林亦欣从未觉得自己是个可以当律师的料，即使那一年，她学得格外的好。然而，有成绩不代表能实践，她还是在第二年决定转专业，学了中文。

这是在经济与新闻间的折中，是父母可以接受而她又擅长的。那是林亦欣多年来唯一一次成功反抗。可惜三年过后，面临工作的选择，她还是在母亲的干涉下成为了一名语文老师。

三年的教学生涯让她对这份职业从无感到喜欢，已是极大的进步。

“春蚕到死丝方尽，蜡炬成灰泪始干”，诗是从小背到大的，但亦欣自认为做不到这种程度。她也是平常人，也许哪怕当年，她能够选择自己最渴望的那份职业，到现在应该也只会跟平常人一样，上班下班，同时期盼节假日的到来。

当然作为教师，还有独属的寒暑假。

收好考卷，正好周末，为了弥补上次的爽约，于是她打电话约上许晨一起出来逛街。

许晨开了自己的车来，红光满面，想必感情发展十分顺利。女人一高兴，购物的欲望也陡然攀升，没逛几家店，已经是战果丰盛。亦欣也难得多买了几件，她平日购物向来不用邵楚意给的卡，工薪阶层，钱赚得不多，但钱本来就是赚不完的。女人要拥有一份自己的事业，偶尔也要懂得善待自己。这次的大出血，于她而言，权当是辞旧迎新。

三楼是男装区，许晨要上去挑件衣服给韩非，她也只能跟着。每家店的服务员都很热情地介绍一件件新品，不过在两个没有经验的人眼里，这些男装款式实在没多大差别，一路挑选下来，许晨终于泄了气，选了件还算顺眼的，开始向服务员核对尺寸。亦欣又自顾自转了一圈，在隔壁店门口看到模特身上一件低领毛衣，样式做工都不错，简单大方，又是低调的深灰色，心里不禁想应该挺适合某人。

只是这牌子……她站在原地看了良久，最后还是忍不住上前瞄了眼标牌。

只一眼，她就又默默将标牌翻回了反面，正巧许晨在对面叫她过去，趁着店里服务员还没注意她，亦欣忙不迭走人。

许晨不知又从哪儿拿了一件，让她参考："你说这两件哪件好?"

亦欣脑中还是方才那件毛衣，随手接过其中一件，有些心不在焉，直到身后略带熟悉的声音让她回过了神。

"我劝你不要买。"

见两人脸上都是一脸疑惑，徐珊珊撇了撇嘴，继续道："你难道不知道楚意哥哥从来只穿一个牌子的衣服吗？这衣服买回去他也不会穿的。"

许晨并不认识徐珊珊，然而听了这话，再看她脸上的态度，就忍不住道："我说，你谁呀？不说这衣服不是买给邵楚意的，就是买给他，人家给自己老公买衣服什么时候轮到你管了?"

"你又谁呀，敢这么跟我说话。"

"她是我朋友，许晨。橙子，这是，徐珊珊。"亦欣忙站到两人中间调解，这两人要掐起架来她可不敢保证能不能拦住。

徐珊珊还是一副不屑的神情，不过也没再说什么，扭头就走，搞得许晨莫名其妙，亦欣只能简要跟她复述了一下邵楚意生日当天的事情。

“这小女生傻得也太可爱了吧。”许晨听完后也禁不住感慨。

后来下楼时竟又碰到她，不知在躲什么，正巧撞在许晨身上。

许晨闪得快，只被轻轻撞了一下就马上退后，徐珊珊却是一个踉跄坐到了地上。

“你……”她龇牙咧嘴坐在地上，难得没骂出来。

许晨干脆落井下石，弯腰朝她打招呼：“哟，真巧啊。”

亦欣看了也觉得好笑，不过还是伸了手扶她起来。

徐珊珊不领情，一把打掉她伸出的手，自己从地上站起来，估计是摔痛了，一双细眉紧皱，却还是未说话，只抬头隔着门看外面，口里喃喃道：“还好没被她看见。”

“你在躲谁啊？”亦欣想不通她还能有躲的人。同学，老师还是前男友？

“要你管。”估计是危险解除，她积了一肚子怒火，这时才冲许晨发泄：“你怎么走路的。”

“当然跟一般人一样，正着走喽，哪像某些人，脑袋后面没长眼睛都敢倒着走。果然是有钱人啊，连走路都另类。”

“你……”徐珊珊说不过许晨，只能将矛头转回亦欣，“你这都是从哪儿认识的狐朋狗友。”

“哎，你说话注意点。”

“哼。”毕竟是当着两人的面摔了，她心中还是有些尴尬，嘴上又不甘示弱，“知不知道我刚才是在帮你，否则你就得跟情敌面对面了。”

“情敌？”亦欣一脸茫然。

“又不知道了吧。我告诉你，霍雨祺那女人可不好惹，她觊觎邵哥哥已经很久了，而且邵哥哥竟然也被她蒙骗了，对她不知道有多好。”说完可能觉得不解气，她又强调道，“比对你好多了。”

这应该是亦欣第二次从别人嘴里听到霍雨祺作为自己情敌的事情，不过对霍雨祺，她还是没有丝毫坏印象。毕竟，她喜欢美人，而且美人也没做过什么伤害她的事情。

“亦欣的情敌，不也是你的情敌，那你怎么躲她呀？”许晨听了不由调侃。

本以为徐珊珊又要反驳，没想到她瞬间像个憋了气的气球，有些气愤又有些无奈地道：“她嘴巴毒，比你还毒。”

许晨和亦欣听了都是忍俊不禁，她却还是一本正经，盯了亦欣良久，表情忽然渐渐变得欣喜起来。

“对呀。我一个人对付不了她，可现在有你了。我们做朋友吧。”

亦欣觉得自己不太能跟上女孩这么跳跃的逻辑。

“面对霍雨祺，我们必须站在一条战线上，等把她打败了，我们再斗，怎么样？”还好她接着解释。

“还是算了吧。”亦欣干笑几声，推辞。

“相信我，这绝对是个好主意。”徐珊珊还是不放弃，见两人走了，忙追着出来。

“我不感兴趣，真的。”亦欣重申。

“那只做朋友总可以吧，我觉得你这人还不错，你应该也不讨厌我吧。”她开始采用迂回战术，趁亦欣还没回答，忙又对许晨道，“不打不相识，你是亦欣姐姐的朋友，也就是我的朋友了。我知道有个酒吧刚开张，晚上一起去玩，怎么样？”

亦欣拒绝，许晨却是点了头。

“反正我们晚上也没事，去玩玩放松放松。”许晨劝她，“林老师，你那日子过得太无趣了，你需要东西调解，比如酒。”

二比一，最后只能坐着徐珊珊的专车去酒吧。

果真是不打不相识，一路上许晨和她聊得颇欢，亦欣一身包裹得严严实实，被两人嫌弃，逼迫着她换上了徐珊珊车上的一套衣服。

衣服很漂亮，将来要当明星的人，眼光总还是不错。只后背开得低了些，亦欣起初坐在车里还没怎么注意，等到酒吧脱了外套，在位子上坐下，这才察觉。

“穿都穿了，就别别扭了。来，我们干杯。”许晨一把抢过她要穿回的外套，先举了杯。

“干杯。”

几杯酒灌下去，亦欣倒真自然了许多。这家酒吧虽刚开张，客人却是不少。酒吧设计主要以简练的色彩和冷静的基调为主，其中又加入一些夸张出奇的设置，慢摇的音乐由缓至快，一曲曲变换风格，氛围十足。看着舞池里活力四射的人群，连她都不由有了跳舞的冲动。

“小姐，一起跳个舞吧。”还真是心想事成，她心思一起，就有帅哥前来邀请。

亦欣看看身边的男人，又看了看对面，许晨在一旁笑，徐珊珊则是一脸不可置信，明显是在怀疑为何是她先被搭讪了。

帅哥长得是还不错，可惜，她毕竟还是拘谨，对与陌生人跳舞也不感兴趣，于是摇头拒绝："不好意思，我不会。"

"美女怎么可能不会跳舞呢？大家出来玩，做个朋友吗？"

朋友，真是个多义词。亦欣还是笑，伸手从身后包里掏出戒指，戴上，展示在他面前，道："恨不相逢未嫁时，抱歉了。"

帅哥明显露出了一脸被扫了兴的模样，亦欣只能继续抱歉地笑笑，却见徐珊珊不知何时起了身，拉上对方就走："来，帅哥，我和你跳舞去。"

亦欣制止不及，不免担忧地看向许晨："她能行吗？"

"放心，人家都成年了。再说她混酒吧的次数绝对比你多，有分寸的。"

"也是。"看徐珊珊在舞池里与那帅哥激情热舞，距离收放自如，亦欣收起自己的杞人忧天，拿起酒杯又喝了一口。

一曲结束，徐珊珊已是满头大汗，一路小跑回来，来不及坐定，就又要拉两人一起跳舞。亦欣拒绝多次，后来不知怎么就软了态度。她自工作后第一次尽情的放纵，感觉压力随着身体渐渐流出，心脏跟着音乐跳动，有一种极度的放松。或许这就是酒吧之所以产生的原因，现代人的生活太过沉闷和压抑，只有在夜晚无人认识时才能放下一切，沉沦然后忘却。又或许，即使再怎么长大，每个人的内心，其实都还有着年少时的激情，并不会因成长被磨平，只是因成长，被逼迫着掩饰了。而只有在这种不需要掩饰的时刻，才能够全然释放。

后来亦欣也分不清她们到底喝了多少的酒，跳了多少的舞，坐在座位上，只觉得眼前人和物都变得恍惚而又不真实起来。

"亦欣姐姐，我麻烦你个事行不行？"徐珊珊也醉了，这声姐姐难得叫得亲热不带讽刺。

"什么事？"

"我车里有一套衣服，是专门从国外带回来给邵哥哥的，放很久了，总不知道怎么给他，你能不能替我送给他呀？你知道的，女人爱一个男人的时候，总喜欢看他穿自己给买的衣服，尝一尝自己做的菜。"

"你为什么不自己送，他会接受的。"

"可是他不会穿。"

她一汪泪水含在眼中，让人看了心疼。亦欣摸摸她的脑袋，捧着酒杯又喝了一口，道："行，我帮你送。"说完又傻笑几声，有些自嘲地道，"不过他没准也不会穿。"

“韩非要是敢不穿我买的衣服，我就把他给做了。”三人酒量半斤八两，许晨一边嚷嚷着明天要上班，一边又喝了起来。

说到这里，亦欣却是突然想到了什么，拉着两人就往外走。

“干什么去?”

“我要去把那件毛衣买下来，他不穿，我也要买下来。”

“什么毛衣?”

“一件很贵的毛衣。”

许晨和徐珊珊虽还是一头雾水，不过醉意早冲走了一切理智：“好，我们出发。”

三个疯女人一路冲回商场，那家店竟然还没关，亏得服务员还认得她们，亦欣终于醉醺醺地刷了卡，买下了那件花费她三个月工资的毛衣。

签字时许晨晃悠着凑上去看，眼前一排的零，眼前晃了晃，那些零叠加又叠加。她打了个嗝，伸手拍拍亦欣，呵呵笑道：“够霸气。”

（二）所谓酒后乱性

所谓酒后乱性，意义绝不是我们通常说的那样狭窄。单以“性”一词分析，就可以包括性格、性情、性状甚至性别等各类解释，此“性”并非单指彼“性”，至少不完全是。

总的来说，它只是指人在喝酒后，会作出正常时做不出来的事情。

林亦欣的酒品很好，至少她曾经是这么认为的。可经历了这一晚，她再也不敢如此承认了。

被徐珊珊的司机送回别墅时，她还尚能步履沉稳地找到家门，然后开门、进去。

一步步上楼，手中的购物袋撞到楼梯上，发出哗哗的声音，在安静的房间中尤其明显。闹了那么久，亦欣这时静下来，不免觉得既头疼又脚疼，一手将袋子往上提了提，另一手拉住扶手，一点点借力往上走。可没走几步她就觉得无聊了，抬头看自己离楼梯口还有多远，脚下踉跄着乱了步伐，等回过神来，她的身子已经转过了一百八十度。她也不再回转，楼梯上暖黄的灯光下，亦欣低着头，兴致勃勃研究起身前被拉得长长的影子——

影子被楼梯分成了好几截，不过还看得出形状，无论她步履怎么晃动，它都不慌不忙地跟着，脚心抵脚心。她好玩似的边观察影子边倒着往上走，袋子再次一下下撞上楼梯，就好似在为她打着鼓点，一级，两级，默数到最后两级时，她的影子突然被另一个黑影叠盖住。

亦欣呆呆看着两个影子一点点重叠，转身看清来人后眯着眼与他打招呼："你还没睡啊?"

"这么晚，你去哪儿了?"邵楚意走近，硬朗的脸庞就在灯光下显得棱角分明，他眉心微微皱着，看上去像极了杂志上那些面容冷峻的平面模特，十分赏心悦目。只是现在光线太强了些，让她无法一直直视。

闻到她身上浓烈的酒味，他眉心皱得又紧了一分，不悦地问道："你喝酒了?"

亦欣点头，不断耷拉下来的眼皮让她终于感觉到了倦意，不过她还没有忘掉自己的任务。她在一大堆购物袋中找了好久，这才拣出其中的两袋："这个给你。"

他接过，是衣服，于是问："你买给我的?"

语气从不悦转到质疑，虽然还是那张冷脸，但态度明显好了许多。

"呵呵。"她傻傻笑笑，诚实地摇头说，"不是。"

不过随即她又想到了那件毛衣，左右晃了晃脑袋，纠正道："不对，是我买的。不，也不对，我就买了……买了……"

"毛衣"两字就在嘴边，她一时却怎么也说不出来，只用手指着那个袋子，表情分外纠结。

"你到底喝了多少酒?"他看到她大衣里穿的衣服，领子开得极低，不由板出严肃的神情，不打算接受她的贿赂，沉着脸继续问。

亦欣还在想到了嘴边的那个词汇，完全无视他，憋红了脸，这才道："那件毛衣。"

邵楚意看上去却是不怎么领情，但看她站得摇摇晃晃，只能无奈叹了口气，说："我给你倒杯解酒茶。"

他说着就要下楼，可这话不知怎么就刺激了她，他还没跨出脚步就被她死死拽住，她整个人都趴在了他身上："不要，我好不容易醉的。我不要解酒，我不要醒，我不要做乖乖女，不要贤良淑德，不要……我也可以放纵的。"

邵楚意有些惊讶地看着她这突如其来的行为，他的衣服和手臂上的一点皮肉被她死死掐住，疼得要命，他强行拉开她，有些哭笑不得地反问："就你，放纵?"

“你不信?”亦欣眼睛一眨也不眨地瞪他，直到邵楚意被盯得毛骨悚然起来，她才突然踮起脚，吧唧一口亲上了他的嘴唇，随后颇为得意地道，“怎么样，这回你信了吧?”

午夜的别墅安静得只听得见两人的呼吸声，此刻邵楚意就这样站在楼梯口，看着眼前笑得傻傻的女孩，呆住了。

她这一口亲得极为有力，但明显稚嫩，最多只能算是一个孩子对大人的撒娇，而他怎么说也是身经百战——邵楚意不断这样提醒自己，可心跳还是控制不住地加快。这样的吻，停留不超过半秒钟，可就像燕子飞过水面时尾尖在湖面的偶尔一点，瞬息而过却带起丝丝涟漪。

他想起自己第一次吻她，她毫无经验，方寸全无，而现在，方寸全无的那个成了他。

他花了好长时间才平静下来，问她：“你晚上去哪儿了？在哪儿喝的酒？一个人，还是跟谁在一起?”

他一边抓着她色厉内荏，亦欣却开始不安分起来，干脆甩开鞋子嚷道：“我就不告诉你。为什么每个人都要管我？为什么我不能有自己的选择？我去哪儿关你什么事了？邵楚意，我现在宣布，我不怕你，我是自由的。”

他一面扶住她，避免她手舞足蹈时一不小心摔下楼梯，一面头痛道：“我什么时候不给你自由了，今天到底发生了什么事?”

“我要做我自己，我不要做别人。”亦欣不理他，自顾自地接着喊，好不容易停了几秒，突然间又哇的一声哭了起来。

邵楚意一时也慌了神，只能拥住她，一手拍她的背，手法十分僵硬：“别哭了，又没有人不让你做自己。”

亦欣还是哭，其实她此刻心中并没有多么伤心的事情，近几个月来，她也早已想通了许多。只是人有时候，总想找个契机，把长久以来压抑在心头的苦楚，全都发泄出来。

结既然解开，就不能还留在心上。

而她的驱赶方式，就是哭，撕心裂肺地哭。

“你怎么那么爱哭?”邵楚意从没见一个女人可以有那么多的眼泪，在他印象里，女人哭起来应该都是梨花带雨型的，低着声音抽抽搭搭，又柔又弱，流出的眼泪也是可以拿纸巾轻拭掉的那种，通常等到她们离开时，也极少会花掉妆容。

他说这话时亦欣已经哭够了，但因为方才用力过猛，眼泪一时还没能止住，鼻子抽动着，说话都是一抖一抖的："谁说我爱哭了？我其实很久都没哭过了，真的，就最近而已，只是每次都恰好被你看到。"

她说着说着又不由觉出不好意思来，醉酒加痛哭，脑袋更疼，她迷迷糊糊将头枕回他胸口，等邵楚意再想跟她说话的时候，她已经睡了过去。

那晚，亦欣又做了一个梦。她梦到自己有一个幸福美满的家庭，梦到她进入了T大的新闻系，在一次校新闻中心的采访中，遇到夏萧默。他们彼此默契地微笑，然后相爱。大学四年转瞬即逝，一切都完美得不得了。毕业时，她为自己化上淡妆，自信满满地前去面试，可进了门，却发现面试官竟是邵楚意。他没有低头看她的简历，没有让她做自我介绍，也不问她任何有关工作的问题，只问她："林亦欣，你心里，究竟都住着谁？"

然后她就开始紧张，莫名紧张，仿佛这是一个十分困难的专业知识，她明明记得上课时听到过答案，可只怪那时分心，现在怎么都想不起来。

答案到底是什么？醒来后的她也不知道。因为就在那时，梦结束了，也许并不是在那结束的，可当亦欣醒来，脑中只能回忆到这里。梦里时光眨眼即过，但一开始那满溢的幸福，最后一瞬间的茫然，在她醒后满满萦绕心头。

她睁开眼时最先看到的是床头那束小苍兰。

那是她前几天路过花鸟市场时买的，百花缭乱中，它第一眼就被她看见。老板新剪下来，她也不去细究它的花语是什么，只觉得好看，又有缘，于是兴致勃勃就买了下来。

满脑的思绪慢慢被清幽花香扫除。果然，女人的生活需要美丽来调剂。

买一束喜欢的花，连心情都能变好许多。

可是花儿啊花儿，亦欣心想，你能不能告诉我昨晚发生了什么事？为什么她总觉得自己做了什么不该做的事情，但一时怎么也想不起来。

亦欣从暖暖的被窝里出来，睡衣斜斜挂在椅背上，再看自己身上，只穿着一身保暖内衣。她按了按太阳穴，穿好衣服出去，下定决心要搞清昨晚发生了什么。

大厅，书房都没人，她一个个房间找下去，最后终于站在了主卧的门外。

房间里也没人，亦欣心想离开，但不知怎么就鬼使神差地走到了阳台。

他竟真的在那儿，正斜靠着沙发，一手揉着眉心对着笔记本电脑看着什么，见到她，抬起头道："起来了？"

他应该也刚起不久，身上宽松地套着她买的那件毛衣，嗓音略哑，一举一动满是一股慵懒的味道。

那件毛衣，跟他还真挺搭的。

她讷讷地点头，有些心不在焉地应："嗯。"

"出来晒晒太阳。"他唤她。

亦欣还是有些讷讷的，"哦"了一声走近，却不坐下，只背靠了身后的围栏，两手放到背后抓住栏杆拨弄。

"我昨晚……"她说完三个字就停住，目光投向邵楚意，希望他能自动接下去。

"昨晚？"他却不让她如愿以偿，只咬着"昨晚"二字含笑看她。

她咬唇："我好像喝醉了，应该没做什么丢脸的事吧？"

"也不算丢脸。"

"什么叫不算丢脸？"她紧张，忽然注意到他的脸，不禁脱口问，"你脸怎么了？"

一条明显的抓痕，大约有两三厘米长，上面微微结了痂，从他耳际延向嘴角的方向，让人脑中产生无限旖旎的联想。这时她才意识到今天是周一，而他这个工作狂，竟然没有去上班。

"你不会是忘了吧？"他故作震惊，而后皱眉，"你昨晚可是说会负责的。"

"负什么责？"她惊愕。

"有人昨晚酒后吐真言，说是一直觊觎我的美色，然后……"

邵楚意想起昨晚自己送她回房，刚把她放上床，她就醒了，拍拍他的脸啧啧赞叹："其实你长得蛮帅的，不仅帅，还酷。"他一晚上已经见识了她太多的反常行为，那时也只能无奈地忽略她，开始帮她脱外套。可她不愿意被人碰，又是大叫又是手舞足蹈地反抗。他也恼了，她越是反抗，他就越坚持，最后终于以她的一记鹰钩爪结束了这场战争。

如果今天他就这样去公司的话，保不准会出现什么标题炫目的花边新闻，不过记者们应该怎么也想不到女主角会是她。邵楚意并不想这么轻易就告诉亦欣真相，于是他开始描述她昨晚的暴行，绘声绘色，真像身临其境般。

"怎么可能？我酒品很好的，就算出现意外，我也不会对你做……那些事情。"

亦欣义愤填膺地反驳，虽然这个世上有一个词叫做"酒后乱性"，但是，她最多酒后犯晕做点丢人的事，譬如冲回商场买下那件毛衣。

"生米都煮成熟饭了，你现在狡辩也没用。"他一脸无辜，再次示意她看自己脸上的抓痕。

亦欣斜睨他，摊开两手到他面前，提供证据："你看，我向来不留长指甲的，就算最近没怎么修理，也不可能抓得这么厉害。也不知道是哪个女人干的，你还赖我身上。"

他也不置可否，只似笑非笑地看得她浑身难受。

"我不可能做那种事的。"亦欣忽视他的眼神，再次强调。

见她这样，邵楚意忍不住轻笑，指指身旁一个位置，道："过来坐。"

"干什么？"亦欣已经靠在了栏杆上，再没空间后退，但还是将身子后倾，一脸警惕地看他。

"我又不会吃了你。"他叹气。

她又仔细看了他一眼，这才有些不情愿地挪过去，邵楚意电脑上是一幅幅柱形图，一大堆的数据，亦欣看着迷糊，不得不把目光转回到他身上。

"怎么想到买衣服给我？"他看了看身上的毛衣，还有床头一套西装。

"也没什么，昨天逛街，碰巧看到喜欢就买了。"她装作漫不经心地答。其实亦欣心里那叫一个悔啊，那么贵，四分之一年薪都花在了上面，偏偏她又要装能耐，不愿刷他的卡。

"谢谢。"

这两字从他嘴里说出来还真是难得，反正买也买了，后悔也没用，见邵楚意电脑上有邮件提醒，亦欣也不再打扰他，又想起件事来，于是道："我今天想去趟福利院。"

上次买了礼物结果没去成，正好今天天气不错，她也有些想念那里的孩子们了。

"你这算是在跟我报备吗？"

她无语："你说算就算吧。"

他还是笑，与她商量说："我今天有事，要不我们改天？"

"我又不用你陪，你忙你的吧，我自己去就好了。"

她起身走得干脆利落，他只能在心中喷火，这女人，怎么会这么不识相？

（三）过客匆匆

新和福利院地处南郊，而且坐落于半山腰，位置十分偏僻。因为路远，一路上，出租车司机也不着急，只一面稳稳地匀速前进，一面跟亦欣搭着话。

知道亦欣是老师，司机师傅禁不住感慨：“女孩子还是做老师好，看姑娘你文文静静的，特招人喜欢。前两天我载过几个T大的学生，也是名牌大学，哎哟，不行，一路上唧唧喳喳的，特别吵。”

亦欣听了不由笑：“师傅，我也是T大毕业的。”

“也是T大的？那姑娘你明显矜持多了，有对象了没？”司机师傅倒自然，不仅丝毫不显尴尬，还直接奔八卦去了。

亦欣只是笑，见司机四十左右，于是转移话题，问：“师傅，您应该也有孩子了吧？”

司机爽直，听她这一问，马上接道：“那是，一个女儿一个儿子，女儿大，上初三了，儿子才读小学。”

“有儿有女，师傅您可圆满了！”

“姑娘这话你可真说对了，别看我一出租车司机，钱赚得不多，不过小日子过得可还是美滋滋的。”师傅满脸幸福，禁不住聊开了话题，“想当初我娶我老婆的时候，我丈母娘挺看不起我的，还是我拍胸脯保证说，您把女儿交给我，就放一百个心吧，我绝不让她吃苦。现在我房子装修得好好的，车也算有。前些年我老婆的姐姐离了婚，哥哥家现在也闹不安生，就我们家，和和乐乐，丈母娘也最喜欢我这双儿女。我这行业呢，虽然辛苦，可做男人的，不就为了老婆儿女嘛。你说是吧，姑娘？”

亦欣边听边笑着点头。车已经驶上了山道，大老远就能看到整修后焕然一新的福利院，亦欣正专心看前方，突然听见司机师傅惊讶地道：“这犄角旮旯的，怎么还有辆林肯车！”

亦欣也顺带瞄了眼后视镜，还真是。山道不大，那车一直跟在他们后面，等出租车在福利院门口停下，亦欣付了钱下车，往后一看，那车竟也紧跟着他们端正停在了门口。车内司机戴着白手套，西装笔挺地从车上下来，然后毕恭毕敬地打开了后座车门。亦欣站了会儿，这才看到一个身材高大的男人下车。

男人一身笔挺的黑色西装，山道上风有些大，亦欣一头长发及一身外衣早被吹乱，而他站在那儿，却还是全然的一丝不苟。男人的长相并不能用帅来形容，只是让人移不开目光，引用一个字，应该说是长得“正”。

而且很“正”。

这世界就是不公平，有些人，即使远远望去，你也能感受到他的气场，他的风度，邵楚意是如此，她眼前的男人也是如此。

似乎已经习惯了受到瞩目，见有人看自己，男人没有丝毫的不悦，反而绅士地朝亦欣微笑着点了点头，这倒不由让亦欣有些不好意思，她尴尬地点头回应，随即立马转身折进了福利院。

将上次买的礼物送给孩子们，亦欣和他们玩了一会儿，便开始给大家上课。这是她最轻松的课堂，因为只需唱唱歌，讲讲故事，不过也是最沉重的课堂，许久没来，班级里又多了几张新面孔，然而在这里，一张新面孔就代表着一个家庭的离散。一个小小福利院的背后，上演的是一场场生离死别，而要承担这一切的，却是应该感受这世界美好一面的孩子们。

中间休息时，有老师过来查看，亦欣与她聊了几句，随口问道：“今天怎么没看到院长？我记得他每天上午都会过来的。”

“好像是有客人，院长正接待呢。”

“哦。”亦欣点头，又给孩子们上了一节课，等到午饭时，才抽空到草坪上休息。不过以前常坐的那个位置却已经有人占着了。

“小朋友，该吃午饭了哦。”她上前，蹲下身提醒。

那个女孩却不理她，仍一动不动坐着，两眼望向大门口，连眼珠都未眨动一下。

这个动作在他人看来也许并不能觉出什么，可对亦欣，它有太多的含义。电影《放牛班的春天》里，小男孩佩皮诺固执地站在大门口，等着父母在周六接他回家。电影不能代表生活，然而经典里却总有着人类最深情感的浓缩。福利院孩子们对那扇大门的守望，是其他人所不能理解的。

亦欣在女孩身边坐下，道：“你还不认识我吧，我叫林亦欣，你可以叫我亦欣姐姐。小孩子不吃饭可长不高了。”

女孩依旧不理她。

亦欣也不急，继续道：“我以前也很喜欢一个人来这里，不过那时的我可不喜欢就这么坐着，你猜我会做什么？”

还是沉默，不过女孩的余光却扫了她一眼，亦欣再接再厉，指着头顶那棵大槐树说：“我会爬到这树上去。你知道做人最遗憾的事情是什么吗？想想看，人会走，所以能欣赏到地上的风景，能游泳，可以感受水里的世界，可是不能飞，尽管造了飞机，但那不过是将我们困在了一个大机器里，感受不到任何天空的气息。”

女孩终于有了反应，却是茫然地瞟了瞟了她。亦欣笑笑，她也知道这番话对一个小女孩来说，似乎有些难以理解。不过看到那棵树，她脑中的第一反应便是这些，她理了理思路，说：“其实有时候，我们伤心难过，是因为我们总执著地把目光放在了一个点上，那为什么不试试换个角度呢？”

亦欣指了指门口，又指了指头头顶那棵槐树：“通常心情不好的时候，我就会爬到树顶，那时候你会发现自己眼里的一切都变了样。在下面，你是渺小、容易被忽略的，在上面，你虽然仍然渺小，可你看得到更远的地方，你会发现自己拥有的，并不是你认为的那样少。”

原本不过随意想出的话，可说着说着，亦欣只感觉一种与心灵相契合的触动。长大之后，她其实从未爬上过这棵槐树，可也许……

她想起那张照片里，自己笑得是多么灿烂，一时间突然来了兴致，起身跑到槐树下，笑着道：“我要上去，也许真能找到我一直想找的。”

或许是她的开心触动了女孩，她刚爬上一根树干，女孩就站在了下面，冲她怯怯道：“我也想上去。”

亦欣想都不想就伸手给她：“来。”

毕竟好久没做这么危险的活动了，又带着一个小女孩，两人爬了好久才在树中央一根稍粗的树干上坐下。其实只离了地面几米，可坐在树上，只觉得山坡上吹来的风都带着满满的清新。中午阳光正盛，逆光看去，几片树叶上落满斑驳树影，透着耀眼的阳光，绚烂而迷人。

“怎么样？”她笑着侧头问女孩。

女孩这时两手小心翼翼地抓着树干，早被眼前的景象吸引住了，不住惊叹。亦欣也开心，见她已经安稳地坐好，便试着自己闭眼深呼吸。如果这是一部属于她的感人电影，那么这时候就会有风将一段段记忆送到她脑中。可惜，生活即便是部电影，也只能是部纪录片，而非玄幻片。除了身后树叶在颈上轻抚得发痒外，她所有的感觉都未有改变。

她耸肩笑笑，终于又睁开了眼。

“看来奇迹是发生不了了。”亦欣喃喃自语，眼神扫过身旁的女孩，她还沉浸在所看到的世界里，亦欣再往远处看，突然见到了树下站着两个人，是院长和今早见到的那个男人。

见院长笑眯眯地看向自己，她不由有些窘迫，却笑嘻嘻地打招呼：“院长，真巧啊！”

“亦欣，这棵树可有百年历史了，我正要申请保护，你这可算破坏文物了。”

她吐吐舌头，道：“我这不是不知道嘛，马上下来。”

小女孩还是一脸恋恋不舍，亦欣将她稍微往下安置了点，自己则爬下树，讨好道：“院长，能让她在上面再多待会儿吗？她人小，破坏不了的。”

院长是个慈祥的老头，他捏捏刚长出的几根胡子，点头表示同意。

和院长在一起的那个男人叫谢君筠，院长介绍两人认识，而后才有些若有所思地看看亦欣，说：“谢先生来这是为了寻找失散多年的妹妹。亦欣，也许你会是谢先生的妹妹。”

“我？”她惊讶。

“是的。”谢君筠接了话，道，“林小姐，如果不唐突的话，我希望你能随我做一个亲子鉴定。”

“等一下，”她打断他，“我有点迷糊了，我能知道这件事的经过吗？”

“让我解释吧。”谢君筠微微向院长示意，接着道，“二十年前，因为一些误会，母亲带着妹妹离开了我们。家父现在就要离世，所以希望能够再见母亲和妹妹最后一眼。”

“因为一些误会？”

“不好意思，在没确认你是我妹妹之前，我不方便透露。”

“没关系。”亦欣摇头，“二十年的分别，却仅用一个误会来概括，我想也没什么值得听的。”

“亦欣，你不是很想找到亲生父母吗？谢先生可是专门从香港过来的。”

见亦欣一脸冷淡，院长忍不住出声提醒她，她却丝毫没有察觉，只道：“人为什么总要等到完全失去时才懂得珍惜。”

“亦欣。”

场面有些僵，见院长一脸关切，亦欣这才回神，也不知道自己怎么就对眼前这个人如此刻薄。是啊，她曾经多么希望找到他们，可话到嘴边自己就变了味，她也控制不了。

谢君筠却没有表现出丝毫的介意，只低沉道："林小姐，我理解你的心情。"

"抱歉。"她调整心态，"不过我还想要确认，根据我所知道的，我母亲来自C市的一个小镇，并不是来自香港。"

"母亲走后，我们没有一个人知道她去了哪里，所以任何地方都有可能，至于你说的那个小镇，我会派人去调查的。有可能的福利院一共有五所，这是最后一所，而在那段时间内被领养又符合年龄的，只有你和另外一个女孩。"

"所以说我有百分之五十的几率?"

"可以这么说。"

"我想知道，找到人之后，你们会怎么做。"

"带她回香港，补偿她失去的一切。"

"补偿。"她喃喃重复了一遍，问："我需要去医院，还是只要给你一根头发或者一片指甲什么的。"

他笑："都可以。"

"那去医院吧。"亦欣顿了顿，正色道，"我想见证一下整个过程。"

"好。"

其实真的有必要亲自去吗？一路上，亦欣发现自己几乎完全是盲目的，没有任何的期待或者兴奋，但她还是掏出手机按下了关机键。不管结局如何，她都不希望这个时刻有人来打扰。

因为跟医院打过招呼，检验结果第二天就能出来。出了医院大门，亦欣才从放空的状态脱离，找了机会问谢君筠："你母亲是个什么样的人?"

见他不回答，她忙补充："不好意思，我似乎问多了。"

谢君筠笑着看了看她，摇头道："没有，我只是在回忆她的模样。母亲长得很美，也很善良，而且像你一样，很会开导人。"

说完，他从钱包里掏出一张照片递给亦欣。

是一张两寸照，里面的女子倚桥而立，正是最具风韵的年华，笑容似有若无，恬淡而优雅。

"她真的很漂亮。"亦欣也忍不住赞叹。

"你应该多笑笑，你们笑起来的时候很像。"

"是吗？要是……"她话到一半又止住了，笑道，"那就等明天的结果吧。"

他点头，说："我送你回去。"

司机早在车旁做好准备，亦欣看了看，终于还是拒绝："谢谢，不过我想一个人走走。”

一个人走，不过是漫无目的。亦欣从小在这个城市长大，对这里的每条街道都十分熟悉。以前医院附近还没有改建时，围绕着的全是居民房，现在拆迁了一半，只有不远处还零零落落立着几幢旧楼，不知是钉子户，还是因为太过古老，恰好又在开发区边缘，因而也就任由它孤零零矗立着。

亦欣绕到旧楼前的小巷里，左拐右拐，意外竟发现了小学上学时的一条必经路。路边斑驳的墙壁依稀还很熟悉，爬满了苔藓和常青藤，她从起点一步步丈量，透过树叶寻寻觅觅，终于也找到了自己小时候刻上的那歪歪斜斜的名字，一笔一画，幼稚却工整。

她微微靠近比画，记得那时是踮起脚尖刻上的，如今，那字迹只到自己的腰部。手指摸索上那些曲折的痕迹，墙内楼里隐约传来些许歌声，她听出来是叶倩文的《祝福》：

“过去过去，多少次心乱，今天今天，随着云烟渐远。”

——低柔的粤语歌，最能勾起人对遥远时光的追忆。

许是太熟悉这条路了，亦欣踱着踱着就要往家的方向去，等回过神时，她不由顿了顿脚步，踌躇片刻，最后还是掉了头。

沿着石板路走，是极安静的，老远听到身后传来车轮碾过的声音，亦欣往边上让了让。小巷太窄，黑色轿车与她擦肩而过，没等她走两步，却又缓缓在不远处停了下来。

“嫂子，亦欣嫂子。”

听到是唤她，亦欣这才有些惊讶地循声望去。

“秦邺！”

“嫂子，你怎么一个人在这里？我楚意哥半路把你扔了？”秦邺一手搭着车窗，探出头半开玩笑地问。

“我随便逛逛而已。”

“那要不去我店里坐坐，就在前面。”说话间，他已经下了车，“今天去公司找楚意哥，他不在。在这儿看到你，我还以为他跑我那儿寻清静去了呢。不过也正好，今天我下厨，嫂子要不要过来尝尝？”

反正没事，亦欣也走得有些累了，就说：“那我可却之不恭了。”

秦邺利索地做了个“请”的姿势，道：“客气，来，上车。”

没想到这里离秦馆这么近。亦欣只在邵氏迎新晚宴那天随邵楚意来过一次，因是晚上，又是曲曲折折的小巷，也没在意。此时车子只拐了个弯，不到五分钟，便到了目的地。

在秦邺的专属包厢坐下，他笑问："嫂子，你觉得我这儿怎么样？"

"我跟你应该差不多大，你还是直接叫我亦欣吧。"一路听他叫了N个嫂子，亦欣还是怎么都不习惯。

秦邺也是干脆，笑应："成。"

亦欣这才认真环顾，想了想，道："你这店味道不错，只是有些……半中不洋的。"

"哈哈，嫂子，哦，不……"看到亦欣的眼神，秦邺忙笑着改口，"亦欣你还真是一语即中。这店我母亲留下时，是只做中式小吃的，我这两年经常出国，所以就时不时加点国外的点心进来，这混搭起来倒是有些不伦不类。不过，又实在不舍得割舍。我就希望把所有自己见过的，喜欢的东西，都留在这店里。"

"喜新又恋旧。"亦欣缓缓总结。

"可以这么说。"秦邺点头，转眼看到亦欣一副探究的神色，眉眼一动，意识到她语出双关，于是补充道，"不过在感情上，我可还是很从一而终的。"

他表情一脸无辜，亦欣也笑，将包厢扫视了一眼，问道："这里一定保存了你不少记忆吧？"

"可以说是全部。"秦邺几乎是毫无犹豫地接道，"所以我这店，只开给有缘人。"

"可你怎么知道来这的是有缘人，还是只是个过客呢？"

"怪不得老说你爱钻牛角尖。过客也是一种缘啊，都说什么前世的五百次回眸，换来今生一次擦肩而过。能遇到我这家店，别说前世要甩歪头，就是今世也得多绕几圈才行。"

听他这另类的解释，亦欣忍俊不禁，不过心上也是觉得有几分道理。待笑罢，她才问："我爱钻牛角尖，邵楚意说的？"

"啊，没有没有，怎么会？"意识到自己说漏了嘴，秦邺立马装糊涂。

"那刚才？"

"呃……是我以前误解了，误解了。对了，说要让你尝尝我的手艺的，你先在这儿等会儿，今儿老板我亲自下厨。"

秦邺一边打哈哈一边离开，亦欣也收了笑意，双手互抱着站到窗前。因只是二楼，什么风景也看不到，身下只是静谧的小巷，映上几家微弱的灯火。她右手搭在左臂上，隐隐还留有方才与谢君筠握手时的力道，这力道支撑她去相信明天会有希望。可那希望，又只像眼中的灯火，微弱渺小。

秦邺的手艺倒真不是夸的，满满一大桌中西点心，亦欣吃一样赞一样，最后实在撑不下了，这才恋恋不舍地放了筷子。

小店偏僻，能发现的人不多，因而来的也都是常客，听闻老板在，秦邺便时不时被叫去叙旧，送亦欣回去时，他只连连抱歉说招待不周。

“已经很周到了。”亦欣手按着吃得圆滚滚的肚子，笑道，“今晚这一顿可够我回味好久了。”

回来时，别墅一片漆黑，想来邵楚意也没回来，秦邺将车停在门口，禁不住感慨：“这也太冷清了，也亏得你不害怕。”

“怕也没办法。”亦欣想起上次的恐怖片事件，大晚上走在空荡荡的别墅里，怎么都是冷飕飕的。

“你们抓紧时间生个 baby，到时候肯定就热闹了。”

“呵呵。”亦欣咧嘴干笑，与秦邺告别，“我先进去了”。

肚子里的食物还未消化，她睡不着，便随便从电脑里找了部片子看。《August Rush》，讲述一个小男孩的寻亲之旅，记得当初是看片名下载的，后来一直没有看。虽然剧情太过梦幻，结局太过完美，但亲情、爱情、缘分、纽带，人类最原始最浪漫的情感拼凑起来，到最后还是免不了让人微笑落泪。

反正是坐在床上，电影里还放着片尾曲，亦欣朦朦胧胧闭上了眼睛。迷糊中感觉有人轻轻挪动自己，随后便有被子盖在身上，一阵温暖触及肌肤，让她不自觉又往里缩了缩。她睡觉时习惯蜷缩成一团，连双手都紧紧握成拳，仿佛还在母体中一般。有时手捏得太紧，第二天起来掌心处总会被掐出指甲印来，所以她不怎么留指甲。这时感到手指被人掰开，掌心一阵凉意，她不习惯，抗拒地转了个身，又握了回去。

她听到他无奈的低叹：“怎么那么多坏习惯。”

亦欣觉得那一刻自己应该是清醒的，因为她清楚知道身边的人是邵楚意，也感受到了他的所有动作所有关切。可她又是迷蒙的，因为她竟丝毫没想到反抗，甚至从心底都享受着这轻柔的呵护。

第二天鉴定单就出来了，亦欣甚至不用去到医院，一个自称是谢君筠秘书的人就给她打了电话，告诉她结果。那时她还正在刷牙，一手牙刷，一手手机，嘴角沾着些许牙膏泡沫。她曾想着自己知道结果时的画面，应该更庄重更严肃点的，不过也好，至少那时她的语气，听不出任何沮丧。

或许是早就料到了吧，亲人之间总该有某种感应，无论微弱或者强烈。而昨天检验时从头到尾的冷静，让她早在心底就有了准备。

“林小姐，不知是否方便将您的账户告诉我，我会代谢先生给您汇一笔感谢费，谢谢您的帮忙。”

有钱人还真是慷慨。

“谢谢，不过这钱我不能要。”

“林小姐，请您放心，这是我们对每一个帮助过的人的一份感谢，希望您也能收下。”

“我没有什么不放心的，我只是不想收这笔钱。”亦欣坚持。

“林小姐。”

电话里的声音突然变了，亦欣知道是谢君筠，虽然对方并不在眼前，不过她还是下意识地从嘴角扯出点笑容，道：“谢先生，感谢费什么的，还是请您收回吧。”

“林小姐，这只是一份单纯的感谢，昨天麻烦你了。”

亦欣笑：“这才是你的感谢。”

那边顿了会儿，随后也轻笑起来。

“谢先生，我只希望你把这个当作是一份出自真心的帮忙，或许，可以说是互相帮忙。毕竟我的目的也是为了找到自己的父母，但如果收了钱，这就成为了一笔交易。”

沉默片刻，亦欣听到电话那头说：“我明白了。那我就在这里跟你说声谢谢。林小姐，祝你幸福。”

亦欣微笑：“也祝你幸福，希望你能尽快找到妹妹……和你的母亲。”

挂了电话，唇边擦掉泡沫的地方还留着一阵冰凉，亦欣用水冲了冲，总觉得异样。可当她看向镜中的自己，却没有丝毫不妥，仿佛还是那个每天起床打起十二分精神准备上班的自己。

现实永远不是偶像剧，她也不是女主角。这么多年，来来去去，她早已习惯了扮演过客。失望难免。可正如秦郯所说的，过客不也是一种缘吗？

过去已经无法重来，她可以将它们留下来惦念，却不应该再为此自伤自恼。

（四）原来我们都曾患上恋爱这种病

再次碰上谢君筠，是在高尔夫球场上。

高尔夫球一直是亦欣无法理解的运动之一。以前看书，北岛就曾据此做过一番高妙的论断。他拿高尔夫球与弹球做比较，说弹球因地制宜、节能环保，低头撅腚，短裤背心甚至光膀子，无拘无束；而高尔夫球不过多几个洞而已，却要为此跑马占地、铺沙栽树，买杆交会费，甚至租电瓶车代步外加雇人背杆壮行，纯粹是花钱受罪。而打高尔夫的大多数，挺胸收肚，猫步鸭行，还得故作轻松——深呼吸再深些，好不容易浮出商海换口气。

亦欣读时就想拍桌子大叫精辟。

可惜今日这番论断似乎失了其最精妙之处。

邵楚意、秦郸、谢君筠，还有近日来常在亦欣耳边转悠的霍雨祺——面前这几个人，衣冠楚楚，谈笑风生。挺立挥杆时，个个看来都是赏心悦目。

在这里见到亦欣，谢君筠不免讶异，不过很快就从容与她打了招呼。而亦欣竟然认识谢君筠，邵楚意则更是惊讶。

忽略掉邵楚意意味深长的眼神，亦欣冲他笑笑，却是丝毫没有解释的意思。

中间得空，邵楚意才走到她面前，问："不解释？"眉梢微微上挑，含笑的神情可以迷死大片女生。

亦欣近来从徐珊珊那听过不少邵楚意以前的风流韵事，此时再看他的神情，觉得曾经听闻后觉得不可思议的事都应该是事实。

"这是我的隐私。"

"哦？"他将唇凑近到她耳边，脸颊靠着脸颊，重复她的话，"隐私？"

他丝毫不顾及场合，亦欣却是不由窘迫，余光瞟见谢君筠正在一旁接电话，秦郸则和霍雨祺聊着什么，没有人注意到他们，这才暗暗松了口气。

"你这是在走神还是在想怎么编故事？"没有受到搭理，邵楚意一脸不悦。

"都不是。"亦欣放下了心，一边摇头一边若有所思地打量他。

"怎么？"

其实他应该算是个好男人，有财有貌，可严肃可幽默，可凌厉又可温柔，自己以前虽受了些欺负，但也是这场经历，让她明白了很多事情。

他皱眉等着她回答，亦欣笑笑，吐出首诗来：“骑马倚斜桥，满楼红袖招。”

他皱眉，琢磨片刻，这才反应过来：“你说我是花花公子？”

“又错了。”她摇头笑，“风流倜傥，是夸你的。”

这是她的专业，邵楚意半懂不懂，完全争不过她，只能无奈。他盯着亦欣的眼睛看了会儿，一摊手，笑道：“完了，现在你还真一点都不怕我了。”

“好像是哦。”

“终于开窍了？”

“我……”亦欣还想说什么，却见谢君筠在对面示意她是否能够过去。

“我先过去一下。”她道，又怕邵楚意真误会什么，接着补充说，“我和他前几天才认识，事情经过有些复杂，不过不是你想的那样。”

“哪样？”邵楚意装糊涂，见亦欣一脸无语，才笑笑道，“过去吧。”

走到谢君筠身边与他打了招呼，亦欣没料到他第一句就是问：“你和邵先生的感情似乎很好？”

看来方才的场景还是被他看到了，亦欣有些尴尬地笑笑，说：“还好。”

谢君筠看着她，似在沉吟要跟她说什么，良久，才淡淡道：“这次我来内地，只是为了找到妹妹，原本并不想安排任何应酬，而今天会出现在这里，全凭了一个人。”

“是霍雨祺？”亦欣见他眼神看向右侧，正是霍雨祺所立的方向，心上早已明了了几分，而他接下来要说什么，她似乎也能猜到一点。

“没错。”谢君筠没料到她的了然，但还是继续道，“在邵先生约我见面的前一天，霍小姐就在我住的酒店与我偶遇。本来我是没空的，不过……”谢君筠停了停，潇洒地挥出一杆，才接着说，“她的口才很不错。”

亦欣垂眼认真听着，待见球进了洞，方笑笑，伸手比画说：“你知道吗？你是第三个。”

见谢君筠疑惑，她解释：“他们的关系，早在你之前，就有两个人提醒过我。”她嘴角依旧含笑，目光却没有再看谢君筠，不知散在何处，只有些喃喃道，“其实，我真的很想知道，她对他是怎样一份情感。”

“你不生气？”

“不生气。”亦欣摇头，“我不认为霍雨祺和你的那场偶遇，是邵楚意安排的。”

“你这话让我有些不明白。如果是那样的话，你不是更应该警惕？”谢君筠挑眉，这个话题似乎引起了他的兴趣。

“我不是那种女人，不，应该说我其实……”亦欣话说到一半又止住了，抬头故作轻松地笑道，“谢先生，谢绝八卦。”

“林小姐，你的确和我见过的许多女人都不一样。”

“也许还有霍雨祺，如果她和其他女人一样的话，没准就不能说动你了。”

“也许。”他笑，“真可惜你不是我妹妹。”

亦欣也笑，道：“真可惜你不是我哥哥。”

见到谢君筠，亦欣心中本该是落寞的，可她刚安慰了自己，并不想再使这次见面让心情低落。老实说，一周内碰上两次，她和谢君筠也算有缘，虽然最后证明两人间没有关系，不过她对他，还是留有种说不上的亲切感。

亦欣不会打高尔夫，跟着邵楚意挥了一两杆，速成是不可能的，她兴趣也不浓，于是早早就坐在了一旁休息。不过，不是一个人，因为霍雨祺不知何时也坐在了她身旁。

“林小姐，我听说你在嫁给楚意之前，只和他相处了几个星期?”

“的确不是很久。”

“你觉得你们在一起合适吗?”

如此直白地切入，还是让亦欣吃了一惊，但终归心中有底，只正色道：“这个问题很难回答，不过我们既然在一起，那就必然有合适的理由吧。”

霍雨祺却是一脸不屑地笑：“能在一起并不代表适合。林小姐，我和楚意相识十五年，我想我比任何人都了解他。”

“那他是个怎样的人?”

“他……”霍雨祺说了一个字后便突然沉默，亦欣觉得也许她是回忆起了某些事情，只是，她似乎从不将真实的情感表露在脸上。

“林小姐，我这人说话不会拐弯抹角，也不想浪费彼此时间。我很确信你并不适合他，也根本不知道怎么爱他，你不觉得分开会是个更好的选择吗?”

她微抿嘴唇，就直接进入了正题。亦欣难得的镇定，她等这场谈话似乎已经等了好久了。

“你想让邵楚意幸福，可就算我离开他，那么之后呢?”

“有我。”对方明显比她自信。

“凭什么?”

“林小姐，我只问你一句，你爱他吗？”

“那他爱你吗？”

“呵，林小姐你很懂得自我保护，这应该跟你的背景和生活环境有关吧？”霍雨祺突然转了话题。

“请不要把问题扯到我的生活上。”亦欣虽然对霍雨祺的这段感情很感兴趣，但她戳到自己的软肋，她还是很不舒服。

“好，那我们就回到正题。”霍雨祺也不将话题延伸，眼神重新扫过亦欣，说：“他爱我吗？老实说，这个问题对我来说一点都不重要。我爱他，爱了十年并且现在依旧坚持，这才是最重要的。我不像你，认定的事，无论如何我都会争取到。林小姐，这世上有太多的取暖方式，如果因为自己需要逃避，而跟另一个人在一起，你不觉得这是在剥夺他人的幸福吗？这种感觉我想你应该懂。”

做老师的人，口才应该都还不错吧？可惜亦欣是属于讷言的一类。之所以期待这场谈话，是因为在心中，她一直佩服霍雨祺，莫名升起的佩服。

她知道，一个女人的爱情，可以坚持很久很久。然而，她的坚持是懦弱的，是心守着一个人独自的地老天荒；霍雨祺，却是足够坚强的，她付出，更敢追求。与亦欣的这场谈话，她一直是那样淡淡的语气，语调微微上扬，论点论据简单而充分。她说的话很长，可字字句句，亦欣都理解了。

亦欣想起那天在酒吧里，自己曾无意中聊起过霍雨祺，徐珊珊一直是一脸鄙视，而许晨却是问她：“你看霍雨祺对邵楚意，是不是特像当年你对夏萧默？”

总是许晨最了解她。

她记得自己那时候答：“她比我勇敢。”

见她不说话，霍雨祺最后道：“不管现在他爱不爱我，最终我总会让他爱上我。所以我的建议，希望你能仔细考虑。”

亦欣还未回答，身后却有声音给了回应：“没什么好考虑的。”

邵楚意不知从哪里突然出现，亦欣回头时，他已站在了她身后，脸色十分不佳。

霍雨祺倒是未有丝毫的慌张，只悠悠起身，仿佛是刚跟合作伙伴谈完一笔生意，微笑着向亦欣颔首道：“我先走了，还是那句话，刚才的提议，希望林小姐认真考虑，这是我的名片。”

十分精致的名片，亦欣接过仔细看了一眼。“霍雨祺”这三字写来本就好看，再加上独特的设计，就像她的人一样，令人印象深刻。

她将名片收好，抬头就看见了邵楚意异常难看的脸色。

“这就是你的反应？”

她几乎能感受到他抄在裤袋里的手是紧握着的。

不知道说完那段话后，他会不会直接揍上自己一拳。不过揍一拳太狠了些，也许会扇一个巴掌。亦欣一边想着，一边已提前感受到了脸上的火辣。

不过，事情总要有个结束。

“我想……”

她终于开口，可又马上被他打断，他愤愤道：“你在这里等我。”说完，他转身向霍雨祺离开的方向走去。

“哎。”亦欣唤他不及，刚想追上去，又被秦邺叫住。

“他这是怎么了？”秦邺正从另一个方向过来，手上拿着瓶水，一脸疑惑，“怎么对着背影都能看出一身的不爽。”

“没什么。”亦欣心里懊恼，但又不好表现出来，见就秦邺一个人，于是问：“谢先生呢？”

“方才接了个电话，匆忙就走了。”

“哦。”

“你们俩刚才吵架了？”见她应完后就有些心不在焉，秦邺问。

“没有。”亦欣摇头，沉默片刻，才试探地问道，“秦邺，你和霍雨祺，熟吗？

秦邺正旋着矿泉水瓶盖，听她这么问，双手不由一顿：“她忍不住了？”

“你知道？”

他继续拧开瓶子，喝了口水，才悠悠说：“知道。刚才见她看你们的表情，我就知道，过了这么多年，她终于是慌了。不过，也该是时候了。”

看秦邺的表情语气，亦欣只觉得这件事没自己想得那么简单，但一时也无法多想，只问：“邵楚意也知道？”

“嗯。”

“她一直在等，那邵楚意呢？”

“他不是娶了你吗？”秦邺答，以为是她担心，又补充说，“你也别想太多，女人一旦执著起来，八匹马都拉不回来，更何况她是霍雨祺。这事交给楚意，他会解决好的。”

“难道邵楚意就一点都不爱她？”

“怎么听着你像是在为雨祺打抱不平？”秦邺一脸诧异地盯着亦欣，问，“你到底在关心谁?”

“没有，我只是随口问问。”

高尔夫球场很大，亦欣站在最中间的草地上，却怎么也再望不到邵楚意和霍雨祺的身影。她又想到霍雨祺说的那句话：这世上有太多的取暖方式，如果因为自己需要逃避，而跟另一个人在一起，其实就是在剥夺他人幸福的权利。

自己爱了一个人七年，而她，竟爱了他十年。

也许爱情并不能用时间来衡量，可兜兜转转一大圈，她还是碍着了别人的幸福。

邵楚意究竟爱谁呢？她不清楚。从结婚到现在，他的一步步靠近，一点点温柔，对她的确起了作用。可那样的人，又怎么会安于她想要的生活呢！或许他只是一时兴起，他要的，不过是为了营造更和谐的婚姻生活，而不是爱情。

正如最初的选择，他和她一样，要的是安定。

对，不是爱情。亦欣不由在心中坚定地告诉自己。

闭眼，睁眼，她才开口道：“秦邺，我先回去了。麻烦你帮我跟他说一声……抱歉。”

“他？楚意还是霍雨祺?”秦邺一直在一旁沉默，此时目光突然深深地看着她，深邃而犀利，直让人觉得被看到了最深处。

亦欣不自然地低头，这样的秦邺，她还是头一次见到。

可是很快的，秦邺就转开了目光，语气也回复了原先的样子，淡淡道：“想说什么就等楚意回来自己说清楚。”

说完，他在一旁坐下，掏出烟，也不问亦欣介不介意，自顾自抽了起来。

亦欣愣愣站在一旁，鼻息间有淡淡的烟味，很快又被风吹散了。

秦邺……

在这场经历中，她不了解任何人的情感，无论是邵楚意的，霍雨祺的，甚至，是秦邺的。

可本来就该是这样，她不过是他们生命中的过客，这一关系，尝试再久也无法改变。不过是他们没有谢君筠那么干脆，验一次DNA，该不该有关系，清清楚楚揭晓。

（五）谁成了谁的执念

霍雨祺走得并不快，因为每一步，她都在赌，在验证。

看着挡在自己身前的男人，她从容地停下了脚步，抬头，微笑，等着他的斥责。

“刚才为什么要跟她说那段话？”他眉头半锁，虽然已经竭力压制了语气，但明显心情不好，不过，也只是一般的不好而已，她见过他更怒的时候。

“怎么，生气了？”她微仰下巴，笑着问他。

“既然我今天带她来，你就应该知道意思。”

“你接受她进入你的生活，可她不适合你，我也不过是实话实说而已。”她耸肩，表示不以为然。

“也许不适合的，不是她。”

邵楚意的语调比方才更加平缓，可却让她心中一凛。

“今天的事，我不追究，不过以后，我的事你不要再干涉了，包括生意上的。”

“你什么意思？如果是为了惩罚我刚才说那些话，好吧，我收回。”

“雨祺，我是认真的。”

她看到了他眼中的肯定，突然不知该哭还是该笑，脸上再也维持不住方才淡然的表情，只一字字对着他强调：“不再干涉，邵楚意，这么多年，我可平白为你上演了不少戏码。”

“我从未那样要求过你。”

“呵，是啊。”她冷笑，“可我霍雨祺就是心甘情愿，你不也甘之如饴吗？”

是的，她愿意。

在感情上，邵楚意最怕麻烦，所以女伴一个接一个，一不耐烦就要换，而只有自己，最懂他，也最知晓分寸。这些年来，她一直占据着他身边最固定甚至看似最重要的位置，她从未向他要求过什么，可霍雨祺以为他都知道。知道这无偿付出背后的深意，知道这数年来自己越来越显露的情感，知道她留下空白青春等着他的一句一生。

“对不起。”他低吟着开口，却是为了道歉。

她怒极反笑："我以为，我们俩之间是从不需要什么谢谢或者对不起的，她到底是什么地方吸引了你？"

四目相对，面对着霍雨祺的质问，邵楚意却慢慢移开了目光，侧头去看来时的方向。他现在已站在俱乐部大堂里，眼前不过几张棕色沙发，视线被旁边硕大的青花瓷花瓶挡住了，再也看不到远处的亦欣。可她的低眉浅笑，却依稀就在眼前。

其实对亦欣的情感，他自己又何尝清楚过。他缓缓回忆起他们相处的时光，她不够漂亮，不够活泼，有时还不够善解人意，可他记起自己有次回家晚了，开门后发现她正盘腿坐在沙发上看书，身上套着件宽松的白色T恤，下身一条半旧牛仔裤，长发低低用笔挽着，一脸用功的神情。厨房里似乎还煮着东西，香味一阵阵传来，熏得他挪不动脚步。

他从来习惯了一个人。小时候母亲一直在外忙着帮父亲打拼，每次放学回家，他所面对的，都只是一幢空空如也的房子。他喜静，一个人搬出来后，偌大的别墅，却也从不让人留宿，连打扫的阿姨也只是每隔一天来一次，即使那时他在家，也极少与阿姨照面。邵楚意一直以为那是习惯使然，然而那时，看到眼前温馨宁静的画面，即使知道她不是在等自己，心上还是觉得有什么被触动了，以至于她翻完了最后几页书抬起头来，他还痴痴站在门口。

其实看书时的她，不像个等待丈夫的贤妻良母，反而更像是个刻苦学习的学生。她抬头时还未从文字间回过神来，看到他，愣了片刻，才开口说："你回来了。"

你回来了。

简短的四个字，带着略微干哑的嗓音，或许就是他爱情中的情结。

"对不起。"对霍雨祺，他还是只能说"对不起"。

"她根本不爱你。"霍雨祺提高音调，以事实反驳他。

"那我就让她爱上我。"

"为了满足男人的征服欲？"

"雨祺，我说了，这次，我是认真的。"

"邵楚意……"霍雨祺眼神中强撑的光芒终于霎时暗淡了下来。其实早该猜到的，可她，却偏偏不信。

"你跟我说，自己从不相信感情。我信了，所以这些年来，我从不给你压力，而现在，你告诉我你是认真的。邵楚意，你应该知道，我最后的那段话，根本不是对林亦欣说的。要让她离开，我有太多太多的手段，她根本不需要了解这些。"

她早发现了他，那段话的对象，从头到尾，都是他。

“你别碰她。”

“你就只跟我说这个，为什么不问问我究竟有多爱你？”她想上前拥住他，却被邵楚意推开。

“雨祺，够了。”他冷声喝止她，见到她眼中的落寞，又敛了神色，沉吟道，“你应该知道，你在我心里，一直很重要，可那并不代表我们适合在一起。这么多年，如果可以，你觉得还会等到今天吗？我们都该有各自要走的路，是时候分开了。”

“什么叫各自的路？我的路我自己选择怎么走。既然今天彼此都挑明了，那我也想知道，为什么我不可以？”

这么多年来，她一直在他身边，扮演着林亦欣的角色，为他上演一幕幕类似今日的剧情。可今天，她唯一能做的，就是把自己想了一遍遍，试了一遍遍，把想要跟邵楚意说的话说出来。

“为什么我不可以？”她再次追问，既然已经跨出了一步，她就要问清楚，为自己，为这份感情找一个答案。

霍雨祺看他站在那儿，认真地看向自己的眼睛，说：“两个不适合的人在一起，最后只会彼此伤害。”

不适合，所有分手的人都喜欢强调这三个字，她几乎就要纠正他。不是的，如果我们在一起，我会很爱很爱你，可以为你放弃一切，而且，这对我们两家来说也会有天大的好处。

可她知道，所有的前提都是他不爱她。

这世上的人，对待挫折失败无非三种状态：逃避、接受、反抗。有些人遇事看似坚强无所畏惧，可一旦被触及到心中某个点，原本筑就的堤坝就会全线崩塌；而另外一些，越被人说到痛处就越咬紧牙关死命反驳，自欺欺人勇往直前直至遍体鳞伤。大部分时候，林亦欣属于前者，而霍雨祺，永远属于后者。

她不会那么傻，所以要以退为进：“那你们呢，会适合吗？我从她眼中看到的，只是退缩。”

邵楚意没有立刻回答，或许这个问题，他也没想过，良久，他才将眼神投向远处，道：“可至少她让我有了向前的动力。”

霍雨祺终于不再问下去，她可以允许自己质问他，却不能允许失掉尊严地恳求他。

转身，离开。

她承认，今天这场赌，她输了。

和邵楚意一分开，她就直奔去了酒吧。难得想醉上一次，可刚倒上第三杯酒就被人夺了去。见对方喝了自己杯中的酒，霍雨祺也不恼，只又要了杯，大灌一口后方道："秦邺，他说要结婚时，你相信他会就这么定下来吗？"

"不信。"秦邺在她身边坐下，也续了一杯，一饮而尽，目光与霍雨祺接触，说，"不过现在，有些信了。"

"是啊。今天他跟我说，我们不适合。我小心翼翼地等了十年，结果就换来那样三个字。其实我早该料到，当初不让我管夏萧默的事情，也是为了她。"她苦笑，自言自语道，"什么时候见他为我这么操心过？"

吧台上不知谁放了一副塔罗牌，秦邺随手拿过，熟练地把玩几下，道："要不帮你算算？"

霍雨祺不屑："小女生玩的，我没兴趣。"

"那测个字吧，老祖宗的东西总还是灵的。我前阵子刚入的师，要不要试试？"

"你？"霍雨祺斜睨他，舞池绚烂的灯光就在她身后闪耀，她五官本就明艳，加上灯光和精致的妆容，此时更衬得耀眼动人，秦邺一时有些失神，直到她在他眼前晃动酒杯，说，"就测我的姓。"

"霍。"秦邺瞬间回过神来，摊开左手，一边念一边在手上一笔一画地写着，沉思片刻，才道，"雨、隹，这个字本是不错，可做姓未免太过霸气。霍雨祺，三个字加起来又过于明艳，怕是只能仰望而无法平视。"

他说得一本正经，她也认真听着，良久才喃喃问："他也不能？"

秦邺并不答，只接上了一个不相关的话题："你看这酒吧里有多少男人的眼睛是看着你的，可是你旁边的位置却始终没有人坐。"

"男人嘛，总是喜欢柔弱点的。"见她只盯着手中的酒看，他安慰地补充道。

"是吗？"霍雨祺将目光投向他。

秦邺忙笑着打哈："不过我倒是喜欢霸气的。"

霍雨祺又看了看他，微扬嘴角，侧过身继续喝酒。秦邺也不再说话，漫不经心地陪她一起喝。

一杯又一杯，直到她有些醉了，他才问："都说清楚了，现在打算怎么办？"

"等。"

"你还不死心？"

“如果他一番话就能让我死心的话，又怎么会有这十年？”她面色微醺，神智却清醒得很，“这么久我都等了，就不怕再多等一会儿。”

秦邺眉心紧锁，问：“你是不是知道些什么？”

霍雨祺不否认，良久，才淡笑说：“知道，但不确定，所以我要等。”

十年光阴，说起来觉得很长，可她不也就这样度过了吗？在她霍雨祺的字典里，从未有“放弃”这个词。

十年光阴，她全压在这场再不能翻盘的赌局上，这是全新的一场，也是最终的一场，以此换一生幸福，抑或彻底绝望，都总比一直停步不前强。

值得！

秦邺今日的确有些反常，和亦欣坐了一会儿，他似乎想起了什么，也没跟她解释，起身就走。亦欣本想唤住他，想想还是作罢，一个人站在原地漫无目的地等了许久，估计邵楚意可能不再回来，这才迈步走出球场。

天色有些晚了，俱乐部里人少了许多，亦欣慢慢穿过大堂，远远的，就看到那大门边上倚着一个人。身形修长，侧脸有些模糊，只看清他正拿着手机通话，她又往前走了几步，这才确定是邵楚意，她稍稍踌躇了会儿，继续往前走。

低头走到他面前，他表情没有任何异常，只将手里的手机放入裤袋，直起身子，问她：“走吗？”

她点头，随他上车。

一直等坐到车上，两人都再没讲过一句话，空气中流动的氛围十分古怪，谁都不愿先开口。仿佛这是一场比赛，而规则是，谁先开口，谁就输了。

亦欣低头坐着，两手绞得都发了红，毕竟是她提出的，也该由她收场，她终于听自己低低道：“邵楚意，我们还是结束吧。”

声音不是很响，却足够他听清楚。

车子已经启动，两旁风景一点点后退，突然一个转向，方向盘被邵楚意大幅度打向右侧，车子急急在路边停下。亦欣来不及反应，顺着惯性就往前冲去，幸好系了安全带，下一刻就被拉了回来。可因为晃动太大，脑袋重重磕在了车窗上，她禁不住“噢”了一声。事情发生得太突然，亦欣惊恐未定，等气息平复过来，揉着额头却瞄见了邵楚意的一脸关切。见自己看他，他却又冷酷地转了头。

又是沉默。

时近新年，车外隐约传来烟花绽放的声音，路边行人三三两两从他们车旁路过，亦欣有一下没一下地揉着痛处，抬眼偷看他。邵楚意紧握方向盘，良久才开口，却是另外一件事："刚才你妈打电话来说天乐出车祸了。"

她一边倒抽了口冷气，一边猛地将手放下，整个身子几乎要弹起来："你怎么不早说？"

"早说是不是就听不到你刚才那发自肺腑的话了？"他特意将"发自肺腑"四个字强调。

亦欣此时却早已顾不得邵楚意话里的愤怒，只一脸焦急地握上他的手臂，问："天乐现在怎么样了，车祸严重吗？有没有送医院？"

邵楚意几乎是强忍着才没有甩开她，深吸了口气，道："你放心，他已经在做手术了，医生说没有伤到要害。"

"那……"亦欣望向窗外，慌忙间早辨不清现在所在的位置，心里左右为难，不知道是该马上下车打的，还是等着邵楚意送自己过去。

她一脸慌乱，邵楚意还是冷着脸，但到底是重新发动了车子。一路上，他什么都不跟亦欣说，但冷静下来的她，也认出了那是去市中心医院的路，心中五味杂陈，不知是着急，是感激，还是愧疚。

到达医院时，邵楚意去停车，亦欣也不等他，自己先到了急诊室。

林父林母都坐在手术室外面的长椅上，她匆匆上前询问状况，母亲眼眶都红了，只抱怨道："现在还在里面躺着呢。你说他好好地跟同学出去玩，也不知道是哪个造孽的，醉酒驾驶偏偏就撞上他了，现在人躺在医院不说，他开的那辆车还是问朋友借的，你说说，这让我……"

亦欣看着母亲停不下来的话头，再询问了父亲，知道天乐伤得并不重，刚才一路赶来吊着的心也总算放了下来。等邵楚意赶上来，母亲不由又开始跟他哭诉，亦欣一阵心烦，忍不住道："妈，天乐没事就好，其他的事不能以后再处理吗？"

"我这不是担心嘛，才让楚意过来帮忙出个主意。"

见亦欣不耐烦，邵楚意倒是和颜悦色，只站到她边上，对林母道："放心吧，你们先在这儿陪着天乐，剩下的交给我处理。"

"楚意，真是麻烦你了。幸亏你在，否则我们还真不知道该怎么办了。"

"不麻烦。"

直到听到邵楚意的脚步渐渐走远，亦欣才重新开口："爸、妈，你们刚才怎么不直接通知我呢？"

"不是一样吗？再说你来了不也只是穷担心。"

“可……”

“好了好了，夫妻俩通知谁还不是一样？天乐出来了，快看看。”

林父一把拉过林母，亦欣也不想再纠结于这个问题，上前去看天乐，见他脸色苍白，因为打了麻药还昏昏睡着，就让父母先陪去病房，自己去跟护士拿诊断报告。偏偏这时候接到学生家长的电话，心里烦躁也得耐心应着，等回到病房时，邵楚意早已坐在了自己方才的位置上跟母亲聊天，天乐也已经醒了，脸色却是不好。

“医生怎么说？”林父问。

大晚上这么一闹，亦欣已经有些累了，揉了揉太阳穴，道：“医生说暂时没什么大碍，再住院观察几天，腿伤回去养一两个月就好了。还有一份报告没拿来，我先回来看看，待会儿去拿。”

“我正好出去打个电话，待会儿我去拿吧。”邵楚意说着起身出门。

她刚回他就要走，应该是不想和自己待在一个房间里吧？亦欣默默在心底感叹，两人擦肩而过，终是谁也没看谁。

林母倒没察觉出什么端倪，只放心道：“那就好，真是吓死人了。”见亦欣还站着，又将凳子往外挪了挪，招手说，“阿欣，你也先坐下休息会儿，大晚上跑来跑去够累的，顺便帮我说说小乐。我呀，刚才跟楚意说要送他去国外读金融，楚意也同意了，还说会全额资助呢！你说，多好的机会，这孩子还不乐意了。”

“妈，你明知道我最讨厌学那些的。”天乐反驳。

天乐才刚醒，说话都是有气无力的，亦欣忙上前按住他：“才刚做完手术，别乱动。”

“这孩子。”林母一脸恨铁不成钢，但手上早帮儿子盖紧了被子，“你平常最听你姐的话，你问问她，这机会哪儿找去？”

“姐才不会逼我去国外读什么金融呢。”天乐咕哝。

“难道你还想靠画画过日子？我看我平时就是太惯着你了。”

“妈，天乐刚醒，这事要不过两天再说吧。”这个时候，亦欣也只能打圆场。

“过两天他又不知道跑哪儿玩去了。”林母不罢休，继续对着儿子道，“你说说，现在社会竞争多激烈，有条件给你出国你还想怎样？你李阿姨的儿子，王阿姨的女儿，不都出国了，你看他们现在个个都在大公司上班，要多光鲜有多光鲜。”

亦欣看着天乐对着自己一脸哀求样，只好劝母亲：“妈，其实喜欢画画也没什么不好，现在艺术家都很赚钱的。年轻人嘛，多靠自己闯一闯，怎么样都能有出路的。”

"什么出路？再怎么好也只是个穷画画的。"见亦欣反帮着弟弟说话，林母心里不由来气，"你说你这做姐姐的不劝他也就算了，还纵着他。怎么，自己发达了，就不待见我们林家了！先前那些亲戚也就算了，现在怎么说也是你弟弟，要知道这样，我还不如……"

母亲平日的唠叨，亦欣是听惯了的，因而也不在意，可那句"我们"林家，还是重重击在了她心上。

"妈，你在说什么呢?"却是天乐先喝止了母亲。

林母扫了眼众人的脸色，天乐是生气加不可思议，林父则在边上不断用眼神示意她停止，而亦欣作为当事人，只是低着头看不清表情。她也意识到了自己话中的不妥，嘴上不愿承认错误，但终究不再说话，低头去削苹果。病房内本看似和谐的氛围一下子就尴尬起来。

"我再去看看那份报告出来没。"

邵楚意已经去拿报告了，可谁会管离开的借口是什么呢?

"我们林家"，亦欣不由苦笑，除了落荒而逃，她不知道怎样才能保存自己心里那一丁点的幸福感。

邵楚意来到医院天台时，亦欣正一个人站在栏杆边发呆。见他突然出现在身边，立马回过神来，收拾起表情，道："时间不早了，我去看看还有没有要帮忙的，再送爸妈回去。"

"我已经让司机送他们了。"

她愣了愣，微笑道："谢谢！"

邵楚意叹了口气，没再说话，只脱下外套披在她身上。亦欣往后缩了缩身子想要拒绝，他力道按得紧，最后只好是她妥协。

天越来越冷，又是楼顶，她早被冻得发麻，这时一点点温暖侵上身来，让她几乎就要沦陷。可这温暖，毕竟及不到心，她不能因为逃避，再傻傻投到他怀抱中。

A 城的天气向来难以预测，早晨出来时说夜里会有雪，亦欣并未在意，没想到此时竟真准时地下了起来。只稀稀疏疏的几粒雪子儿，在黑夜里本可以不被察觉，偏偏落到旁边盖着东西的油纸上，啪啪啪，明明底下就是热闹的城市，却没有任何声音可以将其掩盖。这落雪声就像挂钟一秒秒走过，每一秒，都在催促她做个了结。

亦欣越听越烦躁，眼睛望向楼底车水马龙的街道，开口说："邵楚意，我们结束吧。真的，你看，你有一个更适合你的人。"

“这只是你认为。”他站在她身后，低声回应。

“可我不适合你。”

今天莫不是个分手的好日子，他与霍雨祺说的那番话，重又回到了自己身上。

“还是那句话，这只是你认为。”他强调。

“我听说有钱人都喜欢不待见自己的女人，你是不是也觉得我有些特别？我不喜欢你，却愿意没有代价地跟你在一起，我什么都不懂，在你眼中是不是一种傻得可爱？”她转头对他微笑，等他想看清楚她的表情，她却又仰头望向了天空，漆黑的夜里只看得见她平静的侧脸，淡淡的声音被风吹散了，稀疏传到他耳边，“我一直想，这样也好，不管怎样，自己总有个避风的港湾。”

停了一会儿，亦欣依旧没看他，继续道：“可是，如果人这一生，注定是一艘要远航的轮船，那它就不该总待在避风港里。何况，那避风港，还不属于她。”

一缕头发不听话地掉落下来，随风在她嘴角飘荡，亦欣将它拢到耳后，许是风太大，没过多久又散落下来。她也再懒得管，只任它随风吹着，心想着或许明天该去剪个短发，这勉强应该也算失恋吧。

她没再听到邵楚意的回应，黑夜中，只觉得有什么和那缕头发一起触到她的脸颊。没过一会儿，她感到脸被人用双手捧住了。

邵楚意迫使她面向自己，明明是四目相对，可从她漆黑的眼珠中，他怎么也找不到自己。

“那你们呢，会适合吗？”脑中是方才霍雨祺一字一句的质问，他们呢，邵楚意将手指划过亦欣的脸颊，再触上她的唇，是什么让他想要去尝试，只是她的温暖吗？可这一刻，她的唇冷得没有一丝温度，甚至还在颤抖。

他再次看向那双眼睛，为什么在这么冷淡的眼神中，他却能看到那番如果。

也许这就是答案所在，从他们相见的那一刻起，他就知道她同他一样，在自己周围修筑防线，也许方式不同，但他们想要保护的东西，却是惊人的相似。

只短短的一秒钟，亦欣在邵楚意的眼中看到了渐渐放大的自己，大脑瞬间回过神来，忙欲转头，却被邵楚意再次用手固定住。

两人的视线离得越来越近，鼻尖相触，亦欣却怔怔地呆住了，脑中清醒，知道接下来会发生什么，可身体怎么也动弹不得，直到他更加冰冷的唇碰到了她的唇，她全身一颤，头向后仰去，欲要逃离，他火热的气息紧逼直上，气势强烈得让她不知该如何回避。

他几乎是用尽全力在吻她，一丝一毫都不让她退缩，或许那根本不是吻，唇被他咬出血来，她吃痛地再次要逃离，他却仍紧拥不放，直到她不再反抗。

眼角一片冰凉，亦欣从混乱的气息中抓住自己仅剩的一丝理智，说：“邵楚意，你不要这样。”

他没有回答，嘴角的血迹正被他吮去，一点一点，温柔至极。那缕不听话的头发穿过他手心，贴在她的脸颊上，余梢被风吹起，撩起阵阵情丝。

唇齿相抵间，她听到他说：“我偏要。”

语气仿似一个与你斗气的孩子，却又坚定不可动摇。

（七）他在用迂回战术

天乐出院这天，亦欣去接他，却被他问起：“姐夫怎么没来？”

“嗯……他出差去了。”亦欣弱弱地将头又埋下一层，收拾行李的手缓缓伸到嘴角，那里，被邵楚意咬破的地方，正结了一层薄薄的痂。

她又想起了那天晚上，他突如其来的吻，以及莫名其妙的离开。她从楼顶一直追他到车库，好不容易赶上他，见他开了车门，忙上前按住，道：“邵楚意，你不要这样。”

她其实根本不知道自己下一句该说什么，可那时，她已经是鼓起了所有的勇气，打定主意要一刀两断。

他只是冷冷看了她一眼，问：“那你想我怎么样？”

“我们应该好好谈谈。”

“我不想听。”不等她作出反应，他已经坐进车，用力拉上了车门。

她有些急了，听到发动机启动的声音，想都没想就冲到车前伸手拦住。这样狗血的情节，亦欣想自己一生也就做这一次，这明显已是最后的挣扎，可效果却根本不是狗血剧里的样子。两人没对峙多久，车子仍悠悠启动开来，后退，然后一个急速转弯，轻松从她左侧滑过。

这样都拦不住，电视剧都在演什么？

她呆呆看着渐行渐远的车子，脑中不自觉闪现出了霍雨祺的神态与面容。瞧瞧人家，多勇敢。而她，从人生的一场逃避进入另一场逃避，如今看似想要走出，可真的是这样吗？

亦欣有些无力地靠墙立着，心中一片混乱。

她突然怀疑起了自己一直以来的定位。在这场感情中，自己是否真是只扮演着过客。如果这样，那为何如此难以了断？

脑中止不住的胡思乱想，直到一阵刹车声引得她抬起头来，刚开走的车子又出现在了眼前。

"上车。"他摇下车窗，一如往常的发号施令，但声音中又似低低压制着什么。

已经是大半夜，车库里虽是灯光明亮，可也静得可怕，加上邵楚意冰冷的眼神，这回亦欣倒是没有丝毫犹豫，几乎是第一时间上了车。

车却不是开回家的，一路上他一句话也不跟她说，甚至也不让她跟他说话，因为下着雪，看窗外都是朦朦胧胧的，车开了一个多小时后，亦欣只见地方越来越偏远，心里几乎思忖着他是不是要找个荒郊野岭把自己抛了，才能解心头之恨。

一天下来，她已经很累了，可精神难得的高度集中。也不知过了多久，只觉得视线虽还迷蒙，但微微亮了些，压抑的灰色也渐渐被白茫茫的雾气替代，景色渐渐熟悉，他们终于在一幢郊外别墅前停下。

她来过两次，所以记得，这是邵家。

下了车，四周薄雾笼罩，地面也都薄薄积上了一层霜，冷冽的空气迎面而来，清冷刺骨，让她清醒许多。家中的阿姨匆匆开门，见到他们，满是惊讶，忙将两人领进屋，道："怎么这大清早地过来，出来的时候才半夜吧？"

邵楚意向来说谎话不眨眼，解释说是亦欣一个人待在家里无聊，一定要过来看爸妈，自己又急着出差，所以才大清早把她送了过来。

亦欣和邵父邵母的接触不多，但两位老人看到她来明显是受宠若惊。邵母就披了件外套，上前一碰到她冰冷的手，忙将外套裹在了她身上，见她嘴上的伤口，又问："嘴唇怎么了？"

亦欣尴尬，说咬到撞到都不是，只硬着头皮答："没什么，天气太干燥，开裂了。"

"怎么也不涂点唇膏，女孩子可要好好保养。"邵母竟也信了，嘱咐她两句，又忙着让李阿姨到厨房倒热水。

后来在沙发上坐下，邵母接着一阵的嘘寒问暖，连邵父对她都是青睐有加。亦欣从来对这种关爱都是难以抗拒，显然，邵楚意抓住了她的弱点。她想离开他，可是在他父母面前，她一个大气都不敢喘，只卯足劲儿装小媳妇。

邵楚意走的时候，亦欣看他时几乎要挤出泪来，邵母见了，还以为亦欣是不舍，拉了邵父离开，留给他们二人空间。

“邵楚意，你不要这样。”她努力让自己呈现出最楚楚可怜的模样，如果他还有一点怜惜之心，就应该对她干脆一点。

可惜他并不领情，只转了脸，说：“等我出差回来，会给你一个明确的答复。你有权力与我做这半年的约定，我应该也有权力提出考虑的时间。”

每次他的出差，似乎都是一次很好的以退为进，可亦欣也没办法，只问：“那你什么时候回来？”

“最迟年三十。”

就是说，这段关系，最迟也能在年终结束。

也好，他们在这一年初开始，就在这一年尾结束。亦欣咬唇，刚想说“好”，下巴就被他重重捏了一下。

“还咬。”他斥责，像是对一个偷吮手指的孩子，她正愕然着来不及反应，他又说，“回来时，或许我会跟你说段故事。但是，也请你，看清自己的心。林亦欣，你应该知道，逃避不能解决任何问题。”

她想反驳自己不是在逃避，他却已经转身开车离去。

一段故事，他是什么意思？他心里，又究竟在想什么？亦欣脑中满是疑问。

“姐，你在想什么？”

“啊？”亦欣回过神来，只见天乐已经站在了自己面前。

“你听到我刚才说的话了吗？实在不行，我就听老妈的话出国，大不了我偷偷在那边学画。”

“那以后呢，就打算一直这样偷偷摸摸下去？”亦欣反问，拍拍他的肩膀，说，“行了，我先找爸说说看，他要同意了，再帮我们敲敲边鼓。”

“姐，这是我的事，我想自己跟爸说。”

“不相信我？”

“不是，我都这么大了，应该学着自立。”

亦欣听了微笑，拉上行李袋的拉链，想了想，抬头轻声问：“天乐，你那天为什么突然发那么大脾气？”

“干吗问这个？”天乐扭捏着不想回答，但看亦欣坚持，抿了抿嘴，应道：“姐，你是为了帮我，反而被妈当做不孝，我当然不高兴了。她也真是，都这年代了，还当嫁出去的女儿，是什么泼出去的水。”

"只是这样?"

"那还能怎样？好了，我们快走吧，这医院我是一秒钟都待不下去了，要再被闷几天，我都能得抑郁症了。"

亦欣笑："就你说话夸张。"

她本想再多陪天乐待会儿，但家里母亲已经准备得十分妥帖，怕邵父邵母担心，她也没跟两老说天乐住院的事情，于是一将天乐送回家，她就回到了郊外别墅。

待在邵家，一切都好，邵父邵母每日练字散步，自有一套作息习惯。对她毫无苛求，反而时常为她着想，虽亲切又不会过于热情。反而是李阿姨，每天叮嘱她添衣加饭，早中餐各类菜肴不带重样，闲来无事逮住她就爱打听她和邵楚意之间的种种事情。好在亦欣在房间里时她并不来打扰，所以她便时常宅在房中，日子过得倒也轻松。其他人正为公司年终总结忙死忙活，她则看看书，每天挂着 QQ，偷菜炼卡。

于是好友群里一阵抱怨，亦欣无聊，便装作欢快模样，一一予以回应。正聊得欢，就听见李阿姨敲门进来，一脸笑意道："亦欣，楚意打电话来了，等着跟你说话呢。"

"哦。"她的房间并未安电话，亦欣只趿了拖鞋，下楼去接。

李阿姨做了通知，早早躲到厨房，一副要给小两口制造二人世界的表现。

接起电话，另一头依稀传来纸张一页页翻动的声音，亦欣脑中已能想象他正低头认真看报表的场景。

"下来了?"却是他先开的口。

她一惊，自己并没有发出任何声音，他是怎么知道的，但下意识还是应了声："嗯。"

是他先开的口，这时，他却突然不说话了。沉默良久，亦欣只能找话题："那个……你什么时候回来?"

"怎么，等不下去了?"

"只是问问，你……"

"嗯?"

"工作还好吧?"这个问题总行了吧。

"你关心吗?"

"我……"问什么什么不对，亦欣不知怎么就一阵紧张，绞尽脑汁要想话题，良久，才发现自己不过是在打电话，又不是面对着邵楚意，而且一旦等他回来，两人之间的关系也就结束了，她到底在紧张什么呢。心里霎时想通，她于是愤愤道："你应该很忙吧，那要不就这样吧。"

"我不忙，就是不想回来。"那边漫不经心地回应。

沉默，良久。

"生气了？"他问。

"没有。"

"你的语气可不是这个意思。"

"那你听出的是什么意思？"

"呵。"他笑，惹出了她的情绪，才终于正经，"我会遵守承诺的。"

后天就是年三十。

亦欣握着电话筒，思绪不知飘到何处，嘴上只习惯性地道："哦，那你忙吧，我不打扰你了。"

"我……"

邵楚意下一句话还未说，手机那头已经传来了一阵急促的忙音。他苦笑着看机场来往的人群，突然真的有些不想回去。

可是，事情总归要解决。

这回，轮到他赌了。

（八）他在用迂回战术

《孙子兵法》里有云："先知迂直之计者胜。"说的是要能把表面上看似遥远或迂回的弯路变成近便的直路，以患为利。此外，又有云："攻其无备，出其不意。"作为在商场、情场打滚多年的资深人士，邵楚意向来懂得如何化不利为有利。

于是第二天一大早，还在吃饭的亦欣就见到了本该远在国外的邵楚意。她惊讶，邵父、邵母看来似乎比她更惊讶。

他应该是直接从机场赶回来的，行李还拿在手上，亦欣被李阿姨拉过去站在他身边，她都能感受到他大衣上散发出的寒意。只分别了几天，他似乎瘦了，嘴边稀疏长了些胡渣，看着风尘仆仆，却又平添了几分男性魅力。

“有空陪我出去走走吗？”他放下行李后问她。

“现在？”亦欣没想到他这么急，然而余光瞥到李阿姨的一脸兴奋，她点点头，爽快答应。

邵父自从退休后就在郊外买了这套别墅。此处正是养老胜地，两人沿着石子路一路走来，随处可见清晨锻炼的老人，若一个人，便在草坪内活动活动筋骨，打打太极，若是一对，则多是互相搀扶着，慢慢在石子路上踱步。

来这里这么久，亦欣倒从未在清晨出来过，此时见到这般场景，便不由多看了几眼。

他注意到了她的神情，侧过头问：“羡慕吗？”

“嗯。”亦欣诚实地点头。

他淡淡微笑，随后又问她：“这几天过得怎么样？”

“很好，爸妈还有李阿姨，对我都很好。”

这般对话有如是在面试，问一点答一点，邵楚意没了耐心，于是直奔主题，道：“你先说还是我先说？”

他让她在路边长椅上坐下，正式开始话题。

“我先吧。”她已经打了许多天的腹稿，反反复复，再不说，她怕她又要忘了，“我很抱歉当初那样冲动地答应你的建议，我明明没有准备好，却单纯地以为时间能够改变一切。我把事情看得太简单了，总以为这不过是我们自己的事情，过得快不快乐，只要自己能接受就好。可其实，你有一个更适合你的人，我一直都不该出现在这段关系中，一直……”

她顿了顿，接着道：“也许正如你说的，你和霍雨祺之间关系，不过是我以为。可除了这些，长久以来我也一直在忽略我们之间的差距，我们的背景、生活环境完全不同，我什么都帮不了你。”

“说完了？”邵楚意问。

她点头。

“如果这就是你的顾虑，那我倒放心了。林亦欣，有时候你就是想太多了。女人，果然还是单纯点好。”邵楚意靠着椅背感慨，见亦欣看他，回了个“没什么好质疑”的眼神，道，“还记得我走前跟你说的话吗？我差不多都知道了你的故事，是否有空听听我的？”

亦欣下意识觉得这时候自己最好拒绝，毕竟若要分开，她不应该也不需要知道他太多的事情。可她一个“不”字还未说出口，邵楚意已抓紧时机抛出了一个大型炸弹："我母亲在我十四岁那年就过世了。"

亦欣惊愕，那现在的邵母是……

"今天是她的忌日，也是自那一年后，这一天，我从不待在家中。"

"那……"她一时不知该如何开口，虽然也曾察觉出邵楚意与邵父、邵母之间异样的感觉，但家家有本难念的经，尤其是有钱人，关系就更复杂。她一直以为邵家还算是好的，可听邵楚意的语气，其中定还有不少隐情。

邵楚意看着亦欣一脸为难的样子，顺手去揉她的脑袋，笑了笑说："不是语文老师吗？怎么每次跟我说话都是'嗯嗯啊啊'的？不用想太多，我只是跟你说说我的生活而已。我父亲是白手起家，当年和母亲两人一同创业，度过了最艰难的时期，后来自然而来也就在了一起。两人虽忙，可感情一直不错，直到另一个女人的出现。那时候母亲已经住院，查出来是绝症，偏偏这时候又知道了父亲和那个女人的关系，撑不到新年就过世了。"

从那时候起他便不再相信爱情。一路扶持，相濡以沫的感情都那么容易破碎，更何况其他？

邵楚意一时沉默，亦欣也不打扰。她记得这种感觉，那晚停电，他便是这般神情。在自己之前，他应该许久没有过过生日了吧？所以他珍惜她的长寿面和红鸡蛋，不是因为稀奇，而是因为怀念。

"直到近来，我才明白母亲临死前说的一句话，"良久，他重又开口，"其实她早已原谅他们，也发现，自己曾经以为相互扶持的感情，对父亲而言，并不是爱情。"

停了停，他才看向亦欣的眼睛，接着道："所以我选择今天回来，就是为了告诉你，我的真心。"

"邵楚意，"她一时不知如何消化这样一个故事，他说得简略，可个中情感，旁人怎么去体会，也定及不上当事者的十分之一。

"别这样看着我，我会控制不住的。"他靠近她，突然道。

这时候他还开玩笑，亦欣心里一阵难过，低垂下眉眼，随即又想到了什么，抬头问他："你母亲那时候说的话，是什么？"

邵楚意笑笑不答，只问她："你觉得两个人怎样才算爱？"

"我不知道。"她摇头，"如果用几句话就能概括，那应该也不是爱情了。"

"那我刚才问这个问题时，你有没有想到夏萧默？"

她一愣，然而他只是蜻蜓点水的一问，并不深究，只又道："你觉得自己再跟我在一起，就是毁了别人的幸福。可我清楚我跟雨祺的感情，我不爱她，那么我和她在一起，她会幸福吗?”

就像她母亲，当谎言被揭穿，一切所谓幸福都不过是梦幻泡影，瞬间消逝无踪。他不愿去伤害人。她，当初想来是意外，如此来看，或许是命中注定。

他真诚地看她，而她，已经动摇。

“你应该听说了我和雨祺之间的故事，尤其是当时的一件旧事。”

亦欣默认。这件事她听徐珊珊提起过，具体情况不详，只知道当年邵楚意还刚从国外回来，正是有钱有才有貌的风华时光，A 城名媛们都观望着要与他结交，可也就在这时，传出他为霍雨祺大打出手的消息，听说对方还是他兄弟，也自那件事后，确立了两人暧昧不清的关系。

“事实并非外界说的那样，完全不是。”过了这么多年，她是第一个听到他澄清的人。

“那事实是?”

“想知道?”他就爱吊人胃口，看她点头，笑笑道，“以后再说，我不能把底都露给你了，也让你存点小心思，吃吃醋。”

“我才不会吃醋呢。”

“那是你以为。”

他边说边牵过她的手，亦欣慌忙甩开。

“真吃醋了?”他问。

“就算不是考虑到那个因素，可我……我并不足够爱你，你照样不会幸福。”他母亲的事情已是前车之鉴，她看得出，他需要她爱他。

听到她拒绝，他却是笑了，重新缓缓拉回她的手，在她耳边呢喃：“你刚才说，并不足够。如果换成以前，你只会说，你不爱我。”

他的呼吸就吞吐在她脸上，让她两颊滚烫，手的温度从指尖蔓延到掌心，慢慢十指相扣，动作轻柔却不容抗拒。她还是太嫩，这样一个男人，让人如何抵抗？她精密编制的战线再一次沦陷，无法控制地让自己望向了他。他们彼此相对，只要她一抬眼，就能望进他深邃的眼神中。亦欣竭力让自己分神，注意力不自觉就落在了他身上。她发现他身上的衣服十分熟悉，想了想，才认出那件大衣竟就是徐珊珊送的那件，里面则是花了她三个月工资的毛衣。

他今天明显是有备而来。

“邵楚意，其实……”有些话几乎要冲出口，可到了嘴边，她却又忘了自己究竟要讲什么。她突然发现，邵楚意离开的这几天，自己的矛盾纠结，很大一部分竟是因为想他。她越来越贪恋与他相处的日子，她怕自己会爱上他，因为一旦这样，过去又会重演。

“唔?”他抵着她额头，柔声询问。

她已经伤过一次，再不愿有第二次。可她又想到了许晨昨日发给她的旅行照，和韩非各种甜蜜，许晨可以勇敢地再次面对伤害，为何她连重新开始都不愿意？有些路，不跨出去，永远不知道可不可以。

至少这一次，自己是从他嘴里，听到了事实。

“我不够勇敢，也没你那样坚定，你真的不考虑再换个人?”她问。

亦欣一本正经，邵楚意却开怀大笑起来：“这又不是买菜，何况，我喜欢有挑战性的。给你看样东西。”

他递给她一张邀请函，封面精致素雅，亦欣打开，里面是一排法语，只在最下面用钢笔写着一行中文：来法国吧，这里将有不一样的浪漫之旅。落款：Qin。

“秦邺?”

邵楚意点头：“出去走走，心情也会放松许多，而且听说旅行是最考验感情的一种方式。”

“本就不坚定，再考验就没了。”亦欣开玩笑，顿了顿，突然又皱了眉，“邵楚意，你是不是早料到了这个结果?”

“差不多。”他倒丝毫不谦虚，拉她从椅子上站起来后，才正经了些，说，“不过是我比你更懂你的心。秦邺在巴黎开摄影展，让我们过去捧场，我们就顺便去旅行，怎么样?”

这一次，他诚心向她征求意见。清晨一道阳光从他发丝中穿过，照到她脸上，让皮肤镀上了一层淡淡的金黄，他看到她展颜而笑，口型分明是在说：“好。”

【第四章】分明是良辰美景，一说成空

（一）未知的启程

巴黎，连名字都美的地方，在很多人眼中，它早已不仅仅是一个城市，更成了一种情怀，成为许多人的圣地，怀揣着期待梦想从世界各地奔向它。这些人中，有些为艺术，有些为风景，有些为阳光、美女，有些，甚至什么理由都不需要，只是就这样爱上了它。

林亦欣就属于最后一类。

其实答应邵楚意的那一刻，她忘了告诉邵楚意，这里曾是她最向往的城市。年少时因为它浪漫，后来向往它的随意、悠闲，再后来，她就成了说不出理由的那一类。或许巴黎和她心中的向往融为了一个梦，在心中越来越完美，也越来越没有了因为所以。

但愿此行，心有收获，梦能圆满。

十多个小时的航程，当飞机缓缓滑落，亦欣竟还能保持清醒，透过窗口惊叹夜的巴黎。邵楚意笑她像第一次出门的孩子，亦欣也不介意，笑指着自己道："像陈奂生上城。"

邵楚意听了也笑，人在机舱里本来沉闷，这么一搭话，倒也恢复了不少精神，又见亦欣几乎要整个人都趴在了窗上，他忍俊不禁，说："看来我真没选错地方。"

"应该说是秦邺没选错地方。"亦欣回头纠正他。

一路从机场到下榻的酒店，亦欣迫不及待让自己沉醉进了巴黎迷离的夜色，任何想象期待都化为现实的惊叹。因为飞机晚点，两人到达时已近零点，待恍恍惚惚躺在酒店房间的床上，她这才感觉到累，也懒得洗漱，在床上眯了眼，很快便沉睡过去。

第二天迷迷糊糊醒来，只觉得阳光正好，她睁眼寻思半天，才接受自己已经在巴黎的事实，在床上懒懒伸腰，又欢快地踢了踢被子，正待起床，突然就听见对面带笑意的声音："醒了？"

她一惊，抬头就见邵楚意坐在对面沙发上，他应该刚洗过澡，头发还是半干，一身黑色低领毛衣，牛仔裤，身前放着一台笔记本电脑。

"早。"昨晚睡得恍惚，亦欣也忘了那时邵楚意在做什么，不过她也习惯了一睁眼就看见他的状况，呆愣片刻便笑着跟他打招呼。这样的自然，可谓是个好的开始。

“看来精神不错。”邵楚意随手端了杯咖啡，一手指指背后，示意她看墙上的挂钟。

乳白色的欧式仿古挂钟，最短的时针指向右下方。

“四点？”亦欣坐起来，看看窗外，又确认了一遍，才有些不可思议问，“下午四点？我睡了这么久？”

他一边喝咖啡一边欣赏她生动的表情变化，心情很是不错，见她挠头，才笑笑说：“先去洗漱吧，换身衣服，过会儿带你出去。”

“去哪儿？”

“忘了我们是来干什么的了？”

“哦，好。”亦欣刚醒，一时脑袋仍有些迷糊，便也乖巧地听从了他的安排。等从浴室出来，见邵楚意还坐在原地，看到她，拍拍身边的位置，示意她坐过来。

从前两人相处，满满的全是拘谨，现在有些话讲开了，倒是轻松许多。亦欣发现其实邵楚意很好相处，他在外人面前喜怒不形于色，可一旦熟悉起来，就很容易推断他的心情。而且他待人也宽容，怪不得秦邺老敢拿他开玩笑。他们还有一个朋友，叫单程，听说她和邵楚意的那场相亲，还是他促成的。只是亦欣一直没机会见到。上次打网球，因为邵楚意要过生日，又不巧错过。

当时应该也只是个不经意的安排吧，没想到两人还就这么在一起了。

“想不到我睡了这么久。”她踱过去坐到邵楚意身边，道。

“这时候在A城还是半夜，你能醒过来已经是难得了。”

他一手还在点鼠标，亦欣在旁边坐定，看到他电脑屏幕上花花绿绿的表格，不像是平常见到的报表，禁不住开口问：“这是什么？”

“秦邺刚传过来的，巴黎三日游全程计划。”

亦欣不知从哪儿变出根皮筋，正随手扎着马尾，听到介绍，不由“咦”了一声，却见邵楚意微微蹙眉，于是问：“怎么了？有问题？”

“嗯。”他点头，似是遇到了什么麻烦事。

一个游览计划而已，能有什么问题？亦欣疑惑，凑过去边看边念：“第一站，漫步香榭大道，从凯旋门赏巴黎夜色。携带物品——一双眼，一颗心。”

“写得挺好的呀。”她道，接着往下念，“第二站，秦大师摄影展。携带物品——香槟……美女？”

她笑着侧头去看邵楚意，他耸肩，应着她那问句，为难道：“香槟倒有，可这美女……”他将她从上到下打量了一遍，才悠悠说，“我好像没带。”

她忘了他还有个特点——说话又毒又狠。

知道是在损自己，亦欣将手一摊，说：“那看来我们去不了了。”

“也有办法。”他答。

“什么办法？”

邵楚意无奈，看来是非要自己指明了：“浴室里放了套衣服，你难道就没看见？”

亦欣“啊”了一声，她的确是没有看到，于是诚实地问：“哪里？”

他快要无语，忍着气告诉她最好快点换上，顺便又拉下了她的发绳，说：“这样比较好看。”

好歹也随邵楚意出席了些正式场合，亦欣很快便装扮好，出去前又照了照镜子，不得不承认，邵楚意的品味很是不错。一袭修身及膝短裙，外搭一件大衣，不算太隆重，但也优雅大方。两人出门前又稍微填了填肚子，这才逛出去。他们抵达巴黎时，正是夜晚，此时出来，还是晚上，走在街头，只觉得真切感受到了一种非凡的热闹。一条条街道，一幢幢建筑，行人车辆，在灯光照耀下有如似锦繁花，又如颗颗闪耀繁星，坠在这非人间的街市中。

到巴黎，自然不能不去香榭大道，正好秦邺定的第一站也是此处。邵楚意不知从哪儿搞到辆车，一路沿着香榭大道开车缓行到凯旋门。因为灯光原因，晚上看凯旋门似乎比白日更加宏伟壮观，四周墙壁的雕塑在灿烂的金黄中栩栩如生，仿佛就要冲出来，直奔人而来。视觉的直观冲击让亦欣只觉得自己刚从睡梦中醒来，又进入到了另一个梦境。直到站在凯旋门顶俯瞰整个巴黎，她才好像如梦初醒地感慨：“原来这就是巴黎。”

邵楚意安排得十分妥当，游览完这两个景点，随她一路回味，八点一刻正好到秦邺的摄影展门口。

本以为不过是个小型的展览，可下了车，亦欣才发觉自己身上这身衣服的重要性，若她真只穿了身休闲服，怕是此刻就要躲在车里不敢进去了。

展览的作品并不多，亦欣不是行家，但面对那一幅幅作品，也确是发自内心的赞好。高尔夫球场中的那个秦邺仿佛只是她的幻想，此时，他又是那副洒脱随意的模样，趁着邵楚意看展品的空当，弯腰将脸凑到亦欣面前，挑着眉问：“怎么样，有没有被迷倒？”

亦欣点头，不得不承认自己的满腔佩服之情。

“你这夸奖我收下了，作品美，那么人呢?”秦邺对着邵楚意那边抛了个眼风，凑近亦欣耳边，道，“你难道没发现他换风格了吗?”

亦欣疑惑，小心地仔细打量了一遍邵楚意，好像在着装上是有点不同。她对服装没多大研究，只觉得邵楚意今日这一身虽还是西装，却比平日少了几分严谨，多了一些精致。此时被秦邺提醒，再细心看看，似乎是西装的裁剪略有不同，雅致中又带着丝慵懒，倒真符合了这个城市的气质。

“我看他可是费了心思的，你呢?”

“我这一身应该也没丢你脸吧?”

“我可不单指这个。”

秦邺明里暗里提醒她，亦欣哪里还会不明白，不过她这时候真不能保证什么，因而也是装糊涂。

“在说什么呢?”见两人窃窃私语，邵楚意忍不住上前插话，亦欣不由暗自在心里松口气。

邵楚意就站在身边，她禁不住偷瞄他，心里只想着，他对她，究竟是怎样的情感?这二十几年来，她只经历过一次恋爱，而那一次，除了遗憾与伤心，她并没有从中得到任何经验。虽然一再告诉自己要勇敢，可真正要坦然跨出那一步，她还是有太多太多的犹豫。女人对感情，永远比男人执著，也比男人不切实际，她知道自己不过是守着年少时的一个梦，可这梦，就像她对巴黎的向往，哪怕这辈子永远不可能抵达，在她心里，它也是最美的城市。所以也许，这辈子，她也就只能跟自己的心谈恋爱了。

她一时出神，眼光未来得及收回就被邵楚意逮个正着，问她：“干吗一直盯着我看?”

“没什么。”

亦欣尴尬地收回目光，没想秦邺就接了话：“不是想知道我们刚才说什么了吗?我刚才偷偷跟亦欣说，这时候正是 shopping 的好时节，别为你省钱，尽量买。”

秦邺解围，亦欣自然欢喜，便在一旁微笑表示默认。看了这情形，邵楚意倒是笑：“我倒希望你真是这样的。”

“怎么，看不起我?”既然氛围轻松，亦欣也不由打趣。

“得，女主人都发话了，你们慢慢聊，我那还有朋友要招呼。”秦邺起了个头，便将场子丢给亦欣，不过他离开后，她和邵楚意也没再说什么，各自专心欣赏身边的作品，后来累了，便一同回了酒店。

毕竟要倒时差，走到房间门口时，亦欣眼皮都耷拉了下来，开门进去，却见邵楚意站在门口不动。

“你不进来？”她问。

“你这是在主动邀请我吗？”

她哭笑不得，说：“你不就住这儿吗？”

“是吗？”说话间邵楚意已开了隔壁的房门，耸耸肩说，“我住在这儿。”

亦欣几乎要瞪眼，不可置信地左右望望，无奈问：“你真住隔壁？”

“要进去参观一下吗？”他大方地侧过身让她看。

“可你今天不是……”

“是什么？”他眯着眼反问。

她知道他又要逗自己玩了，干脆收了下面的话，道：“没什么。”

“那我先进去了。”他也不介意，朝她爽朗一笑，利索地进了房门。

那笑留在亦欣脑中，总觉得含着什么成分，心中纳闷，可一时又想不通，后来躺在床上，也是辗转反侧睡不着。他何时这么考虑她的感受了，两人同床共枕，她从惧怕慢慢到习惯，他要的不就是这个效果吗？直至今天下午，她醒来，也是在房间里见到他。来巴黎，他给她一个如此美妙的夜晚，却突然加上这一安排，实在让人猜不透。或许，她又翻了个身，心想，或许这就是邵楚意，女人总喜欢若即若离，太亲密了反而会厌烦，他对付女人从来就有一套，否则徐珊珊也不会被他迷得神魂颠倒，大老远还打电话向她询问邵楚意的行程了。

这就是他对女人的策略。分析出这一意图，亦欣这才仿佛放下了一桩心事。等要睡了，又恍然想到自己现在竟越来越在乎起了他的一言一行。她有丝慌乱，却又在心中告诉自己，不过是因为这次旅程的未知，所以她在乎。

第二天清早，亦欣还昏昏沉沉地睡着，却被邵楚意叫起，四目相接，他问她：“想看看巴黎早上的景色吗？”

早料到他没有那么绅士，明明住在隔壁房间，却有她房门的钥匙，此时坐在她床头，自然得好像刚从这起来。亦欣不理他，转了身想要继续睡，结果基本就是被他从床上拽起来的。她还没有睡饱，就被他霸道地塞进了浴室，盯着她胡乱洗漱了一下，连手机都不让她带，直接拉了她出来。

还是大清早，街上几乎没有人。亦欣仍是睡眼朦胧，邵楚意拉着她，穿过街道，快走几步，竟上了辆公车。

“看风景还是坐公车比较好。现在虽然是早上，但和夜景相比，也有种别样的清新。”他不管她有没有在听，自顾自地说了起来。

巴黎虽是温带海洋性气候，但冬天总归有些寒冷，晨风一吹，加上邵楚意吸引人的介绍，亦欣也总算清醒了，只抱怨他这么早就叫她起床。

“如果真要怪，那也只能怪你自己。”他道。

“怪我?”

“是你告诉了徐珊珊我们的住址?”

“她来这儿了?”

邵楚意摆出一副“你终于理解了吧”的表情，亦欣惊讶，心里只想他怎么这么快就得到了消息，一面又只能假装抱歉：“我不知道她这么雷厉风行，我还以为她只是问问的。”

她时刻关注着他的神情，还好他并没什么反应，只说：“算了，只要你不是有意的就好。”

“呵呵。”她笑，“当然不是有意的了。”说完又转头看窗外，转移话题，“你看那是什么地方?”

她随意指了个地方，没想到竟是高地广场，两人干脆就在那儿下了车。广场四周有各色的咖啡厅、餐厅、酒吧。因为还是清晨，人并不多，店也多数没有开，只有几个画家在摆放画具。邵楚意为她介绍景点时，亦欣早已被那一隅景色吸引，站在一旁静静地看其中一个画家作画。他在画对面的教堂，一笔一画十分仔细，时不时就停下来拿笔比画着比例。

“你很喜欢。”他说，却不是疑问句。

“对啊，说起来天乐学作画还是受了我的影响呢。”

“我记得那边有卖画具，要不要也试试?”

“不要了，”见邵楚意就要拉她过去，亦欣连忙摆手，“就我那水平，好几年没碰过画笔了，我还是在这儿看看就好。”

“确定不要?”他将尾音扬得老高，引诱她。

“不要。”

亦欣把头摇得像拨浪鼓，引得邵楚意一阵发笑。好像每次一为难到她，他就特别幸灾乐祸。也许自己的意义就在这种地方了，亦欣撇了撇嘴，不理他，找了个好地方自顾自欣赏起来。

期间邵楚意接到一通电话，亦欣正看得投入，他便自己默默去了一旁，远远看到她认真的神情，嘴角不由扬起一丝笑意。她手中并没笔，却微微抬起手，不自觉地跟着那画家一起挥舞，仿若真有一根根线条在她手下流淌。她专注于一件事时，总有种别样的美。

也正如邵楚意所看到的，亦欣几乎完全陶醉在了这样一个情景之中。

“你好?”她正入神，却被人打扰。

眼前操怪异口音的男子金发碧眼，看上去年龄并不大，与她打完招呼后就开始直愣愣朝她看。亦欣被看得毛骨悚然起来，她本是坐着，下意识就起身往后退了几步，对方许是这时才意识到自己有些吓人的行为，忙摇着手解释。他先是努力要说几句中文，奈何一个“对不起”之后就再憋不出话来了，最后只能改用英文：“I'm sorry ，you just …exactly alike!”

“Excuse me?”亦欣没抓住重点，不知道他在说什么相像。

她英语一般，对方明显更不好，于是两人的对话就呈现出了一种十分纠结的场面。

“怎么了?”邵楚意老远便看到了这里发生的事情，快走几步上前，一边揽住亦欣，一边问她。

“我也不知道，我们的沟通有点问题。”

“我来吧。”亦欣听邵楚意说了句法语，对方愣了一下，蓝色眼睛在两人间逡巡片刻，然后用生硬的英语对他们道：“I'm sorry，I made a mistake.”说完，又仔细看了看亦欣，这才挠挠头走掉。

这最后一句话亦欣倒是听懂了，只是自己一个异国人，怎么会让人认错呢?她问邵楚意：“你刚才跟他说了什么?”

“问他找我妻子是什么事情。”

“然后他就说认错人了?”

“嗯。”

亦欣一头雾水，邵楚意敲了敲她脑袋，叮嘱说：“在巴黎街头，可少不了艳遇。不管别人说什么，记得摇头。”

“我知道，不过没准他是真认错人了。”亦欣只觉得那人看来并不像坏人。

邵楚意不说话，全身打量她后，才故作沉思道：“这样看来，你长得还真有些欧化。”

“你……”亦欣无语。不过想想，除了大学时期的外教，自己还真不认识其他外国人，要说在法国有人认识自己，也不大可能。除了……脑中不自觉闪现出某个熟悉的身影，这几天，她一直让自己刻意遗忘他也在这个城市的事实，可事实就是事实，怎么刻意都会在不经意间想起。

会是因为他吗？

亦欣将手往邵楚意手中又缩了缩，清空脑中的所有念头。她现在是和邵楚意在一起，她此行的目的，是圆自己的巴黎梦，是自己的，再不该与夏萧默扯上关系。她不能再想起他，更不能奢望遇上她。

她怕，怕再遇上他，再回首，又是数年。

难得见她这么主动，邵楚意不由看了她一眼，亦欣也感觉到了，于是抬头，扬起嘴角道：“你知道吗？有人说，西方最像中国人的就是法国人了。”

“哦？”他示意她说下去。

“说像的地方有很多啊，比如都重视饮食，都喜欢海阔天空地漫谈，也都懂得浪漫。只是法国人越来越精通这些，而我们，慢慢在遗失。”

邵楚意细细想了她说的话：“好像有点对，不过，谁还能比法国人更浪漫呢？”他说完，刚好迎面见到一对情侣拥抱在街头，便随手指了指。

亦欣看着他边笑边摇头，环顾片刻，反指另一侧独自喝着咖啡的女孩，道：“有美一人，清扬婉兮。邂逅相遇，适我愿兮，不浪漫吗？关关雎鸠，在河之洲；窈窕淑女，君子好逑，不浪漫吗？”

说到这，她眼神一动，又补充道：“听说周总理的初恋就发生在法国呢。”

邵楚意听得认真，眼神也是丝毫不离她，亦欣被看得不好意思起来，低了头，只语气中还有掩不住的喜悦。

“真想一直这样逛下去。”她感慨。

“那就逛下去啊。”他柔声回应。

如果是旅游，那么他们走过的地方绝对是绝佳的旅游景点，可亦欣也知道，巴黎的美并不仅在此。我们从小就知道巴黎浪漫，但真要说巴黎的浪漫在何处，有些人也就无非知道埃菲尔铁塔，巴黎圣母院。邵楚意是懂她的，他知道，与其带她去购物，还不如让她享受一下午的温暖。所以这一天，他带她穿越各个横街窄巷，咖啡厅、书店、面包店、画廊……从各种细微角落中寻找真正的巴黎。这些古旧优雅的气息，从具有巴黎独特风格的建筑墙壁上流淌出，丝丝缕缕，不可抗拒地向人袭来。亦欣只嫌自己的心太小，幸福装得满满的都要溢出来。

临近傍晚，亦欣本以为他们就要回去，没想到邵楚意拉着她转过一条小巷，映入眼帘的，便是落日中宁静的塞纳河。

正是黄昏日落，这个著名景区里虽然人多，但也并没有亦欣想象得嘈杂喧嚣。相反，阳光斜斜打在身上，空气中流动着淡淡的咖啡味，让疲惫的她顿感舒爽宁静。而直到邵楚意用手指指远处，亦欣才突然发现，他们竟就住在离塞纳河不远的地方，在这里，还能清晰看到酒店的标志。

“有时候，太关注自己心中的景色，反而忘记了身边。”这两天和亦欣在一起，邵楚意真觉得自己是选对了地方。他也开心，又带她转身去看身后的一幢旧房子，说，“看到那个阳台了吗？那是我们接下来要住的地方。”

“你是说……”惊喜太多，亦欣一下子还不能接受。

“这一站本想晚点再来的，看你到底什么时候才能发现。不过现在酒店是不能回了，不如就直接搬到这儿，怎么样?”

徐珊珊找到他们的计划看来是要泡汤了，可亦欣此时竟没有丝毫挫败感，眼前风光完全收买了她。她从未想过，与邵楚意一同来法国，能有如此多的收获。坐在河岸边的长椅上，阳光穿透树叶，让人可以慵懒地发呆走神；看路上人来人往，两侧是琳琅满目的店铺和古色古香的楼房，徜徉其中，不知该有多么惬意。手机已被没收，她只能对不起徐珊珊一回了。

河边有情侣伴着音乐跳舞，歌声轻柔，与此时风光正是契合，看得亦欣都羡慕起来，感慨道：“真想跟着他们一起跳。”

邵楚意笑，就势作出了一个邀请的手势。

来到法国，他似乎也变浪漫了许多。只是……

“你忘了我不会跳舞。”有些东西，看来还是要学的，以前不会跳舞可以用来搪塞邵楚意，可真面对此情此景，她倒觉得遗憾。

“你会的。”他看出她的渴望，一手突然拉住她，一个送出，一个拉回，在原地带她转了好几个圈。亦欣没有准备，围巾随风散开，脚步也是踉跄不稳，可停下后却感到异常轻松，她想起自己方才的“舞姿”定是十分不雅，也再不顾形象，禁不住傻笑起来。过了良久，见邵楚意盯着自己看，不禁脱口说：“干吗这样看我?”

这是昨晚他问她的话，此时高兴，不由反过来问他。

“这才是真的你。”他眼神久久停留在她脸上，说。

“如果你早一些遇见我，会发现我更有趣。”亦欣边笑边自顾自转了几圈，随后才想到自己为何要说那句“早一些遇见”，难道他在自己心中已有了分量？心里慌张，但不想被邵楚意察觉，只假装转累了，停下来去看塞纳河的风景。

幸好邵楚意并没有说什么，也沉默望向远处。

他并没有察觉她话里的异常，她说“早一些”，而他想到的是，或许现在正好，早一些，他可能还不懂得珍惜。

阳光在两人身上静静流淌，亦欣不做声，邵楚意也只伴在她身侧。其实他还有很多安排，可是他想，这一刻，就这样吧。

只是这样，就已经近乎美好。

（二）如此漫不经意，却又相遇

亦欣几乎是完全爱上了这个地方，第三天想哪儿都不再去，就在这河边走上一遍又一遍。或许是被这个虔诚的崇拜者所打动，巴黎的天气也变得愈发地好。在并不寒冷的冬日，又有阳光为伴，无论是对本地居民或是旅客，都是天赐之福。

这次旅行究竟是怎样的性质，亦欣心中揣测，却又不敢猜得太透。她从来擅长装糊涂，而对邵楚意和自己，她也发现，模棱两可的状态反而能使两人相处更为自然。她当然知道这样很自私，可在这个自己一直向往的城市，她实在不愿打破这份自然。她贪婪地想要再拖一拖，只要这一小段时间就好。

邵楚意并不是个粘人的人，大清早见亦欣兴致勃勃，也只让她自己随性去逛，他则泡了杯咖啡，难得放下随身携带的笔记本电脑，坐在阳台上享受温暖阳光。

塞纳河滋养了法国，也成为了法国人民的依傍，无论是生命、历史、艺术或者其他。河两岸集中着巴黎的众多景点，听说若是乘船游览，便能看到巴黎圣母院、艾菲尔铁塔、爱丽舍宫、协和广场以及各类博物馆、美术馆；另外，塞纳河上还有无数的桥：圣父桥、米拉波桥、艺术桥、新桥……在她们古老的年岁中，几乎都有过属于她们自己的故事。亦欣曾有段时间迷过法国电影，而在塞纳河这些桥上，更有过太多太多或美丽或悲伤的情节。新桥上那场绚烂的烟花，让她永远记住了朱丽叶·比诺什；艺术桥上那首充满诗意与哲理的歌曲，亦欣没有完全听懂，却是留下无尽欷歔感慨。这个城市，不仅可以用来期待，更可以用来品尝与回味。游船上乘客太多，她无意进入那份喧闹，于是只一边享受眼前风光，一边调动记忆储备。现实与想象结合，也不失为一场充实的旅程。

林亦欣从来是个路痴，此时身在异国，更是全然找不着了东西南北。然而，人生的美妙之处不就在未知和巧遇吗？在A城，亦欣有时感到的多是拘束，那里熟悉，也充满责任，生活仿佛不是自己的，而是在他人的目光之下，谨言慎行，亦步亦趋。但在这个陌生的环境中就不同，她完全是她自己，可以暂时抛却一切，只为自己快乐或者陶醉。

一个人，可以是孤单，但有时，也可以是自得其乐。

当眼神不经意扫过路旁小书店木板上刻着的莎士比亚头像，亦欣一开始还未察觉，直到脚步不自觉停下，这才认出眼前所立的就是著名的莎士比亚书店，无怪场景如此熟悉。在门口徘徊良久，她还是带着紧张与期待之情进入了那道狭窄的店门。她曾无数次幻想过里面的风光，其实只要在网络上一搜索，什么都可以验证，可她就是不愿，只等着或许有一天，她可以亲眼见到店内景象。

而此时，她见到了。

有意料之中，也有意料之外，但身处书店内，她觉得自己仿佛跨越到了另一个世界。房间内书香满溢，四壁全是书架，各个角落充盈得仿似再容不下任何东西。只中央一圈是柜台，店员就坐在里面收款。她环顾四周，尚未压制住内心的激动，惊讶间竟又看见了昨天与自己搭讪的金发男生。

小男生本被挤在一堆新书中，见到是她，连忙挥手打招呼，他一时兴奋，高高叠起的书本跌了一地，引得店内人纷纷侧目。他做了个不好意思的手势，一边收拾，一边又带着昨天那种探究的眼神看向亦欣。等好不容易收拾完毕，他才上前，似乎早忘了两人之间的语言障碍，自然与她攀谈起来。大概是情境不同，今天亦欣倒是难得听懂了他几句话，大致理解了原来他在这里工作，而她，与他认识的一个中国姑娘很像。有了邵楚意的警告，她也不敢太过轻信于人，然而对方热情得很，让她丝毫找不到可以插话的空暇，男生的语速越说越快，亦欣也越来越迷茫，可恍惚间却好像听到了他在说“Xia Xiaomo”。

简简单单的三个发音，就让她睖睁住了。

她竭力告诉自己，这不过是幻听。男生的发音如此不准，不过是自己昨天因他想到夏萧默，今天再见，潜意识中的印象还未来得及消除。她为自己分析得有理有据，可同时又想到——或许他们真的相识呢？

简简单单一个反问句，就足以打倒她的所有分析论证。有些东西被她压制在心里，可总能找到机会不断翻涌到眼前。她为什么熟悉这家书店？不是来自任何杂志图片或是旅游网站，而是，来自那一叠压在箱底的明信片。她记得有一张，从巴黎寄来，封面便是这书店的大门，照例写着“这里是巴黎，祝好”。

每一年，他都轻轻松松寄来一张明信片，却不知道，她得花多大力气才敢拿起它们。夏萧默在毕业后便来了法国，亦欣不知道他在哪个城市，可她总当他是在巴黎，直到收到那张明信片，仿佛心有灵犀般，印证了她的想法。那时的她，只觉得自己也许一生都不会来这个城市，她想把它藏在梦中，就像他一样。可如今，她却真切地感受到了它的存在，那么夏萧默呢，他存在吗？他是否此刻就在她身边？

想到这儿，亦欣早没了继续待下去的心思，理智告诉她这个时候应该离开，她应该去找邵楚意，看到他，便不会再有胡思乱想。可金发男生那通云里雾里的话，她终究还是认真听完了，甚至还用心极力在辨听。可惜最后，他似乎只在提一部电影，知道亦欣没听明白，不知又从哪里掏出了一张碟送她。

封面是日落黄昏的塞纳河上，男女主角微笑着对望——《Before Sunset》。

亦欣看过的，她对这部影片也还残留着些许印象。记得故事就发生在巴黎，电影从这个莎士比亚书店开头，所有情节就只是男女主人公的走路、对话，再走路，再对话，从中串联出了法国的迷人景色。亦欣婉拒说自己已经看过，并称赞影片很美，男生却仍是执意要送她。店内有人在看书，为了不打扰他人，两人已退至门口，亦欣受不了那份热情，随手接过碟片，快步离开。

走了几步，她才质疑起自己的急切来，为何要匆忙离开？那个男生明显没有恶意，自己只是为了躲避夏萧默吗？可他，会在那儿吗？她笑自己的自以为是，同时也告诉自己，不过是因为那男生已经打扰了她的兴致，再留下去，心情也定会改变。她为何要躲夏萧默，在T大，两人就已说明了一切。亦欣一面这样想着，一面放缓脚步，惋惜着回头想再看看那家书店。

是谁说的，错过了，便不要再回头。

她应该把这话牢牢记住的，可此时，已来不及。

夏萧默就站在书店门口，四目相对，彼此都是一愣。亦欣似乎看到那个金发男生也在旁边，正跟夏萧默说着什么，时不时还指指自己，可也仅限于此，他要表达什么，她早没了心思去猜，脑中只想着自己要怎么办。

路上还有其他来往的行人，分明热闹，可在他们眼中，或许都只剩了彼此，连世界都在片刻安静下来。

他应该也是来这家书店，冬日的阳光并不刺眼，亦欣呆呆看着他身后的光影，彼此无言，却又胜过千言万语。

她想说："原来你在这里。"

他想说："你在这里。"

亦欣知道这里离她和邵楚意的小阁楼不远，邵楚意就坐在阳台上，也许还能看到自己。可她对这场相遇，无法装作自然的惊喜或是冷漠。两人之间不知是什么在流动，她只知道，这一刻，自己的眼中只有夏萧默。时光在空气中百转千回，曾经无数个独处的时间里，她将精力花在打量那些明信片上，有心或无意地想着他，想他写下那些字时，心中是什么样的感情。

她猜了一年又一年，而原来，他是在乎的。

她与他的见面，仿佛总要隔着些距离，不远不近，让人不能离开，又无法靠近。可她觉得自己仿佛能从他深邃的眼中看到自己，甚至是自己的眼睛。在那里，有种情绪是原谅。

为什么是原谅，她不应该从未恨过他吗？

或许是有的，她恨他，恨他为何让自己久久不能忘怀。

当然，更恨自己。

可此时，他们又一次辗转相遇。他不过是出现在这家书店里，可她已经满足，就好像已经亲眼看到、知道他的心。

亦欣想，也许这就够了。

真的够了，因为与此同时，她也亲眼见到了他的幸福。

她看到他的手臂被人挽上，漂亮的女子笑着凑到他耳边，问他看什么如此入神。亦欣心中忐忑，果然，当叶子琳看到她，脸上那微笑瞬间僵硬，不过也只是一瞬间，很快，她又恢复了笑容，挽着夏萧默上前，她将身体的一半都倚靠在夏萧默身上，这种亲密的姿势流露的是拥有与幸福。

他们慢慢向她走来，一如她五年前见过的画面。有句歌词唱得好：守着爱怕人笑，还怕人看清。林亦欣的爱情，大抵便是如此。

终于靠近，叶子琳有些惊喜地与她打招呼："林亦欣，真的是你啊。"

"对啊，好巧！"她也笑着回应。

"你怎么也来了巴黎？"话题、语气都仿佛是许久不见的朋友。

"我来旅游。"她答，已不再像刚见夏萧默时那般紧张，甚至还能假装幸福地微笑补充道，"跟我老公一起。"

"你结婚了？"叶子琳惊讶。

"是啊。"她道，嘴角再次扯出笑意。

亦欣不能保证自己还能坚持多久，心中渴望这时候邵楚意能够及时出来救场，就像以前很多次一样。可三人聊了许久，他还是没有出现。她只能借有事为名，尽最大的努力微笑，点头与他们告别。

“那有空再联系，这是我的名片。”叶子琳微笑着递过一张卡片，随后又对着夏萧默道，“你的呢，也给亦欣一张吧？”

两个女人的眼神都停留在萧默脸上，他抱歉地笑笑，说：“出来时忘带了，我写纸上吧。”

“你呀，写我名片背面就好了，也省得亦欣丢了。”

“不用了。”见萧默已经开始掏笔，亦欣开口拒绝，强迫自己不再去看夏萧默，只对着叶子琳道，“我有一张就够了，联系了你，还怕找不到学长吗？”

她笑，叶子琳听了也笑，一切在阳光下都和谐得不能再和谐。彼此告别，转身，亦欣甚至连快步逃避都不能，生怕被看出端倪，只一步步控制着速度，艰难找着任何一个转弯口。

他还记得她，真好！

他们在一起了，真好！

她能微笑面对他了，真好！

他很幸福，真好！

……

唯一不好的是，她还是哭了。仰头，天很蓝，她记起高中时和朋友聊天，自己拍着胸脯说，要是有一天，我爱一个人而他却不爱我，我绝对不会伤心，我会把他放在心里，然后祝他幸福。再然后，我就去找属于我自己的幸福。

那时说起感情来，多轻松啊。可那时，她还不懂爱情，所以可以轻言放下，可以觉得未来光明，可以捧着零食看电视剧里为爱哭得撕心裂肺的女人，感慨一句：何必呢！何必在一棵树上吊死。

可现在，她就是让自己吊在了一棵树上，整整七年。

林亦欣不知道，不远处楼上有个人，早将一切都收入眼中。他听不到他们究竟聊了什么，也根本不需要知道，因为他看到了不断靠近的她的脸色。他花费心思让她脸上染上欢乐，可总有一个人，可以不费吹灰之力，就让她伤心，让她哭泣。或许他心里也曾替她想过，何必呢？

何必执著，何必坚守。

塞纳河永远会在这里流淌，它还是一样的充满魅力，可邵楚意知道，今天之后，这里的一切于他都将无用。他计划的一场浪漫星光，已被扼杀在摇篮。长久以来，他不明白自己为何就会爱上林亦欣，可或许就是她的何必，她的执著坚守，让他想要去呵护。她曾守着一段虚幻中最真最美的爱情。而他，想让其成为现实。
只是这个现实里，她更喜欢谁存在呢？是他，还是夏萧默？
毕竟后者，比他早了太久太久。

（三）我们转身错过，却无言

在这个世界上，遇上爱你的人，是缘；遇上你爱的人，是劫。
为何又要遇上他？
已近深夜，塞纳河边逐渐恢复宁静，林亦欣呆呆坐在床头，眼神望向窗外，思绪不知飘在何处。
“林亦欣，你是不是喜欢萧默？”
“你配得上他吗？你有多爱他？会比我深吗？”
“林亦欣，你离开他好不好？”
“林亦欣，我求求你。”
……
她记得那是叶子琳的声音，已经有多久没再想到了。这些年来，她似乎早忘了叶子琳，忘了她的质问，她的责备，她的请求。忘了究竟是她，还是自己，毁了那段感情。
夜晚风有些大，吹得窗子突突作响，她呆坐着忘了时间，直到隐约听见门外传来声响，她一时间什么都没考虑，掀开被子就往里躲。等在黑暗中闭了眼，她才为这种本能的反应疑惑。
她在干什么？又要躲什么？
门被轻敲了几下，亦欣在脑中谴责自己，身体却早为她做出了行动——屏气不答。等了一会儿，她听见轻微的开门声，然后是对面桌上传来微微的玻璃碰撞声。她埋首在被窝里，睁开眼，明知道这样的行为毫无必要，却仍是不敢移动半分，连呼吸都是尽量微弱。
没过不久，亦欣就听到了继续走动的声音，门似乎又被关了上。她将额头抵在床单上，心中一片茫然，又是一会儿，耳边重听到风打玻璃的声音，这才慢慢掀开被子起身，才露了半个身子，却正对上了一张脸。

原来他并没有离开，只安静坐在床边的沙发上，一手端了杯酒，眼神似在看她，又好似透过她看向某个不知名的空间。等到两人目光接触，她紧张地愣住不动，他却也没太大反应。沉默良久，他才仿佛是突然回过神来，饮尽了杯中的酒，看上去并没察觉到她方才的躲避，只问她：“睡不着？”

亦欣不承认也不否认，只是看他。

“说说你们的故事吧。”他又为自己倒了一杯，见她坐起，随口问，“要吗？”

亦欣摇头，停下来，又轻轻点头。

一切仿佛都是安静且小心翼翼的。他倒了酒给她，她下床去接。

一杯酒快要饮尽，邵楚意却一直未再说话，亦欣握着酒杯，明白了他是在等。今天的一切，他还是看到了吧。她从未想过要瞒他，可每次这样的沉默，总让她既内疚又紧张。

“其实没什么好说的。”她哑哑开口，只觉得嗓子干涩，于是又倒满一杯，一口饮尽。

邵楚意还是未说话，她只能轻动嘴唇，接着说：“那是在大学的时候。”

故事并不长，亦欣却说了很久。不是话多，只是每说完几句，她都要花好长的时间沉思。她曾经也和邵楚意讲过自己的身世，那时的氛围，虽然也安静，却并不是现在这样。邵楚意并不认为是她记不清了这段过往，不过是有些记忆埋得太深压得太重，经不起刹那喷涌而出。

“你有没有想过，那究竟是不是爱？”等她说完，他问她。

“我想过的。我不止一次想过，自己是不是真的爱他？他会不会只是我的一个幻想，因为得不到，所以藏在心底发了酵，自以为越来越美好？可但凡脑中闪出这样的念头，我又会马上否决。我想我是爱他的，很爱很爱。”亦欣顿住，手捧着酒杯，低低将下巴搁在冰冷的杯沿上，心如同里面的剩酒，各处摇晃，找不到定点。

“我会忘记他的，只要不再见面。”她吸了口气，说。

从开始到现在，邵楚意一直是漠然的表情，此时却突然冷笑：“原来这么长时间过去了，你还是觉得逃避就可以忘记。”

他教了她这么久，她却毫无长进，自己怎么会看上这样的女人？他气，重重搁了酒杯，就这么离她而去。

门被重重关上，房间又立刻恢复了宁静，若不是桌上那杯残酒，亦欣几乎以为刚才的一切都是她自己的臆想。她太想将这份感情说出来，所以想象着邵楚意会来问她，而她，竟也一五一十地回答。

他对自己，一定是失望透顶了吧！

巴黎的夜长得让人难以想象，她仿佛又有了时差还未倒过来时的感觉，恍恍惚惚，分不清白昼与黑夜。只是那时候，她因为累，闭着眼不想醒。而此时，她却太过清醒，一直睁着眼等到天明。眼望着远处逐渐泛白的天空，光透过云层，一道道射到眼前，她才从迷茫中走出，恍然察觉已经过了一夜。

她愣愣站起，双手无意识地又将窗帘拉上，屋内重新恢复漆黑。她不愿时间前进，如果仍是天黑，她便可以继续发呆，可天亮了，她就要面对一切。光被窗帘挡住，黑沉沉的感觉再次笼上，甚至蔓延到了全身。亦欣背抵着窗站立着，闭眼，吸气，仿佛是用尽了全身的力气，才转身刷的一声又将窗帘拉开。

光比之前更亮，有些刺眼，却也让她清醒。

如果逃避有用，她又何须用上七年？

邵楚意一直都是对的，只是有时候，知道是一回事，行动又是一回事。人的感情和理智似乎总是分开的，脑袋在一方，心在另一方，身体呢，可能又要走别的方向。每一次，她再如何下定决心，都是无用。她要干什么，至今是漫无目的，她唯一知道的是，她不要再躲在这个房间里，一点点坠入黑色的深渊，她需要新鲜空气。至少在这一方面，她可以做到身心合一。

阳光慢慢射进屋内，关了一夜的门突然又从外面被打开。邵楚意站在门口，见到她，两人都是一愣。他应该也没睡好，眼下多了一层浓浓的黑眼圈。昨晚亦欣没注意他的脸色，此时房间明亮，她看到他冷得不能再冷的脸，对着她说："把自己收拾一下。"

"要做什么？"她愣愣地问。

"你会知道的。"他皱眉，明显的不耐烦，"给你十分钟，我在楼下大厅。"

说完，也不等她同意，关了门就走。

他从来都这般霸道，可她，竟也未想过违抗。下了楼，勉强塞了一些早餐，亦欣便随他上车。邵楚意对司机报了个地址后就不再开口，神色冰冷，让亦欣找不到任何机会询问。

直到下车，站在一幢大楼前，她才怯怯问他："这是哪儿？"

"某人的事务楼。"

她一愣："你说夏萧默？"

"或者你还有其他人，没关系，我们可以一次性解决。"他双手插兜，冷冷看她。

“你想做什么？”亦欣下意识地往后退了一小步。

“你以为我要做什么，跟他决斗？当着你的面把他撂倒？”邵楚意看着她的小动作，强压住心头怒火，拉她上前，道，“既然这么爱他，就去跟他说清楚。”

“邵楚意，你疯了？”

“是你疯了。林亦欣，我从来没见过一个女人可以像你这样胆小，如果知道这样，我宁愿随便拉个人结婚，至少她们知道自己想要什么，也知道应该怎么去争取。”

她被他劈头盖脸地骂了一顿，却还是不可置信。

“你去不去？或者我去叫他下来。”

他这样果断，明显是说做就做的态度，亦欣忙拉住他，脱口而出，说：“不要，我去。”

此时正是上班时间，这两个大清早在门口吵架的外国人吸引了不少目光，亦欣心里怕得很，只被邵楚意的眼神迫得一步步向前挪动。邵楚意不知从哪儿拿到了大厦的进出证，亦欣没有办法，只能在他的注视下上楼。可现在，她能跟他说什么，不是已经都说清楚了吗？或者可以瞒着邵楚意，上去与他叙旧，再回来说，一切都已经解决。

叙旧？她一面嘲笑自己的用词，一面找着夏萧默的办公室，本以为还能挨上一段时间，谁知出电梯拐个弯就被她找到了。

她这时候的方向感怎么就这么好？亦欣无奈，想不通自己为何会被邵楚意逼到这里，可终于还是伸手敲门。

恰好三声，门就被打了开。一声“学长”却压在喉咙中，迟迟没有叫出。

她没想到开门的不是他，而是个华裔女孩。这又算幸还是不幸？

“你好。”见到是黄皮肤黑眼睛，她自然地打招呼，浑然忘了自己是在异国。

“你好，请问你是？”对方竟也用中文应她，除了语气中有些惊讶外，国语说得十分标准。

“我找夏律师。”

“哦，不好意思，夏律师今早出差去了，可能要一周以后才能回来。”

她愣了片刻，才点点头，道：“我知道了，谢谢。”

见她转身就走，那人追上来，说：“小姐请等一下，我是夏律师的秘书，您找他有什么事吗？我可以代为转告。”

“哦，不用了，也不是什么大事。”亦欣答得心不在焉，倒让那秘书觉得奇怪，但她再问什么亦欣也不回答，最后只能礼貌地将她送下楼。

邵楚意就站在门口，背靠着车吸烟，见到她出来，也不上前，只等她走近，才问："这么快？"

"他不在，出差去了。"她答。

他好像并不怀疑她的话，只抬头看了看，然后掏出手机，按下一个号码。

还未拨通，亦欣却突然踮起脚将手机夺走。

"邵楚意，"她挂断电话，说，"不要再这样了。就算我跟他说清楚，又能怎么样呢？最后不过是换来两个人痛苦。那时候，我要怎么做，他该怎么选择，你又期待什么样的结果？"她抛下一连串的问题，停了停，又开口，"这次旅行，我真的很开心，只是没想到会遇见他。可现在，也再一次证明了我跟他的确是有缘无分。我其实很想做好你的妻子，可又总觉得，自己是不可能了，所以总希望把你往外推。无论是霍雨祺还是徐珊珊，都觉得她们都比我好，比我适合，比我勇敢。我……"

"我带你来不是为了听这些的。"她话没说完，邵楚意就打断她，"林亦欣，你以为我为什么要让你去问清楚，事情不解决，他就会一直占着你的心，你还容得下别人吗？我……"

他气得发火，几乎要将心里的话全都说出来，勉强靠了理智，才将那后面的话收住。

这从来不是他的性格。原来爱一个人，真的会失去理智的。

他竟真的爱上了她！

他握拳，直到突然出现的叶子琳打破了两人间诡异的氛围。

"林亦欣，你怎么在这儿？"她上前，盯了亦欣许久，"你来找萧默？他昨晚联系你了？"

"没有，你不要误会。"亦欣连忙答。

"呵，你也不用解释，他从国内回来后就经常心不在焉，我早该想到是因为你。你不是说自己已经结婚了吗，为什么还可以这样阴魂不散？"

"不是这样的。"她解释不清，只能拉上邵楚意，"这是我丈夫，我真的已经嫁人了，至于我跟萧……学长也没有任何关系。今天……不过是想来跟学长告个别，没想到他出差了，我们正要离开。"

叶子琳一早就注意到了邵楚意，此时听到亦欣这么一说，将他从头到脚打量了一眼，这才冷笑道："告别？还要带上老公，不知道他知不知道你和萧默以前的关系呢？"

见亦欣低头，她收了笑，道：“林亦欣，你难道伤萧默还不够！”

邵楚意站在一边，也不说话，只看亦欣怎么应对。

林亦欣本来一直忍着，可听到最后一句话，心里既是委屈又是愤懑，积了多年的情绪终于爆发，反问道：“什么叫我伤他？自从你那段话后，我就再没见过他。五年了，我什么时候伤过他，我又有什么能耐能伤到他？”

“你别忘了，当初是你自己的选择。”

“我记得很清楚。”

是的，那是她的选择，是她，最先放弃的。

她还记得在萧默表白的那一天，就在早上，叶子琳来找她。她第一次见到精神那样委靡的叶子琳，身上还带着浓烈的酒味，沙哑着声音对自己说：“亦欣，如果你真的爱他，就和他一起出国吧。”她几乎是哽咽着求她，说，“你不知道他身上压着多少人的期望，又承担着多少的压力，可是为了你，他很可能一时冲动就放弃所有。如果你真的爱他，就当是为了他，请你告诉我，你是否有能力陪伴他？只要你点一下头，我就放弃，这么多年的一切，我都可以放弃，为了他。”

当时的叶子琳，哭得像个孩子，这对她而言是最艰难的舍弃，可亦欣又何尝好过？也许叶子琳觉得点头是个很简单的决定，可亦欣却完全做不到，她必须考虑很多，而这首先便是家庭因素。

到最后，放弃的是她。

她垂眸不再说话，叶子琳终是叹了口气，道：“你太低估自己了。”她本还想说什么，但最后想想还是作罢，转了头说，“算了，我又有什么用，跟了他这么些年，却永远都比不过你。林亦欣，有时候我真的希望你从来没存在过。我们去年就已经订婚了，不管你这次来是什么意图，希望你以后，再不要见他。”

她不再说下去，亦欣也不愿再听，上车离开。

（四）故事再美也只是插曲

巴黎之旅草草结束，回国前秦郧来送行，他还不知道两人之间发生的事情，见邵楚意冷着脸，还以为他是恼自己打扰了他们的二人空间，于是避过邵楚意对着亦欣道：“你看那脸冷的，我就不知道女人都看上了他什么，一个个往他怀里送。还好现在有你了，我看他对你还算真心，可要好好珍惜。这花花世界少了他，我们才有出路啊。”

他一边感慨一边叮嘱亦欣，顺带连着邵楚意的厌恶喜好都告诉了她。秦邺虽一直这样嬉皮笑脸，可跟人说话却极有分寸，因为开惯了玩笑，有时想从他口中套话，反而更难。亦欣知道这是他将自己当做了自己人，但面对这种荣幸，她心中不由五味杂陈。秦邺还以为是自己这番话给了她压力，于是拍拍她肩道：“你也不用紧张，顺其自然就好。”

“你说我要负了他会怎么样？”她突然问他。

“怎么样？那你可惨了。”秦邺眯了眼，拖长了那个“惨”字唬她，顿了顿，又淡淡说，“不过他应该会比你更惨。你知道有些人，不用心则已，一用心，就比谁都真，也比谁都容易受到伤害。”

亦欣愣住，要出口的话也咽了回来。她不敢告诉秦邺，自己已经辜负了邵楚意。想来邵楚意对自己，也已经是失望透顶。不过也好，至少是在没有爱上彼此之间做的了断，他不会受太大的伤害，而她，也能少些内疚。

她勉强扯了个笑脸给秦邺，挥手与他告别。

邵楚意一生气就不爱说话，回到家后，干脆连人影都不见。亦欣理亏在先，心想着那件事情不能再拖，可找不到邵楚意也没办法，幸亏已经开学，她将一门心思用在工作上，倒是受到了领导的高度表扬。爱情上一败涂地，事业若能有些小成也是不错。同样用心工作的还有邵楚意，他是真的气了，下定决心不再理会亦欣，要把她冷一冷。可没想到这一冷，就被萧氏兄弟抢了先。

亦欣是在某天下班后见到萧诺的。她现在每天起码有超过十二个小时待在学校，这天，她刚查好下星期上课用的资料，放学铃声就随即响起。她磨蹭了会儿，待人流量少了才拎包走出办公室。

明明她的注意力还算集中，可在楼梯转弯处竟撞上了人。

仓促中，眼前突然冒出那张脸来，眼神相撞的瞬间，她心口猛地一跳，呼吸瞬时也有些紧促，等后退几步才终于平复下来。

萧诺、萧默。从第一眼见面，她就该猜到这两人是有关系的。

待冷静下来，她再看他，其实还是有差别的，可为何每次都能让她乱了心神。

“萧先……”她开口打招呼。

“萧诺。”他打断她，更正她脱口而出的称呼，“刚才没吓到你吧？”

“没有，是我走得太急了。”

“是有什么约会让你这么迫不及待吗?”他笑着问。

“没有，一时没看清而已。”她答，语气平淡。

“那就是说你晚上没有约?”

“你有什么事?”两人已经好久没见面，他这时出现在学校，让亦欣下意识产生警惕。

“吃个饭而已，赏不赏脸?”他温柔地笑笑，问她。

“不好意思，我还有事。”

“什么事?”他追问。

“我……”亦欣不想与他纠缠，但余光扫到对面办公室里一帮老师出来，两人这样站在走廊上实在不适合，只能说，“我们出去再说吧。”

“好。”萧诺也不为难她，和她一起下楼，但毕竟是放学时分，人太多，他又坚持，亦欣最后还是被迫上了他的车。

在餐厅坐定，亦欣先去了洗手间，等再回来时，面前就放了杯橙汁。

“我点的，不介意吧?”萧诺问。

“不会。”她端起来抿了一口，明明是很温和的味道，可还是觉得刺激。嘴里面黏黏的，说不出的难受。

“你似乎不太愿意见到我。”

“没有。”

她猜到萧诺想跟她谈的话题，于是干脆掌握主动权，直截了当地问：“你一直都知道我跟夏学长的关系，是不是?”

“可以这么说。”萧诺也不再绕圈子，点头说，“起初听到你名字的时候还只是怀疑，不过后来我确定了。记不记得第一次见面，我说我见过你，我不是在开玩笑，只不过见的不是你本人，而是照片。我在国外的时候去过我哥的公寓，老实说，他不过比我大几个月，这么叫还真不习惯。”他露出个无奈的表情，又继续道，“那张照片就放在他的书桌上，背景有些暗，不过因为你们俩都是望着彼此，所以我特别留意了一下。”

她没有说话，他也不再开口。

原来那张照片他也留着。

其实萧诺根本无需那样详细描述，因为她和他，也只有那样一次，一起拍照。

那是大家一起去江边时拍的合照，姿势都已摆好了，她却不知被谁拍了一下脑袋，反射性地转头，哪知正对上萧默的脸，她赶忙再回头却也来不及赶上那咔嚓一声。拿到相机看的时候她说要重拍一次，社长却死活不肯，说这张照片每个人都是自然流露，好得不得了，再拍就抓不到那效果了，她争不过，再看那照片，才发现社长分明就站在两人身后，一脸坏笑。大家都知道是他恶作剧，却也同意就留着这张。那张照片她从来没洗出来过，存在电脑里，曾经有一段时间想要忘掉一切，也删过，但每次到最后都是舍不得，又从回收站拖了出来。有时候想起来，也许当时社长是那唯一一个知道自己小心思的人。

亦欣收起回忆，正色道："当时我们俩是被人捉弄了。"

"是吗？可我问他的时候他可不是这么说的。"

她的手握紧杯子，语气冰冷："萧诺，你到底想说什么？"

"虽然我不怎么想承认这个哥哥，不过……亦欣，这么多年了，你难道就没有想过他也爱你？"

他爱她。

她怔怔地看着萧诺。

他们俩倒果真是兄弟。

这是不是萧家人的特性，在知道她那段爱恋后总要露出这样同情的眼神，然后仿佛恩赐般地告诉她：他爱她。

哦，不，那时的萧默，用的还是"喜欢"。可是，有什么区别呢。他们从不知道她在面对什么。五年前如此，现在也还是如此。

"我想你误会了，他只是我的学长。而且，我现在是有夫之妇，萧先生总不是来让我红杏出墙的吧？"她语气冰冷，向他警告。

"又从萧诺变回萧先生了，亦欣，其实你不必这样剑拔弩张，我不过是过来阐述一个事实，至于信不信在你，毕竟我只是不希望你们再彼此错过。"

"你这个玩笑未免开得太大了。"亦欣直言不讳，"你跟我说这些，应该不只是为我和萧默考虑吧？"

"的确。"她开门见山，萧诺也不藏着掖着，只道，"我和他之间的争斗本不该牵扯你，可没有办法，我父亲对萧默似乎有种特别的情感，我不能让自己处于被动。萧默刚回来时的那场舞会，我连记者都找好了，只没想到你们竟然那么冷静。"

"那现在找我呢？"

"既然都摊牌了，你也应该看得出，我是来撮合你们在一起的。"

"这对你有什么好处？"

“好处很多，你不笨，应该可以猜到。”萧诺将身子往后靠，说，“亦欣，你们俩太像了。明明心里都在乎，想让对方拥有最好的幸福，却不懂得为自己争取。老实说，如果不在这个位置，我倒真心希望你们在一起。”

“说完了吗？那我告辞了。”亦欣说不出此时心中是怎样的滋味，但面对萧诺，只咬着牙不让自己流露出半分情绪。

她冷冷看他，却见萧诺突然将注意力都集中到了门口，好奇心驱使她也转头，于是不带一丝悬念的，第一眼，她就看到了他——夏萧默。

门刚刚被打开，一身深色西服，身后是绚烂霓虹灯的背景，在一开一合间带出迷离的色彩，就像无数次梦境重现，在某个有着星光的夜晚，他，向她走来。

她眨眼再次查看，这次，他的确是向自己走来。

“这么巧？”萧诺已经起身微笑着打招呼。

萧默看了看两人，眼神中有讶异，又似有些了然。

“学长。”亦欣起身，强逼着自己收敛心神，只想着正好可以借此机会离开。

“你们两个学长学妹一定很久没见面了吧？正好，我刚想到晚上还有事。哥，这一顿可就由你请了。”

“不用了，我也还有事。”亦欣也急着告辞。

“啊，那可没办法了，要不我送你？”

本以为这一切都是萧诺的安排，可此时他竟这么轻易让她离开，亦欣倒有些吃惊。听了这话，萧默却突然拉住她，说：“坐会儿吧。”

他的手很大，圈住她的手腕，只是微微一顿，就留住了她离去的脚步。

萧诺看着眼前的景象，嘴角微微一笑，道：“那我就先走了，你们好好叙叙旧。”

看到对面的杯子被换上透明的，亦欣又一次感到自己的无用。每一次她除了逃避，永远都做不到面对面开口拒绝。想起方才还坐在这儿的萧诺，只觉得他就像一个传递坏消息的信使。她想喝口东西掩盖自己的手足无措，可又不想再碰那杯橙汁，只双手握着杯子，时不时轻轻转动一下。

“你还是那么喜欢喝饮料。”

她笑笑，问了另一个问题：“学长打算留在A城？”

他一愣，然后说：“应该不会。我无意跟萧诺争什么。我不知道今天他要约你，否则……”

“否则就不会来了？”

她故作轻松地开玩笑，他却突然沉默不知道说什么，良久，才道：“既然遇到，就一起吃顿饭吧。”

“嗯。”她点头。

吃饭时，他们都曾想过要谈当年，彼此几次的欲言又止，可最后，终是谁都没有开口。或许也觉得没必要。这场结果，不过是因为年少的不勇敢，她在内心徘徊反复，他又何尝不是。谁都没有错，错的，只是他们没有在对的时间遇上。

都说不爱了还可以做朋友，可亦欣知道，他们俩之间，永远没有这样的中间地带。饭后他送她回家，一路也是无话，直到临走，他才淡淡说了句：“以后萧诺要是再找你，能推就尽量推了吧。”

她点头，表示明白。

转身进了别墅，照例是一片漆黑，邵楚意已经一个多星期没在家待过了，她关上门，就那样一动不动地靠在门上，突然有些想念起他来。

如果他在，这时候又会嘲笑自己吧。可惜这时，他应该正在某个温香软玉中，早忘了自己。

她一路走回房间，将别墅里的灯一盏盏打开，光线亮白刺眼，但有热，所以能感受到温暖。她想着自己这一路的走走停停，也不知道究竟有没有迈出脚步。五年前彼此无言的分别，如今仿佛又将上演。她真是累了。房间明亮，她从角落中翻出从巴黎带回来的行李箱，在这一个多星期后，才缓缓开始整理。不过几件衣服，多是邵楚意买的，她将它们一一挂好，放回柜中，然后再翻出一个大行李箱，将属于自己的衣服叠放进去。

理到最后，发现多出一张碟片来。她拿起，记起了是那个金发男生送的。那天随手拿了后，她便忘了放在哪里，原来竟也带回来了。她将它搁在一边，等收拾好行李，想想了，还是打开，坐在床上看了起来。

因为是挺早之前看的，具体情节基本已经忘记，现在再重温，就仿佛像在看新片。电影时长不过八十分钟，拍的也是一个在这样短短时间里发生的故事：

他和她在莎士比亚书店相遇了，彼此微笑、对话，不断的试探，用轻松的玩笑话掩盖内心激动，掩盖自己依旧深爱的事实，然后走路、对话，停下，再走路，再对话，所有情节都集中在那止不住的话语上。他们海阔天空地聊，九年未见，有些紧张，有些生疏，但又真切感受到了那种重逢再爱的喜悦。真真假假、虚虚实实，一个个心结被解开，一点点心弦重被拨动。

可毕竟九年了，时间可以改变的一切都已改变。她瘦了，他多了皱纹；她换过几个男友，而他，已然成家。他们都不再如当年。

她假装不记得了那晚发生的事情，他竟信了。可当他说：“那夜是我那一整年记得最清楚的一天”时，她不自觉地就答：“Me too”。女人总是爱下意识地保护自己，她不能表现得比男人更在乎，所以才假装豁达。她们不是善变，不过是，比不上男人坚强。所以当坐在他车上，即将分别，她说着说着就激动起来，她说“我本来好好的，直到读到你那本该死的书”；她说“我怎么可能忘记，可我又该说什么……”

是啊，本来一切都好像遗忘了，她也好像找到了属于自己的生活，一份有意义的工作，一个不常见到的男友，然后告诉自己“应付不了那种天天见面的感情”。可其实，她只是再也找不到浪漫了。

亦欣想，她与邵楚意结婚，是不是也是因为这样呢？告诉自己“爱情与安定，我选择后者”。而事实不过是，她再也找不到爱情了。

影片的结束，是在一首爵士钢琴乐中，她悠然起舞，他坐在沙发上，看着她微笑。她说：“宝贝，你会错过你的航班的。”

他笑说：“我知道。”

一段故事就在此刻落幕。这样的结局，在亦欣看来，已过于美好。她原以为，在之前女主角自弹自唱的华尔兹结束前，一切就该结束。

就如夏萧默于她，一遍遍想念重复，就只是那样光阴短暂的两年。

那些美好瞬间，叠加起来，可能也不过一晚。

（五）所谓地老天荒是一副少年模样

亦欣是抱着枕头睡过去的，第二天醒来，人却在地上。她呆了好久才反应过来今天是周五，而她还要上课。

房间里开着空调，地板上铺了厚厚一层地毯，她这样睡了一夜，竟也没觉得冷。只是她实在记不起自己为何就跑到地上去了。迷迷糊糊坐起，电视还开着，她将碟片退出，重新收好。行李已搁在一旁，她懒得再打开，于是顺手将碟放进了包里。

今天以后，这里就不再属于她了。亦欣站在原地又思忖了片刻，觉得这时打电话给邵楚意还太早，最后决定等下午搬走后再说。

他现在都不愿回来，想来也是不在乎的。

收拾完毕去上班，刚出地铁站，亦欣就接到了徐珊珊的电话。自从与她和许晨熟悉后，徐珊珊就好像找到了心仪的玩伴，时不时与她们联系。

“亦欣，你看到今天的娱乐报了吗?”她也是跟许晨一样的急性子，一接通电话就要迫不及待把话讲掉。

“怎么，你上报了?”徐珊珊前段时间接了个片子，有个场景在巴黎拍摄，正巧是邵楚意和亦欣在巴黎的时间，当时亦欣还想成全她，只是最后计划被打乱。不过听她此时这么激动，没准是另有收获，也算失之东隅，收之桑榆了。

她还想问她有什么喜讯，却听徐珊珊在那头喊：“姐姐，是你上报了!”

“什么?”

“你现在在哪儿?”

她一头雾水，只说：“我快到学校了。”

“你这时候还去什么学校啊，你快找个地方躲躲，要不然来我这儿也行。你……”

徐珊珊那边话音未落，亦欣已看到了挤在学校门口的大堆记者，连带着凑热闹的学生，场面颇为壮观。一堆人本都还在张望，也不知是谁先看到她，叫了一声，就全冲她跑来。徐珊珊在电话那头似也听到了动静，大声喊了句什么，亦欣还没听清就被记者们围住了。

学校派了保安维持纪律，可还是有大部分人冲破防线，话筒抵到她眼前，问：

“林亦欣小姐，请问你跟夏先生是什么关系?”

“林小姐，你跟夏先生是什么时候开始交往的?邵董事长知道吗?”

“林小姐……”

一连串的问题让亦欣慌乱无措，只不断闪躲着凑上来的镜头。她还不清楚具体发生了什么事，去问那些记者更是不可能。

身后传来一阵刹车声，随后有人叫她上车，亦欣隐约听出是夏萧默的声音，她也顾不得什么，见车门已经打开，马上坐了进去。车子也随即就被围住了。更多的镜头对向他们，在亦欣看来，夏萧默一直都是冷静而又从容的，可此时，他却也紧皱着眉，快速启动车子，费了好大劲才冲出人群。

车子离开时，亦欣余光扫过一侧，那里似乎也刚停了辆车，熟悉的颜色型号，只来不及看清里面坐着的人。

会是他吗？这件事，涉及他的地方又有多少？

手机刚才在匆忙中被挂断，这时徐珊珊又打来，亦欣一接起，就听到那头焦急的询问。

“亦欣，你没事吧？”

“放心，我已经没事了。”

徐珊珊大松了口气，说：“那就好。你现在在哪儿，安全吗？要不要我去接你？”

“不用了，我现在很好，具体事情晚点再跟你说吧。”

证明自己安全后，亦欣挂了电话，夏萧默正一心开车，她也沉下心来缓了缓情绪，眼神看到两人中间放着一份报纸，她下意识将它拿起。夏萧默本想阻止，手伸到一半，嘴唇动了动，想想还是放弃。

她翻开，就见自己和他被放在了报纸的头条。是昨晚两人一起吃饭时的照片，她低着头，温温婉婉的，而他，正“深情”看着她。照片是隔着玻璃拍的，不过模糊的半张侧脸，丝毫看不出任何暧昧，可在一旁又配了一张她与邵楚意参加舞会时拍的照片。她不愿上镜，陪邵楚意参加的宴会屈指可数，舞会更是只有一个，亦欣几乎还能想起那时耀眼的闪光灯。那张照片异常清晰：她被邵楚意揽在怀中，萧默站在他们对面，而他的眼光，看向的竟是她。

报道的内容大致是鼎立国际大公子约会神秘女友，而这神秘女友竟疑似邵氏公司董事长夫人，后经记者一再确认，发现约会后夏萧默送她回到了邵楚意的别墅，于是事情真相大白。下面说本报记者第一时间联系夏、邵两位当事人，却都未得到回应。

她尽量让自己提防住萧诺，却没想到还是被他利用了。其实他提醒过她的，他说那场舞会他找了记者，可亦欣没有想到，同一个计谋，当着她的面承认后还可以马上再用。这样一个方法，简单有效又出其不意，萧默一心不想让她受到伤害，可又怎么会想到是这样？亦欣将报纸又看了一遍，这才慢慢合上，等到两人都平静下来，她才开口，问：“现在怎么办？”

“对不起。”他却是开口道歉，“昨晚要不是我留你，也许就不会发生这样的事了。”

“这件事情，没有谁对不起谁。今天要不是你及时出现，我恐怕还不知道该怎么办。”亦欣顿了顿，说，“而且你刚才这样带我离开，对你的影响会更大吧？”

“我没有关系。”

“我们现在去哪儿？”看着他行驶的路线，亦欣不由问。

“你家是不能回了，恐怕我住的酒店门口也堵满了记者。”萧默双手握着方向盘，沉思片刻，说，“我相信萧诺不会把事情闹得太大，我们就暂时避一避吧。”

“嗯。”她从来是相信他的，这件事说大不大，说小却也不小，牵扯了三个人，发生得又突然，她其实都有些懵了，可就好像是在大学时，任何事情，只要在他身边，她总能安心。

车开了半个多小时，最后在江边一处停下。

萧诺提到那张照片的背景，就在他们身后。周五上班时间，周围并没有多少人，萧默带她走到围栏处，T 大就在对面，远远的看不太清。以前，他们时常骑车从 T 大出发，一路沿江来到这里。

他从兜里掏出一枚硬币，然后扔下。

“当初你们送我离开时就是来的这里，那时候每个人都在这儿许了个愿，说等再回来就是愿望实现的时候。不知道那些愿望，现在有多少是实现了的。”

风吹得人全身冰凉，亦欣将手插进大衣兜里，与他一同想起那一天。那时还是五月，萧默定了暑假出国，于是大家相约出来为他送别。她没有自行车，就坐在他后面，一遍遍想着她的临别赠言。这是社长交代的，每人一句，等到了江边再说，而她直到那一刻，还没想到该说什么。

后来闹腾着拍了那张照片，究竟有没有说再说那句赠言，她似乎也记不清了。

见他看她，亦欣微笑，问：“你的愿望实现了吗？”

“还没有，所以来这里再许一个。你呢？”

“已经实现了。”她看着远处，低低道。

“我能知道是什么愿望吗？”

亦欣仍是微笑，抬头看向萧默，说：“希望夏萧默幸福平安。”

她没有想到，多年之后，自己竟能够如此轻松地对他说出来。

他长久凝视她，然后问：“你觉得这个愿望实现了？”

亦欣点头：“我见到你了，证明你很平安。而且子琳说，你们已经订婚。”

他沉默，伸手想去触摸她，却久久停在半空。她这样坦然，对他却是残酷。

“你知道我那时的愿望是什么吗？”他问。

“我不知道。”亦欣将目光投向远方，沉沉道，“不过既然你再许了一个，之前那个应该也没有意义了。”

“不是没有意义，只是不再可能。”他叹气，却再没告诉她那个愿望是什么。

其实亦欣何尝不想知道，她只是怕。她抬头，看到他凝重的表情，咧嘴想对他笑笑，却被他突然拥住。

她一怔，双手举起，漫无目的地在半空停了许久，终于也抱住了他。她本该挣脱的，可她知道自己或许比他更渴望这个拥抱，哪怕它迟来了那么多年。

她一动不动地站着，感受温暖一点点入侵。那里，有她曾经迷恋的气息，哪怕经过七年都似未曾改变。

夏萧默抱着她，双手一点点缩紧。她的温度，他曾经多少次想去感受，这个单薄的女孩，她的爱是那样的不动声色，像一朵弱小的蔷薇，不够热情，不够灿烂，仅在一方小小的土地上生长，却能无限地蔓延蔓延，直至他心中，生根发芽。

“你总是这样，什么都不说，也什么都不解释。你喜欢为人着想，可亦欣，你在拒绝时，为什么就没有想过我的感受?”自从那次拒绝后，他一直以为彼此的感觉是自己的误解。可子琳说：“她爱你。”五年之后得到的答案，有震惊，有怀疑，却也有瞬时的明晰。

“我想过的，就是因为想过，所以拒绝。”亦欣埋首在他胸膛，听着他的心跳声，第一次说出了藏在心里的话。

那时候，她能给他的爱情，就是离开。

“你不该只听子琳的话。”

“可我知道她是对的。我和你，从来是两个世界。我明知道的，我只是放不下。你在我心里越遥远，我就越想念。”这一刻，亦欣被他抱着，她想，这一生，也许也就这样一个机会，明知前路迷茫，可这一刻，她不想再掩藏自己，“萧默，我想不出自己曾经有多爱你，你也不知道我为你做过多少傻事，我总告诉自己，这些曾经都过去了，可其实并没有。我爱你，比你想的多得多。可是，我又不能爱你。”

这样的矛盾，连她自己都说不清，这么多年，又有谁能明了。而她这样说出来，她想，他是懂的。亦欣看他捧起自己的脸颊，眼神望向她的眼睛深处。彼此呼吸越来越近，她觉得紧张，一双眼睛睁得大大的，仿佛是在询问，却又似在等待。她清楚自己的处境，更清楚下一刻，他要做什么。

她几乎都忘记了呼吸，可当吻落下，她突然就不再紧张。他的吻是轻柔细腻的，仿佛他身上的味道，给她一种淡淡的舒适，不同于邵楚意每次裹挟而来的浓烈。那是她年少时的一个梦，遥不可及。而如今，美梦成真，那样甜，那样美。

也那样悲伤。

他说："我们以后……"可以后之后，却再没说下去。

这一刻，没有誓言，只有拥抱。曾经那许多想念，许多期待，被曾经的那一次次希望后的绝望淹没，又被重新拥有的欢欣替代。七年后能有这样一个机会，已经是足够。而本该怎么也说不完的话语，在这相拥的瞬间，也都无需再言。

两人都知道这场意外不会持续太久，即便萧诺敢放手，总还牵扯着邵楚意。但这几天，总归仍是场风波，凡是属于他们的地方都不能回，甚至一些酒店，也不方便入住。于是他们随便在江边找了个不显眼的宾馆，只剩一个标准间，服务员一副"已经习惯了"的神情，一边问他们住不住，一边已经开始拿钥匙。

两人既然坦荡，也不在意。进房时时间还早，亦欣不想再出门，相顾无言，萧默车里带了电脑，于是她将包里的碟片拿出，和他一同又看了一遍。

影片放完，他们长久不言，于是亦欣说："这个片头曲很好听。"

她靠在他肩上，声音低低的，却直击他胸口。

"听说影片的片头曲和片尾曲都是 Julie Delpy 自己作词作曲并演唱的。"萧默搂着她，说。

"你看过？"她问，"怎么刚才不说？"

"你不是也刚看过吗？"他笑，顿了片刻，才又拥紧她，说，"这样的时光，我一直不敢想象。"

亦欣不说话，将影片调回片头，想再听一遍那首歌。

萧默靠着她，低低为她翻译：

现在，我们在一起
坐在外面的阳光下
但很快我们会分离
很快就是午夜来临
现在，似乎样样都齐
云在天上飘得又远又高
但很快我就坐上了飞机
很快你就淋在雨里
你答应过分开以后保持联系

你答应过在我离开之前你始终爱我
时光飞逝，泪眼朦胧
所有的一切都飞一样离去
时光飞逝，泪眼朦胧
所有的一切都飞一样离去

他的声音越来越轻，亦欣静静听着，突然泪湿了眼角。

（六）燃尽了时间说再见

接下去的时间，仿佛约定般，谁都不再提那个报道，亦欣甚至连手机都关了，她知道夏萧默也是这样做的。事情已然发生，两人反倒异常的冷静。一切都不能改变，倒不如暂时放手。辗转经年，他们能再次相遇，能有这样一个相处的机会，已是满足。亦欣只想抓住这样一个机会，仅仅一次，也是最后一次。

再次走在江边，萧默问她："有没有想去的地方，想做的事？"

"能不能回 T 大？"她说，"以前一直有个愿望，想找个人，一起牵手逛校园。"

"什么时候的愿望？"

"高三。"亦欣一边不好意思地笑，一边问他，"这算不算个很没出息的愿望？"

萧默笑着摇头，答说："不算。"

冬日的校园，又是晴天，最受欢迎的便是草坪。

因为他们上的是张有分量的娱乐报，亦欣终归是怕有人认出他们来，不想被扫了兴致，于是选了人流量稀少的老校区。那幢天文台他们也去了，依旧是关着门，两人站在楼下观望了好久，突然见到不远处，肖杰带着一帮学生过来，亦欣拉了夏萧默，转个弯就躲到了一旁的梧桐树下。

梧桐叶落了一地，踩在上面发出沙沙响声，两人一动不动地面对面站着，一边紧张，一边又为这鬼鬼祟祟的行为感到好笑，等人声慢慢安静下来，这才松了口气，彼此对望，都扑哧一声笑了起来。刚才那样慌张，可牵着的手始终没有分开，萧默笑着将握着的手举起，轻轻在她额头印上了一吻。

若是时光能再倒回几年……算了，亦欣打断自己的妄想，即使是多年之后，能有这样一段时光，她也已十分满足。

逛完校园后是去游乐园，然后是看电影，吃饭。两天时间，他们做着所有情侣该做的事情，将一切麻烦抛诸脑后。

最后一个下午，两人走在街上，萧默问她还要做什么。

“想再看看A城的阳光，好像明天就要下雨了。”

阳光随时都可以看，但以后她的时光里，哪怕阳光再美，也再没有他。亦欣很喜欢走路，这两天，几乎都没停歇下来。只有在走的时候，她才能什么都不想，专心爱着身边的人，欣赏身边的风景。

“想吃糖炒栗子吗？”她看着街边热闹的小摊，笑着问他。

“我去买。”

“好。”

等萧默离开，亦欣这才慢慢踱向身边的报刊亭。几张报纸翻下来，没有看到熟悉的身影，再看那份娱乐报，也早已更换了主角。原来一场风波可以平息得那样快。其实任何事情都一样，在外人看来，不过是场热闹的绯闻，可供几天的谈资，看客的兴趣没了，媒体要的利益赚到了，也就风平浪静了。只不知道邵楚意怎么样了。她想起那天匆忙间看到的车，绯闻发生后，她竟还当着记者的面上了夏萧默的车，他一定恨死自己了吧？

她这样想着，眼神看向不远处正买着糖炒栗子的萧默。这样的画面，真是奢侈。也因为奢侈，所以不能久留。

“别跑，看我的。”街上有孩子在奔跑打闹，跑得太快，一头撞在亦欣身上，她往后退了几步，不小心踩到台阶，一个侧身，就重重跪在了地上。孩子家长从后面赶上，很不好意思地连连道歉，伸手要将她扶起。亦欣搭了把手站起，说了声“谢谢”，抬头却是萧默。

他手里还拿着钱包，应该是看到后匆忙跑过来的，呼吸带着急促，问她：“没事吧。”他眼中尽是关切，看在亦欣眼里，只觉得有什么酸酸的，涌上鼻间。孩子父母还在一旁询问她的情况，亦欣眨眨眼压下心中的情绪，摇头表示自己没什么大碍：“也是我自己一时没注意，没关系的。”

“真是抱歉了。”

“没事。”

正是中午，附近便利店的两个员工正有一搭没一搭地聊着天，孩子父母离开后，萧默还是不放心，问店员借了把椅子，扶亦欣进去坐下。

“怎么才放你一会儿就被撞倒了？”

“一时没注意。”她低头，声音轻轻的。

“是不是在想什么？”

“也没有。”她喃喃，“你知道的，我一个人时不时就爱发呆。”

萧默听了轻笑，他想起大学里有段时间期末复习，他和亦欣都占了个固定的位置，恰好就只隔了一桌，于是晚上等图书馆打铃后就经常一起回寝。有时找到话题就聊上一会儿，有时出来没说话，中途他突然说上一句，她都是愣愣的反应不过来。

“我记得那时我还问你是不是很不愿意跟我一起走？结果你红着脸，说只是习惯发呆。”

她也想起了那段时光，看着他莞尔一笑，随后道：“那个学期我的成绩考得最差。”

他“嗯”了一声，问她：“为什么？”

“因为我发呆时，想的老是你。我想过要换位置，可我舍不得，舍不得晚上回去，再看不到你。”这个时候，她不想再有任何隐瞒，她想让他知道，当初的她。亦欣一边说着，却见夏萧默蹲下身来为她检查膝盖，忙把腿移开，道，“没事的，我穿得那么厚实，没有伤到。”

旁边还有那么多人，他就这样半跪在她面前，实在有些不太好。

萧默却并没有起来，拉回她的腿，说：“那这就算是补偿。”他一手轻揉她膝盖，嘱咐道，“现在可能不疼，但放着不管的话会变淤青的。”

“你男朋友可真细心，对你真好。”旁边一个员工笑着夸奖萧默。

萧默冲那店员笑笑，不置可否，只用心替她揉着，过了一会儿，才仿佛自言自语般，说：“那时，我都不知道。”

她知道的，她知道那时，自己在他眼中不过是个小学妹，因为跟自己搭档过，所以关系才比别人好一点。可她不需要他任何的抱歉，那时，她还享受着那场暗恋的滋味。而此时，他跪在她面前，阳光透过店门，打在那双修长却有力的手上，这样美好的午后，一切也都已经足够。

恍惚间有咔嚓一声，亦欣侧头，却见两个女孩正对着他们拍照，见被发现，挠挠头，干脆自觉走了进来。

“这场景真美，我忍不住想拍下来，你们不介意吧？”高一点的女孩首先开口。

亦欣摇头，萧默也站了起来，问她们：“你们是专门出来拍照的？”

“嗯，我们刚从老城区出来，拍了很多照呢。”见到他们不介意，女孩笑容更盛，开心道，“刚才的照片很美呢，你们给我个邮箱吧，我可以把照片发给你们。”

本以为两人会欣然同意，可萧默和亦欣却是同时说了“不用”，他们彼此听到对方的答案，先是一愣，随即看着对方的眼睛也都微笑起来。

女孩一脸迷茫，只追问：“为什么不要？”

“我们已经有一张了。”萧默答。

“只有一张而已啊，不能再多一张吗？”

亦欣摇头，答：“不用。”

不是不能，只是不用。

女孩觉得奇怪，但见两人默契十足，推推身边的女孩，低声道：“这里面肯定有故事。”另一个女孩也看了看他们，却拉着好友走了，亦欣隐约听到她说，“人家正回味呢，别打扰他们，我们吃饭去，饿死我了。”

她笑，却见萧默正看向自己，问她：“磕了腿，下午还能走吗？”

“当然能了，再说我还没吃到栗子呢。”

“那我们也去老城区逛逛，那儿安静，风景应该也不错。”

“好。”

走路其实是件很费时间的事，不过果然如女孩说的，老城区风景很美。伤了脚，萧默也不让她多走，只取近逛上一圈，等到晚上，又重新绕回了江边公园。他们找了块草坪，一起躺着看星星。

她跟他讲她的学生，他则跟他自己刚到国外时碰到的囧事，她想不出他这样的人，也能有那样丢脸的事情。他说多着呢，于是一件件跟她讲。说自己说错法语，会错意，去接叶子琳，结果把自己给丢了。

后来亦欣问他：“你爱叶子琳吗？”

夏萧默望着天空，仿佛过了良久，才说：“我不知道，这些年，一直都是她陪着我。”

他从来不会说谎，可这也说明了她没有爱错人，亦欣也仰面对天空，微笑道：“其实还是爱的吧，她一直爱你，你要珍惜。”

他不说话，过了一会儿，问她：“那你爱邵楚意吗？”

“我不知道。”

和他一样的回答，或许真应了那句“当局者迷”。

“他很爱你。”

“你怎么知道?”

“他来找过我，就在前几天，我们聊了一些，看得出来，他一直在保护你。”

“嗯，我知道。”

“你也要珍惜。”

他说完，两人都是沉默，过了会儿，他轻声唤她：“亦欣?”

“嗯。”她出声回应。

“你低头的时候很美，可笑起来更好看，所以不要老低头，也不要总是沉默，你应该像你的名字一样，开心幸福。这是我的愿望。我希望这次，它能实现。”

这就是他新许的愿望吗？她目不转睛地望着天空，说：“会的。”

城市的大钟快要指到十二点，她和他坐起，一起拿出手机。

他们彼此都知道，一夕的爱遮挡不了五年的空白，很多事情都已经回不去了。于是说好，两天时间，过完今晚十二点，就要分开，各自去面对一切。

“还有一点时间。”他看着钟，道。

“再拥抱一次吧。”她说。

他抱她，几乎要把她嵌进身体里去，两人长久没有说话，头顶时钟的指针还在一点点走着，亦欣望向远处，说：“萧默，分开以后，我们就不要保持联系了吧。”

她回抱他，再慢慢将身躯从他怀中抽出。以前她一直在想，只要不去想他，只要不见到他，她便可以忘记，可一直以来，她都错了。那些记忆就像生了根似的在心中蔓延，日子越长，记得反而越深刻。五年，亦欣自以为在过自己要的生活，可只要静下心来，就会发现生活中一切的一切都充斥着他的影子。此刻，她不禁要感谢起萧诺来。感谢他让夏萧默出现，感谢他打破她的生活，让她去面对曾经不能想象的一切。她有过不知所措，可也正是夏萧默的出现，亦欣才明白，一切的一切，都回不去了。

注定不可能的，那便选择一刻沦陷吧，待时间一到，就好好说一句再见！

也感谢上天，让她与他相遇，又与他别离。

这已经是最好的 happy ending 了，并不曲折，也不动人，然而于她而言，情已圆满。她也有足够的勇气可以放下。

十二点已到，亦欣与他分别，坐上回家的车。出租车上暖气打得呼呼作响，收音机里传来电台主持人柔和的声音：“凌晨有大雾，请各位司机注意行车安全……”

《Before Sunset》的片头曲唱：你答应过分开以后保持联系，你答应过在我离开之前你始终爱我。可亦欣看着窗外霓虹灯装点的世界，突然记起从前极爱的一首诗来：

你我相逢在黑夜的海上
你有你的，我有我的，方向
你记得也好
最好你忘掉
在这交会时互放的光亮

他们的相遇只是偶然，到此时为止，他们已拥有了在一起最美好的时光，所以，一切都可以结束，都可以忘记。

她将手机打开，一下子跳出无数条短信来，有徐珊珊的、许晨的、毛嘉的、天乐的，甚至还有邵母的，却唯独不见邵楚意的。

夜静下来的小区，是空旷的沉寂。离别墅不远的一盏路灯躲在法国梧桐树浓密的树冠里，透出些许昏黄亮光，亦欣走过，只觉得清冷而又迷蒙。

终于又要面对现实了。

灯光微弱而又安静，让人觉得有些寒凉，亦欣就在那树下站定，踌躇良久不再靠近。

真的要离开吗？可是不离开又该怎样？

风吹得脸颊冰凉，亦欣将眼神扫过屋侧那个窗台。对面花园里落木萧瑟，几株横斜枝桠将窗子遮了一半，透过窗向里望，亦欣想起自己和邵楚意也曾经有过一晚宁静的时光，那时月色明亮，她依稀还记得火光跳动以及两人之间静谧流淌着的空气。那时的她，曾以为他们是可能的，所以才问他“我们会不会有结果”。他没答，只让她往前走，她也信他。这一路，邵楚意曾很多次给过她勇气，只是她不珍惜。

亦欣这辈子从未觉得自己在感情中对不起过谁，包括夏萧默。而如今，她却对邵楚意有太多太多的抱歉与愧疚，她想为自己的内疚找借口，却始终无法将这些全都归结为身不由己。

她开了机，方才一路短信铃声不停，此时又响起，竟是母亲的电话。

“亦欣？”见电话接通，林母仿似还有些不可思议。

“妈。”

林母大呼了口气，这才道："你总算是接电话了，你知不知道自己在做什么？人不见不说，手机也不开，你是想急死人是不是？"

"对不起，妈。"

"跟我说对不起有什么用，你知不知道自己已经是结婚的人了？你出轨，还得靠老公把事情压下来，那个什么夏萧默呢？他做过什么？你就跟他跑了。就算这样，楚意还来安慰我们说不要着急，你是上辈子修了多少福气才找到这样一个人，可你就这么把事情毁了。"

林母一股怒气该是憋了很久，此时一下子发泄出来，终于觉得舒服，却听电话那头长久的沉默，最后又不由长叹了口气，有些不情愿地缓下声说："我知道我的话你听不进去，你的身世，我不说你也已经知道了。可你要知道我骂你是为你好。你说你虽然不是我亲生的，可好歹也是我亲手抱来的，有感情的。我的性子你也知道，就这样了，有些话听过你就忘了吧。你爸说后天降温，一个人在外注意身体，要离了婚实再没处去也可以回来。"

这样安慰的话，听来一点都不温馨，可亦欣还是没出息地溢出泪来。电话那头听到她哽咽，也是一愣。

"你哭什么呀？"

"妈，我想家了。"

她其实很敏感，只因为怕不断伤心，才在生活中表现出迟钝的模样。久而久之，也觉得自己对很多事情都放下了芥蒂。可一个人时，那种孤单的感觉依旧是不能褪去。也许母亲有很多不让她喜欢的地方，过去有，将来也还会有，可亦欣想起现在是半夜，而十点就睡觉的母亲竟能在现在打通她电话，这样的温暖与关爱于她而言已是太浓。她一个人面对所有，却还知道，背后有个家的温暖，有天乐、父亲还有母亲。福利院里，院长曾告诉过她，这里的孩子，能找到亲生父母的并不多，就算找到，也有不少人是失望的。血浓于水，有时并不能比过养育之恩。那时她还固执，觉得也许对她而言会是特殊，可直到现在，她一次次失望，再不愿尝试去等绝望。

跌跌撞撞，才发现生活就这样，也是好的。

她收了泪，听到母亲在那头说："想家了就随时回来呗，我们还能不要你不成，这么大人了还哭，也不怕丢人。"

母亲的话虽说得不耐烦，但语气却是和缓的，后来她听到父亲接了电话，跟她说："阿欣啊，不管这件事最后怎么处理，都记得回家。"

“嗯。”她使劲点头，强忍住才没让泪又流出来。

亦欣站在门外，等眼眶的湿润被风吹干，这才开门进去。

屋里一片漆黑，她也不去开灯，摸黑在玄关处换好鞋，径直走到自己房间。开门后自然想去床边拿行李，迈出的脚步却因窗前一缕白烟收了回来。她站在门边，看到有个人影正倚在窗前。

窗外街灯透过玻璃，在他脸上勾出一道分明的轮廓，她不用看清也知道是他。也不知他这样站了多久，指尖夹着的烟已快燃尽，他吸了一口，烟上火光变亮，她看出上面凝了长长一节烟灰，随着他的动作，飘飘洒洒落到地上。

他怎么知道她会回来？亦欣站在原地，踌躇着不知该怎么办。

“怎么不开灯？”却是他先开了口。

他说话时眼神仍看着窗外，亦欣过了好几秒才反应过来，随手按下最近的开关，却只是一盏壁灯。随着灯光亮起，房间被朦胧笼上一层烟雾，可以视物，但看不清彼此的表情。她看到自己收拾好的行李就放在不远处，静等着主人的到来，于是她说：“我回来拿行李。”

“你要走？”窗棂上不知怎么多出个烟灰缸，上面已积了好多烟蒂，他将手中的烟放下熄灭，转过身面对着她。

“嗯。”她答，想跟他解释这几天的事情，却又不知怎么开口，最后干脆作罢。

“为什么？”他背靠着墙，一张脸隐在阴影中，说，“如果是因为前几天的事，放心，那并不能影响我。”

他语气淡然，仿佛前几天闹得沸沸扬扬的事情不过是个最平常的绯闻。

“不是的。”亦欣也靠在对面的墙上，头垂得低低的，看不到表情，“是我想退出了。邵楚意，我们离婚吧。那个约定，也到此结束。”

话音落下，彼此都是沉默，亦欣看到他身影移动，随后啪的一声，一时间房间明亮，仿佛所有灯光都朝她照来，刺得亦欣眯了眼睛。等她慢慢适应了亮光，邵楚意已近在身前。他一手捏住她下巴，强迫她抬头，然后说：“看着我，再说一遍。”

他身上一股浓厚的烟味霎时涌入她鼻息，她想躲，却看到他一双眼布满血丝，脸色更是极差，让人不忍狠心躲避。他就是要她内疚，要她后悔。他一双眼里全是她，就这样果决地，想让她动摇。他是多么优秀，举手投足间充满魅力，甚至专情，只要一个眼神，就可以让女人动摇，他是有这样的能力的。可亦欣还是狠狠咬唇，一字一句地重复：“我们离婚吧。”

“原因。”他眼神狠狠锁住她，说。

“我不爱你。”这样笼统含糊的答案，她说来竟也不觉得可笑。

“你以前也不爱我。”

“那不一样。”

“哪里不一样？”他紧逼上前，让她解释。

亦欣低头不答，他突然一把拉过她，将她制在胸前，目光如炬，单手扣住她的下巴，迫使她与自己对视。

近距离看他，真的憔悴了许多，可亦欣这时如何能软下心来，于是挣扎着甩开他的手，说：“邵楚意，你不要这样。”

她从来都是连名带姓地唤他，可他竟也听着舒服。他想，就是这样的声音，无助迷茫的，他不喜欢，可又偏偏再离不开她。

他靠近，将她抵到墙角，听到她说：“对不起。”

他承认他是嫉妒了，那件事情，他并不在乎，可他在乎她和夏萧默离开的那几天，他们都做了什么，他想知道那时的她，是不是笑得灿烂。他禁锢住她，想从她眉眼中看出哪怕一丝一毫的痕迹来，可亦欣只是深锁眉头，眼神不断躲避他。他强迫她看自己，急切而不安地低头吻她。他的舌头长驱直入，瞬间席卷了亦欣所有的氧气和神志。

那种裹挟而来的强烈占有欲，让亦欣不由颤抖。她就这样站在原地，任由他一点点侵入。而邵楚意却终于缓缓停下动作，额头抵着她的，喘息着问：“如果不爱，为什么不反抗？”

“对不起。”还是那样三个字。亦欣不想再编任何理由，所以只能是对不起。再过不久就到了半年的约定之期，可她，给不了任何人幸福。

“我不要听对不起！”他怒，盯着她让她说话。

长久的沉默，唇角已被她咬出血来，他终究还是不忍，微微松了手，道：“我给你时间，你可以再冷静考虑。”

“对不起，我们……不可能了。”亦欣还是摇头，她受不了邵楚意这样的宽容，他待她愈好，就愈加让她无地自容。

“你确定？”

她几乎哽咽，但还是点头，说：“确定。”

就这样结束吧，无论是怎样的爱情，她都要不起，离开夏萧默，离开邵楚意，甚至离开这个城市。她要去找另一种生活，哪怕伤痕累累，也是新的自己。

她的眼神那样坚定，他终于心凉地收了手。

早该知道是这样的。

许晨跟他说："这丫头就是有点爱情恐惧症。"可他从来都不信，她不是恐惧，她是自私。她这个自私的女人，只会想到自己。自从夏萧默出现，他就知道她心里那段未了的情意，平日里察觉不出，可一到夜晚，拥她入睡，那情绪便沁入她眉梢，浓烈的，让人难以抹平。他努力想要改变她，到头来却还是高估了自己的能力。

邵楚意最后一次看她，然后放开手，语气冰冷似寒霜，他说："林亦欣，当初你选择我，也是因为他对不对？因为他是左撇子，而你看到我签字，用的也是左手。这么长时间，你不过企图在我身上寻找他的影子！"

他一字字不带情绪地说来，却让亦欣陡然变色。

见她颤抖着嘴唇发不出任何声音，邵楚意反是笑了："林亦欣，你宁愿守着一段畸形的感情也不愿重新开始。"他看到她痛苦僵硬的神情，内心犹如刀绞，嘴上却是残酷。

他在她面前完全冷下脸来，或者说，他已经对她死心。

亦欣此时一双瞳孔紧缩，正有些不可置信地看他，她咬唇，心像被人生生剜去了一块，明明疼，可慢慢又仿佛没了知觉。她看到邵楚意方才站立的窗边，正对着那盏躲在树间的路灯。原来他是看她来的，看到了她的无助犹豫，不仅如此，他连她最初的一念之差，也是一清二楚。这样一件事情，她似乎已经忘记，可事实竟真的是这样。在餐厅，她看见他签单，拿笔的分明是左手，他签得潇洒，三两下就抬起了头，可那个瞬间，恍惚让她又想起了那时候，夏萧默和她坐在一起，左手握笔戳着她的脑袋："怎么又发呆了？"

可不过是那一瞬而已，她答应他，并不是为这个。

但又有什么好解释的呢，多说多错，如果这样误会可以让彼此都死心，那她也心甘情愿。

终究还是狠不下心，邵楚意闭眼，平息自己的心情，然后睁开，说："你走吧。"语调冰冷，眼底却是一片怆然。

"邵楚意。"

"我不想再听什么'对不起'，走吧，再不要出现了。"

她止住要说的话，看着他，然后一步步后退，终于，消失在他视线里。

下楼，出门，她几乎是逃离了那个地方，不是不想多待，只是不敢，不舍。而楼上，看她仓皇而逃，邵楚意握紧了拳，狠狠地砸在墙上。

【第五章】

等待繁花开满天际

（一）爱要怎么来收放

邵楚意已经近一个星期没有出现在公司了，这让专程去找他的秦邺很是着急，于是唤上往日神龙见首不见尾的单程，一同去别墅找他。

工作狂罢工，这样的事情从未发生过，两人本也做好了被拒之门外的准备，没想到按下门铃后，门很快就开了。秦邺率先冲进去，一副急着救人的模样，结果却发现邵楚意安然坐在大厅的沙发上，除了烟味稍重外，房间里没有丝毫混乱。

“你没事？”秦邺上前，将他从上到下打量了一遍，眼神中隐隐透出些失望。

邵楚意连动都没动，只白了他一眼，道：“你想我有什么事？”

秦邺干笑几声，调侃说：“我以为你这会儿一定烂醉在哪个角落了，本来还想看你失魂落魄的模样，结果……我说你这家伙也是想吓人啊，既然没事，干吗躲家里不去上班？你不知道董事长罢工，在外人看来是很严重的。”

邵楚意不理他，只抬眼去看单程，道：“你跟他说的？”

单程淡定地挑挑眉，丝毫不将自己列入干涉人私事的行列，等不慌不忙地在邵楚意对面坐下，这才说：“他自己发现的。不过你要再不回来，我是打算来一趟了。这么大的公司，我一个人可忙不过来。”

“我出差一个多月你都应付自如，这会儿倒说忙不过来了。”

单程笑笑，不答。

秦邺个性爽快，又是抱着看好戏的心态来的，此时最受不了这两个人打太极，干脆在单程旁边一屁股坐下，直截了当问：“我说你和亦欣现在到底什么情况？我可听说夏萧默回去跟他爹交代去了。亦欣呢，回来没？”

邵楚意看了他一眼，苦笑说：“倒不如不回来。”

秦邺想再问下去，却见邵楚意已经侧了脸，明显不想再答。

“得，看来情况不佳，我也不问你了，有什么不开心的别闷在家里，咱找个地方喝酒去。”秦邺一边劝，一边转头示意单程接话。

“出去透透气也好。”

难得让烟酒不沾的单程都开了口，秦邺颇有些开心，伸手使劲拍了拍他肩膀。可当事人似乎并不买账。邵楚意未见动静，单程也稍缓了起身的动作，沉默片刻又问他：“有没有想过放手？”

邵楚意下意识想伸手拿烟，然后才意识到烟盒已空。他缓缓将背靠向沙发，双手覆上眼睛，道："我不知道。你说怎么会有这样一个女人，我每进一步，她就要后退十步。我已经不是十几二十岁的毛头小子了，没有那么多精力，我也会累。"

"要是十几二十岁的毛头小子，你们也不会走到现在。"单程笑笑，道。

"我一直以为她是个几乎透明的女人，可到最后，才发现我最不懂的就是她。我已经分不清她对我到底有没有情了。"

"她回来过?"

"嗯。"

"做什么?"

"拿行李，然后离婚。"

"你同意了?"

"还没。"

"她呢?"

"走了。"

"行李却忘带了?"单程一进门便看到了楼梯口的那个箱子，歪歪扭扭的，怕是被邵楚意生气的时候扔下来的吧。

"恐怕她心里也很矛盾吧。"问了一连串的问题，他终于给出总结。

"你这样觉得?"邵楚意将眼光投向他，问。不知怎么的，他期待并相信单程的答案，毕竟他和秦郳都未正经谈过一次恋爱，而单程，他有易梓冉。

所谓不打不相识，男人间的情谊，多半都建立在打架上，邵楚意和单程也是如此。不过不是他们俩的矛盾。

彼时单程已在邵氏任职，但邵楚意还刚从国外回来，两人的第一次相识是在半夜。他刚从酒店出来，去车库取车，见一帮人在那儿欺负一个女孩，便出声帮忙，结果对方仗着人多势众冲上来就打他。他那时也是年少气盛，丝毫未权衡力量就迎了上去。他是学过点功夫的，但毕竟人单力薄，身上挂了不少彩，打到一半加进来个战友，就是单程。

那时他以为这个人也是热血，随便见人打架就来帮忙，后来才知道，被欺负的女孩是他女朋友，也就是现在的单太太——易梓冉。单程和易梓冉那天闹了点矛盾，在车库分开后，易梓冉就碰上了那帮人，幸亏单程中途后悔，开着车又掉头回来。

虽然不常见面，但邵楚意是记得易梓冉的，很清很淡的一个人，打完架后见到他们流血，也不叫不慌，只拿了单程的钥匙，开车送他们去医院。后来熟了，单程也会开玩笑，说那时要知道他是邵氏的少东，定是拉了易梓冉就跑，可邵楚意知道他是欣赏自己的，就像他也欣赏他，知道他做事冷静，不卑不亢，观察能力更是细致入微，他将工作交给他，从来都是一百个放心。

邵楚意一直觉得单程和易梓冉之间也该有段故事，但倒从未想过去问，这时见他不点头也不摇头，只垂了眼，苦笑道："有时候我就想，为什么在她身上，我可以这样锲而不舍。单程，你跟梓冉是怎么坚持下来的?"

"我和冉冉不同。不过有一点，"单程顿了顿，道，"我知道自己放不开她。也许她并不足够完美，有时也惹我生气，可没办法，我就认定是她了。我逃不掉，更舍不得逃掉。"

"可梓冉最后也选择了你，我呢，连自己什么时候出局的都不知道。"邵楚意听他说完，有些怆然地道。

"她可能是很早就做好决定了，没想到你竟败给了夏萧默。"秦邺突然出声，话是调侃，语气却并不轻松。

"什么叫早做决定?"虽然失望，可对亦欣的事，邵楚意还是在意。

秦邺犹豫了会儿，道："上次你们从巴黎回来，在机场，我让她好好珍惜你，她突然就问我她要是负了你会怎么样，我想那时你们在巴黎玩得那么开心，就以为她是开玩笑，没想到……"

"呵。"邵楚意听了冷笑，"是没想到，我不知道偌大的地方，她也能碰到夏萧默。更不知道，她对他，可以有那么深的感情。"他用双手按住额头，说，"我输了。"

"你甘愿向夏萧默认输?"秦邺诧异，这不是他认识的邵楚意。

邵楚意静默，单程却是起身，拍了拍他肩，说："或许你可以尝试去更懂她。"

懂她？他一怔。难道他懂得还不够吗？不就是因为懂她，他才爱的吗？因为第一次碰到这样专心的人，因为见到她相信爱情，所以让他想要保护，想要她永远生活在那不被打破的美好中。

他想为她营造一份永不破碎的美好。

可那份美好，却是她和夏萧默的。

邵楚意突然起身，吓了两人一跳。

原来，他在极力营造她的爱情，却忘了怎么在里面加上自己。

他从未这样毛躁和失策过。

邵楚意冷静下来，侧头去看单程，却见他已打算离开，于是他也站起，说："喝酒去吧。"见秦邺还是愣愣的，转过头笑笑道，"我并没有败给夏萧默。林亦欣不选我，却更不会选他。这一点，相信她本人也清楚得很。”

这一点，邵楚意成竹在胸，而的确，林亦欣是清楚的。她只是割不下那七年来的一点一滴，那是她最美好的时光，哪怕知道结局是错，她也并不后悔。可是，这光阴里，意料之外的是多出邵楚意来。

自那天从别墅逃离，亦欣便再也不敢回去。离婚之事没能谈妥，白天上班，又时不时被人背后指点，甚至连中午吃饭，以前常拥在一起的一帮人，见她在办公室里也是战战兢兢，不知该不该叫她。她实在无力再解说些什么，更加解说不清，即使毛嘉问起，她也只缄口不言。毛嘉并不像其他人，但她最近也忙，各种比赛调研，出差不断，只能在短信里安慰她，说“要从容”。

学文的或许就这一点好处，只一句话几个字，便抵过万语千言。

是啊，要从容。现在的她，什么都不能做，不过是过好自己的日子，然后等时间快点过去。这需要多长的过渡期，亦欣无法推测，但校领导要比她明晰。

校长室里，她难得喝到一杯校长亲自倒的开水，随后就听他说：“林老师啊，我们学校决定放你一个学期的假，让你调整状态。当然了，是留薪的，等暑假回来，你再从高一带起，怎么样?”

已经很仁至义尽了，亦欣对着校长那脸不太真实的笑容，实在不觉得自己还能反对什么。今早她甚至已经看到了新来的代课老师，很年轻的一个姑娘，还没毕业就被学校招了来，兴冲冲地到教务处报到，恰好她在里面调课。

改变不了的事情，只能接受。

她站起，放下杯子微笑道：“校长，我知道了，我会尽快把事情交接好的。”

没想到她这么干脆，校长也起身，呵呵直笑：“不急不急，你慢慢来。等回去调整好状态，明年又是新的开始。我们学校还是很欢迎你的。”

“调整状态，过去后又是新的开始”这样的话，亦欣已经听了不下十遍。可不管怎样，她还是没了爱情，失了事业。

这个开始，真够崭新了。

无助时，她也想过回家，可毕竟只是一时。天乐不在，和母亲总待在一起，或许又要闹矛盾，反而偶尔见面的状态最好。她漫无目的地闲散了好多天，最后还是陈玥帮了忙。

陈玥曾经采访过一个双腿残疾的女孩小雅，凭一己之力经营一家书店，现在她怀孕了想安心养胎，可书店有了固定的顾客，又不舍得放下，正在纠结，听到亦欣愿意，约她出来聊了一上午，当面就将店内所有都交托给了她。

小雅其实长得很漂亮，虽然没读过书，却是自学成才，有学识有涵养。分开时候，她老公来接她，亦欣看了看，长相很一般，听说在建材公司上班，小职员，今年刚买了辆小车，来接老婆时面上都是笑容。后来上车，亦欣见他小心地将小雅从轮椅上抱起，弓着背，头压得低低的，以避免碰到车门。他们仿佛在那时低声说了些什么，女孩爽朗的微笑她隔得老远都能听到。那天天气阴沉，可亦欣还是觉得温暖。那样的爱情，有些人或许觉得不值，可如人饮水，冷暖自知。虽平凡，但又为他人所羡慕。

书店在城区一条老街上，亦欣喜欢那儿的环境，便取近在附近小区租了间房子，稍有些破旧，但朝南，阳光充足，稍微收拾一下也能住人。她几乎没什么行李，搬进来时满屋子的空荡，她如今也算闲人一个，于是花时间细细将各个角落都收拾了一遍，在略有些斑驳的墙壁上贴了墙纸，又从学校将所有书都搬了来，再买上些盆栽，看上去也颇像个温馨小窝。

她这个单身女人入住，又没人帮忙搬行李，小区管理的大妈起初还老注意她，以为她是做什么不正当工作的，后来几次见她抱书回来，态度突然转好。有次大妈请她吃水果，亦欣才发现她将自己当成了想自考上大学的农村励志女孩。这样大的转变让她哭笑不得，但也觉得不必解释，反正还能时不时蹭些好吃的。

这样的日子，过得不知比之前惬意多少，她可以安静看书，可以一觉睡到自然醒，更可以在书店里接触各色人群。这是亦欣一直以来所向往的生活，可当这样的生活来临，她却觉得有些怅然若失。

从前工作结束，亦欣一躺在床上便能睡着，现在却是整晚整晚的失眠。她开始在夜里发呆，脑袋里想着各种乱七八糟的东西。月光照在手上，她会想起家里淡蓝色的窗帘。她睡觉时喜欢在窗帘间留个小缝，清晨有暖阳，夜晚有月光。可自从被邵楚意分了半张床，他便开始剥夺她这份乐趣。他不喜光，一到睡觉就把窗帘拉得紧紧的，早上也不容许她用任何带光的方式唤醒他，逼着她与他摸黑行动。那样的无礼霸道，她几次反抗不成，只能顺从他的习惯。她睡觉不喜人碰，可现在，没了他的怀抱，她时常觉得少了些什么。

她以为邵楚意只是过客，可他早在她心上留下烙印。那样深，让她每次想到，总控制不了的烦躁，等到最后便是一夜无眠。

这样的日子持续多久了？亦欣躺在床上，转头去看黑沉沉的窗外。她一直在等五点的闹钟铃响，再早，楼下早餐店都未开门。时间一点点过去，周围仍是安静一片，不免让她怀疑手机是否没电。良久，她终于忍不住伸手去开手机，仿佛是等了好长时间，屏幕上才慢慢显示：四点二十。

已经比昨天晚一些了。她这样安慰自己。

（二）朋友是用来救死扶伤的

很快又是一天，等最后一个顾客走完，亦欣一个人将书本一一理好，又打扫了卫生，这才打算关门离开。脚步刚迈出去，就看见了不远处倚在车头的男子转过头向她走来。

黑色西装，高挑的身材，她一瞬间有些睖睁，直到看清来人，才不免自嘲。

怎么可能会是他？

她笑笑，掩盖方才的失神，说：“韩非，你怎么在这儿？”

近前来的韩非看上去似乎状态不佳，只低沉着声音问她：“亦欣，你最近有没有见过晨晨？”

她正埋头将门上锁，闻言抬起头来，有些惊讶地问：“出什么事了？”

她已经好多天没跟许晨联系，韩非突然出现，倒让她有些担忧。她急切，韩非却是支支吾吾，只说：“是因为一点误会，已经连续一周了，她都不肯接我电话，我只能过来找你。”

亦欣是了解许晨的，不到万不得已，她从来是与人打开天窗说亮话的一类，而不会轻易闹失踪。莫不是……

“韩非。”她突然严肃，问他，“你和橙子的事，你母亲现在知不知道？”

韩非本有些失神地看别处，听了亦欣的话，倒是盯着她愣了愣，良久，才道：“我有说过。”

“那她同意吗？”

“她向来尊重我的意见。”韩非不假思索地回应，但微锁的眉头还是泄露了他的疑惑。

亦欣一时犹豫，皱眉思忖良久，还是忍不住开口：“当年的事，虽说是橙子误会，但你母亲……想来也是不看好她的，你最好问问，她是不是又跟橙子说了什么？”

当初许晨可以毫无顾忌地抛开韩母一番话，不过因为那时年少不懂世事复杂。如今，在社会上打滚多年，她的冲动性子还在，可很多东西，瞻前顾后，有时不免就要顾及牵绊。若真说因此放弃，也不一定。

韩非脸上闪过丝惊讶，但随即又恢复正常，只有些心不在焉地应了一声，然后道："你能不能帮我联系一下她，至少让我知道她现在好不好。"

亦欣与韩非交往并不多，但也知道他当年是学校的校草，大家都说他孤傲清高，虽说这评价里有嫉妒的成分在，但他在与人相处上，总归是只高不低的。如今不知是不是因为缺乏睡眠的缘故，整个人看上去颓废许多，与她说话都是有气无力的。亦欣心有不忍，当场拿出手机拨了许晨的号码。

铃声一直响了好久才被接起，她听到许晨不紧不慢地"喂"了一声，心里先放了心，说："橙子，是我。"

"你终于知道联系我了。"许晨语调不变，但似乎是在生气。

"橙子，你还好吧？"

"我，有什么不好的？有吃有喝，无拘无束。朋友发生事情也不用来找我，还省了不少麻烦呢。"

明显的话中有话，亦欣无奈挠头，抱歉道："橙子，我不是不想找你，只是……我自己当时心也乱，也不想麻烦你们。"

"那现在呢，过了这么久，你难道还心乱？再说找朋友倾诉帮忙，怎么就算麻烦了。"许晨并不松口。

"你别生气。"亦欣软声恳求。

"我很生气。"

韩非还在一旁等消息，亦欣有些不好意思地看看他，硬着头皮继续柔声细语："那你能不能先把气放放，我有别的事找你。"

"什么事？"

见许晨软下来，亦欣不由在心里松了口气，接着道："你跟韩非……"

话未说完，就被许晨一口打断："别跟我谈他。"

"橙子，你能不能先说说到底发生什么事了？"

"没什么事。"

许晨嘴硬起来怎么都套不出话，亦欣只能换策略，决定晓之以情，动之以理，不过这番话当着韩非的面说总有些别扭，于是她走到一边，道："橙子，我有正经话跟你说，不过你得先答应我，中途不许打断，不许挂电话。"

那边顿了顿，随即应得爽快："行，你说吧。"

"韩非现在就在我身边，我不知道你们之间发生了什么，但我知道你一直没放下过他。既然都坚持到了现在，就更没有理由放弃了。我看他现在一脸憔悴，也挺让人心疼的。你们这一路走下去，肯定会遇到不少阻碍，我不希望你独扛，你应该跟他分担，有什么事就摊开了说。他要考虑担心的，不是你在生什么气，为什么躲他，而是你们将来，怎么顺利地走下去。你那直来直往的性子，怎么一遇上他就没了呢？”

她一口气将话说完，那边一时没了声响，良久，她才听到那边说：“那你和邵楚意呢？”

声音明明从手机那头传来，可亦欣却觉得那源头就在身后，心中不禁一震，但又马上强迫自己冷静下来。

她已经坚持多天了，要忘掉他，忘掉这近一年来的一切。她敛下心神想要将话题拨回来，却听那边继续道：“你明知道这些道理，怎么自己反而逃避了？”

手机里传来忙音，声音却清晰响在耳边，亦欣一愣，随后反应过来，连忙转身。

第一眼便看到了举着手机站在自己身后的许晨。

就算再傻也明白到底发生什么事了，亦欣再看旁边丝毫没有惊讶表情的韩非，原先那颓废现在看来倒成了一股慵懒的帅气。

她气结，上前掐着许晨的脖子喊：“你行啊，没事逗我玩呢！”

许晨赶忙闪躲：“饶命饶命，你看这还在大街上呢，您这形象被顾客看到了不好。咱上车，找个地方好好聊？”

她边喊边躲，倒真引了不少目光，亦欣扫视四周，终于明智地把手放下，说：“走。”

韩非将她们带到附近一家咖啡厅坐下，他自己则在车上等她们。

两人坐定，亦欣就开始审问：“说吧，干吗跟我玩这出？”

明明什么事没有，害她不仅白白说了通大道理，心里还为她担心良久。

许晨嘻嘻笑，说：“你看我就让韩非一晚上没睡，你就心疼成这样，立马给我打了电话，还有那番话，真说到人心坎上去了。我这做姐妹的不得继承你的光荣传统吗？”

“什么意思？”亦欣斜眼看她，隐约觉得自己钻进了什么圈套中。

“你说我放不下韩非，让我有什么就跟他摊开了说，不要折磨他，那你和邵楚意呢？”许晨问，“要不是前阵子见到他，我还不知道你们俩闹这么严重了呢。那件事情他都压下来了，你还介意什么？我是不知道你对那学长有没有感情，可我看得出邵楚意对你是一片真心。”许晨喝了口咖啡，又继续说道，“前阵子我们公司刚好跟他合作了笔生意，饭后他送我回来，结果以为你住我那儿，大晚上的倚着车在我家楼下抽烟。那姿势，那表情，啧啧，看得我着实揪心，幸亏那天我往窗外瞄了一眼，及早制止了他的愚蠢行为。人不知道的还以为是我折磨了这好好一精英呢。

你刚刚劝我有理有据的，怎么一到自己这边就成缩头乌龟了？”

“都说大晚上了，你从窗口怎么看得到人家表情。”亦欣咕哝着为自己开脱，低头有一下没一下地搅着咖啡，最后说，“我跟你的情况不同。”

“大同小异。其实我本来也没那么好心，只是那天我问他‘怎么不查查你究竟在哪儿就随便跑这儿等了’，你猜他说什么，他说‘我不想查她，我想懂她’。当即我就想世上这样的男的还能上哪儿找去？我是死活不能让你错过的。”

“你说他说……”亦欣愣住，猜不出邵楚意说那话的时候会是怎样一副表情，可随即，她又摇摇头让自己恢复清醒，道，“那你把我现在的地址告诉他了？”

“你知道的，我实在于心不忍。”许晨有些不好意思地眨眨眼，“其实今天下午我就看到他了，就在你书店外面，不过等你一出来他就走了，他不让我说。”

“那你还告诉我。”

“我说了，于心不忍啊！”许晨撇撇嘴，顿了会儿才问，“亦欣，你对邵楚意，到底是什么情感，还是你真的只爱夏萧默？”

许晨与亦欣从高中起同窗，可林亦欣那段暗恋，却连她都不知道。其实那时亦欣也并不是有意不说，不过是从来没人想到，她可以爱一个人，爱得那么深，又那么低，低得无声无息，不令人察觉。

“我爱他，不过现在，他已经走了。”

“你说夏萧默？”

亦欣不说话，许晨把它当做默认，于是接着问：“是他不要你了？”

亦欣淡笑着摇头：“不是。没有谁不要谁。我们只是是时候离开彼此的生命了。”

“怎么说得像今生缘分已尽，只等来生再续的感觉？”

许晨这概括让亦欣微笑，道：“或许真是这样。”

“那邵楚意呢？”

“我已经跟他提出了离婚。”

“离婚？怪不得，林亦欣，你没发烧吧？”许晨一边叫，一边伸手就往她额头上探，“温度挺正常的呀，你行啊，一次甩俩！”

亦欣苦笑：“也许是对的人，可谁让我总选错时间呢。如果可以的话，这辈子，我宁可找个可以将就的人，一起度过剩下的时光。”

“你才几岁啊，就说这么苍凉的话？”许晨打断她，“不过也证明了，邵楚意不是将就，对不对？他是对的人。”

最后一句话，许晨用的不是疑问，而是肯定，她不等亦欣消化，又接着道：

“他已经是你走过麦田里最好的麦子了，再往前走就再也得不到了。”

亦欣低头，喃喃说：“我不要太好的。”

“可你应该要好的。”许晨伸手握住她，真心道，“我们都要好，不要将就，更不要等待犹豫。亦欣，我们已经等不起了。你现在放手，也许再过几年，就真的什么都不可能了。那时候的原因，也许并不是不爱，只是彼此都再爱不起。现在是对的时间，我也相信邵楚意是那个对的人。你需要再冷静地想想。”

将亦欣送回她租的房子，许晨转头，看了依旧发呆的她，语气有点恨铁不成钢：“行了，我今天来找你可不是想看你这副死相的。过几天我就要被公司派到外地考察学习，麻烦某人在下车前给即将离开你三个月的好友笑一个，成吗？”

听了这话，亦欣没有反应，倒是让韩非一怔。许晨坐在后车座，因为只顾贴了脸到亦欣跟前，也没看到韩非霎时冷下来的表情，亦欣倒是真被她逗笑起来，说：“放心吧，你走后，我会吃好睡好不让你失望的。”

“切，我是让你祝我好，你吃不吃好睡不睡好可不是我管的。”

“行了，一路顺风。”

“知道。”

等送了亦欣上楼，许晨坐到副驾驶座上，方才一言不发的韩非这才开了口，问：“你要出差？”

“是啊。”

“如果今天我不帮你来演这场戏，你打算什么时候跟我说？”

他说话时并没有看许晨，语气出奇的淡，许晨知道这是他生气前的征兆，这时可千万不能跟他犯冲，只能放软语气，道：“现在不是就知道了吗？”

“那好，那我们来谈谈我不知道的。”韩非转过头来，盯着她，“我妈都跟你说过些什么？”

“啊？我又没见过你妈，她怎么可能会跟我说什么呢？”

看她装得一脸无辜，韩非觉得自己眼睛里都能冒出火来了，只能强忍着愤怒，连名带姓唤她：“许晨，跟我说实话。”

他是真的气了，她本还想装傻，可见他的表情，只好斟酌了语句，道：“其实也没什么了，都很早以前的事了，你也知道我跟你本来就不配，你妈也只是提个建议。真的，比电视剧里演的温柔多了。而且也没甩支票……”

许晨说最后一句话时带着些许遗憾，韩非眯了眼，似笑非笑地问她：“要真甩了支票呢？”

"呵呵，没什么，就是甩支票我也坚持到底。"

看她一脸谄媚的笑，韩非最终只叹了口气，她总是有办法让自己想气都气不出来，他伸手揽过她抱在胸前，说："晨晨，以后不要再说什么配不配的，不管我妈以前跟你说过什么，以后又会跟你说什么，你只要知道，我爱你。至于其他，我都会解决。"

"放心吧，我可不是亦欣那厮，我现在可是肉包子打狗，一去无回了。"许晨将手从他怀中抽出，拍拍他肩道。

"晨晨。"他唤她。

"嗯?"

"以后可别说你是T大中文系毕业的。"

"嗯?"许晨从他怀里抬头，一脸疑惑。

"会给咱学校丢脸。"韩非忍不住刮了下她的鼻子。

"你说什么呢!"

许晨伸手就要往韩非身上打，却被他一把抓住："去出差的事，公司不能换个人吗?"

"那是公司器重我，再说了，只是三个月而已。"

"那你要是想我了怎么办?"

"那就不想了呗。"

"你敢!"这么没心没肺，韩非听了低头就往许晨的嘴唇上咬。

"哎哟，"许晨侧头边躲边喊，"不敢不敢，我保证每天想你三遍，不，三百遍。"

"这还差不多。"

许晨拉了韩非，本是来解救亦欣的。她那番话，对亦欣有没有用不知道，可亦欣的一番话，倒让她和韩非的关系无形间轻松许多。她发现，两个人相处最基本的要求，便是要敢于呈现问题，然后共同面对。

这样通俗的道理，有时人却要花好长时间才懂得。

（三）爱情是雾里看花

"小姑娘，付钱了。"

柜台被重重敲了一下，林亦欣又一次从窗外回神，习惯性微笑，然后接书，报价，收钱，找钱，一系列动作连贯却麻木。

“小姑娘怎么一副没精打采的样子，失恋了?”买书的是店里的老顾客，退休老教师，每周都要来一次，他从亦欣那儿接了书，又道，“我看你脸色很不好，年轻人虽然精力充沛，但也要注意休息。你跟小雅比起来，就是太静，这方面你该多学学她。”

“我知道。”已经尽可能微笑了，可还是难掩疲惫。亦欣点头应承，然后礼貌地目送老人家离开。

其实她何曾不想多睡会儿，昨天跟许晨一聊，今天早上看到报纸，却是邵楚意和霍雨祺。她靠着他微笑，如同报纸上说的那样郎才女貌，天生一对，在人群中熠熠生辉。她是从不看娱乐报的，可早上啃包子时竟鬼使神差地瞄了一眼，就这一眼，让她一整天都是魂不守舍，开门夹到手，喝水烫了舌头，哪哪都是不顺心。再想到许晨说昨天在书店门口见过他，今天一上午，她的注意力无时无刻不被分散到外面。明明知道大清早，他必然是坐在办公室里，可她还是忍不住往外看。

不是还曾想撮合他们俩的吗?不是已经和他分开了吗?这时候为什么又开始留恋不舍了，再这样下去，亦欣都要打心眼里看不起自己了，她揉了揉有些发胀的脑袋，随手从身旁书架上抽了本书，强迫自己读下去。可事实证明，人只有在舒心时才会想到去享受精神食粮，此时她内心烦躁，那些字怎么看怎么别扭，除了眼睛，她一丝注意力都难以集中。又有顾客上前，亦欣有些气馁地把书扔在一旁，结账收钱，强打起精神让自己尽可能的笑容满面。她其实是该享受这样的生活的，可今天实在累了，每次想集中注意力，脑袋就疼得要命。

不能再这样下去了，他们有他们的生活，她也有她的。她边揉太阳穴边告诫自己，叹口气又拾起那本书，一个字一个字点着让自己看，恍惚间也翻了几页，但后来慢慢觉得手里那书和桌子一起一点点往下沉，再往下沉，她整个人也都轻飘飘起来，脑袋一阵眩晕，亦欣忙闭上眼睛，缓了缓睁开，这才恢复正常。

严重的睡眠不足，连身体都向她抗议了。

虽说是冬春之交，可近来天时不时就要转一下凉，因为不是周末，顾客并不多，亦欣身体疲惫，便提早关了门回家。一出店门，初春凉风迎面吹来，让精神恍惚的她感到一阵透彻心骨的寒凉。她看了看对面街道，随后才转身低头搓了搓手臂，几个隔壁的店铺也在这时打烊，店主们与她已经相熟，便互相打着招呼。街道这时候总会有班公交车经过，有时没事，亦欣就乘上到市区逛一圈，今天公交车也是准时准点，站牌处没人站着，司机见到她，却是缓下车速等她。她挥挥手，示意今天不坐，师傅也伸了手回应她，然后才重新加速离开。

在A城生活那么多年，亦欣却从未发现有这样一个好地方。成人的世界总充满了猜忌、顾虑，可在这里，生活仿佛被划开了单独的一隅，也许这里居民的生活条件并不好，质量却高。人在这里可以轻易开心起来，但凡你是真心，便有同等甚至更多真心回报。她笑笑，收紧外套往家走去，平常她走的都是大道，此时想快些回家，便打算绕小巷走。刚进去几步，包里手机就响了起来，铃声悠扬，是首江南小调，可在空旷的小巷中还是显出突兀。

她掏出电话，来电显示是一个未知号码，她盯着它良久，才想起要按接听键，手一下去屏幕却变黑了。

她一愣，没电了。

随着铃声停止，被打扰的小巷也恢复了寂静，这附近没有路灯，往里看去一片漆黑，几只野猫躲在暗处，时不时叫上几声。亦欣心里莫名有些害怕，她胆子小，想了想，还是决定退出来。外面风大，吹得树叶呼呼直响，一片萧索。她的头已经隐隐痛了一天了，这时候更加恍惚，亦欣只能伸手捂住额头，尽可能加快脚步，可走着走着便觉眼前一黑，再迈一步就是天旋地转。她吓得停住，也顾不得身旁是什么环境，找了个依靠慢慢让自己坐下来。头痛欲裂，可身边那风声、树声又听得真真切切，她紧皱眉头，伸手使劲敲打脑门，过了好一会儿，眼前才终于清晰起来。

虽然冷，可人一坐下便再难站起，亦欣估摸着自己是有些着凉了，心里感慨着祸不单行，手上也没停止敲打的动作。只要十分钟就好，十分钟，她就能到家了。

“你想打死自己吗?”有人突然握住她的手，熟悉的声音，她一惊，手也被迫停了动作。

亦欣并没有先看人，反而先去看不远处停着的车。那车她方才出门时便看到了，孤零零停在书店对面，却不是她熟悉的颜色和型号，她呆愣了好久，这才慢慢将视线拉近。

西装革履，身上还有淡淡的酒味，他应该是刚参加完什么活动吧。

“怎么回事?”他眉头紧皱，沉着脸问她。

“没什么，只是累了。”亦欣想挣开他握着的手，无奈有气无力，只低了头，声音低低的。因为难受，她的眼睛睁不太开，她实在不想让他看到自己这番模样。

从亦欣出来时，邵楚意就发现她的不对劲，此时更是阴沉了脸，将她从地上拽起，伸手去碰她的额头，果然烫得厉害。

烧成这样，她还敢一个人回家，她真是不要命了。

“我送你去医院。”他气，可为了应付病人，只能缓下口气。

“我没事。”

亦欣也倔，晃晃悠悠想甩了他往前走，下一秒，她就被他打横抱了起来。他态度强硬，手更是紧紧锢住她，不让她反抗。

其实邵楚意是多虑了，亦欣早没了力气，刚才那几步已是极限，再想做什么都是有心无力。此时她脚离了地，不再需要硬撑，不免整个人都瘫软下来。她身上止不住地发冷，一阵凉风吹过，她缩在他怀里打了个抖。

“很冷?”邵楚意再把持不住严肃的表情，一脸关切地抱紧她，快步上车。

人是种奇怪的动物，有时可以很坚强，有时又十分脆弱。如果没有邵楚意出现，亦欣相信自己咬咬牙也能回家，可这时，她坐在他车里，只觉得再动弹不了半分。她紧闭双眼，额角也渗出汗来，邵楚意边启动车子，边想，今晚要不是他受不了过来看她，她一个人要怎么办。

到医院就是挂点滴，她一直处于昏昏沉沉的状态，蜷着的身子除了痛还是痛，恍惚中觉得有人全程抱着她，握她冰冷的手，一点点给她温度。她仿佛还听到换药瓶的护士说：“你对你太太真好。”

她鼻息间是消毒水的味道，可偶尔，她能辨出一股淡淡的味道，属于某个人。

只是这一切，她已分不清是梦还是现实。

输了两大瓶药水，亦欣的眉心才终于有些舒展开，他知道她是不疼了，打电话让司机来接他，自己坐了后车座，抱着她一直没有放下。

亦欣是被热醒的，浑身是汗，黏黏腻腻的难受。迷迷糊糊想起自己是被邵楚意带到了医院，然后又被带了回来。她觉得身子沉，想翻个身，才发现自己被人紧紧圈在怀中。本还是恍恍惚惚的，她这时却突然清醒了。她正朝着窗户一侧，黑暗中隐约看到有月光透进，照出屋内熟悉的环境。床头一叠本子，是她没改完的作文，离开的时候，她什么都没带走，这样醒来，一时间竟好像自己从未离开，她还是像往常一样靠在他胸口睡觉，他们没有发生任何关系，只是拥抱，彼此听着均匀的呼吸声。

一切都好像从未改变。

两人身上都是滚烫的，就这样贴在一起。米兰·昆德拉写《不能承受的生命之轻》，说托马斯爱上特蕾莎，不是因为想和她做爱，却是因为愿意和她睡觉。亦欣在黑暗中睁着眼睛，身边是熟悉的气息围绕，让她突然想着，邵楚意是否也是这样呢？她微微挪动身子，抬头仰视身边熟睡的人。他的睫毛很浓很长，是亦欣从小就羡慕的那种，闭上眼睛的他，比平日看来温和了很多，可是眉头微皱，像梦见了什么不开心的事。她好似第一次那么仔细地看他，目不转睛。不知道为什么，她和邵楚意同床，多数睡的都是她的房间。他其实并不喜欢变换环境，可为了她，似乎总能改变。可她还是觉得没有安全感，他太好了，以至于两人的未来看来是那样的遥远不可及。

亦欣下意识地伸手摸他。宽广的额头，修眉，鼻梁高挺，嘴唇有些厚，紧紧抿着。以前半夜醒来她也看过他，可那时总是漆黑一片，想到去摸他，她那时还不敢，也没什么强烈的冲动。这时候却不知怎么就做了，她有些慌，很快就收了动作。手上还停留着他皮肤的触感，亦欣将手放在自己胸口，那里，仿佛擂鼓般剧烈跳动。

她在紧张什么？

亦欣没有想出答案，因为很快困意便再次袭来，她眯了眼，在他怀里再次睡去。

第二天，她醒来已将近中午，烧是退了，全身却软绵绵的没有一丝力气。

邵楚意进来时就看到亦欣靠在床头发呆。

“醒了？”他将手中的碗放下，表情看来有些僵硬，只道，“先喝点粥吧。”

他将碗递给她，眼睛却不看她。亦欣不知他在想什么，也不说话，接过后就埋头认真喝粥。

此时两人都清醒，想起了亦欣离开时的情形，似乎就在这个房间。

粥是刚煮出来的，亦欣昨天被烫了嘴，舌头尖总觉得涩涩麻麻的难受，嘴里也没多少味道，她一次次从碗沿处瞄他，终于弱弱地吐出几个字：“昨晚……你怎么会在那儿？”

明知故问，可他还是答：“我去找你。”

“有什么事吗？”

“你不是想离婚吗，我找你谈谈什么时候办手续。”他其实压根没想过会被她发现，可此时他问起，他却有些不想失了脸面，他想看看如果自己同意，她会是什么样的表情。

可什么都没发生，她脸上平静如水，听了他的话，只有一下没一下地拿勺子搅着粥，说：“我随时都有空。”

“那就下周四，我已经找好了律师。”

“好。”

原来真是结束了，昨晚一切都只是场梦罢了。她放下碗，眯了眼躺回去，邵楚意在她身边坐了会儿，然后起身，离开前，他说："夏萧默今天回法国，我想应该让你知道。"

他说这话时没带任何情感，可当出门后打开双手，那却是留下了深深的指甲印。

亦欣躺在床上，等邵楚意离开后又睁开了眼。窗外开始飘雨，她想，那是为他送别的吗？门还开着，但外面没有动静，她慢慢起身，趿了拖鞋倚在窗边的书桌上。窗被雨雾打得朦朦胧胧，她伸出手指，在上面一笔一画写着："一路顺风。"

说好不联系的，所以她不打电话，不发短信。

他会收到的，她的祝福。

那时在学校，她对夏萧默的事情闭口不谈，但她记得有天对毛嘉说过，夏萧默会离开她的生活。那时毛嘉还问："是他不爱你了，还是你不爱他？"

她没有回答。可其实不是不爱，只是不适合爱，仿佛连上天都昭示他们不适合。以前的她，总把这份感情想得太过凄苦，可直到七年后，她才发现，那应该是属于他和她的一段美梦。它停留在青葱岁月，不那么轰轰烈烈，也没那么肝肠寸断，那只是属于她一个人的旖旎心思，是世界上最美好的相逢与暗恋。从此之后，她不会再强迫自己忘掉他，因为不可能忘掉，但她也不会留恋。过去已经过去。收拾起这个美梦，她还要面对未来。

身后门未合上，邵楚意不知何时站在门外，她转身时看到他，身形一顿，随后浅浅的笑容浮上嘴角，问："你在？"

"嗯，"他点头走近，披了件外套在她肩上，道，"起来就多穿件衣服，别再着凉了。"

她动了动嘴唇，习惯性想说"谢谢"，却在看到他有些局促的表情后收声，转而对他微笑。

雾气浓成水滴滴下，那"一路顺风"慢慢变成了畸形，仿佛在哭，再过一会儿，又剩下了满窗的迷蒙。

结束了，都结束了。

新生活的开始，亦欣要正式恢复单身。

那晚的雨断断续续下到了周四，这天早上，难得稍止住了。亦欣早早起来梳洗好，再三审视自己后才打车去律师事务所。这个城市不大，眼看一上车就快到目的地，亦欣却是有些紧张起来，干脆让出租车司机早停了车，下车到路上走。迎面冷风吹来，她吸吸鼻子，终于慢慢镇定了心神。她是接到了律师的电话，让她今天过来商讨离婚事宜。律师很有礼貌，电话里不断询问她是否有空，有何要求等等，问题细致得让她都怀疑自己是否真跟邵楚意过了一年，等好不容易挂了电话，她才大大松了口气。

A 城排水系统不佳，走几步就要踩到水坑，亦欣起初还刻意躲着，后来被沾了一鞋的泥水，也懒得再管。一脚踏过事务所大门口积蓄的小水塘，亦欣朝门口迎接的人笑笑，将雨伞放在一边，随他上楼。

邵楚意已经到了，正气定神闲地坐着喝茶，这样看来两人倒颇像和平离婚，哦，不对，不是颇像，他们就是和平离婚。亦欣是在门外看到他的，那助手已经做了手势，她却不马上进门，只问对方洗手间的方向。临场突然胆怯，想来做律师的也碰到过不少，因而那助手也并没有太大吃惊，只有礼貌地让她往前左拐，并表示自己会在门口等她。

服务真周到啊，亦欣暗暗感慨。

到洗手间，她再次审视自己，这几天睡得稍好了些，眼袋也比之前淡了，她抽了张纸巾，用力将鞋上泥迹擦掉，直到干净得找不出任何瑕疵，她才悠悠站起，对着镜子整理服装，又使劲拍了拍脸颊。

很好，很精神。

等亦欣再进门，邵楚意那杯茶已少了大半，她与他点头算打招呼，然后在对面坐下。

“两位，现在可以开始了吗?”

邵楚意看她，见她点头，才道：“可以。”

律师是邵氏专用的，不过他只处理公司其他事务，涉及到邵楚意本人的，都由他师傅处理。这几天师傅出差，事情又是大事，他接到电话时便问能不能缓几天，没想到邵楚意说：“没关系，就你来好了。”

他想，会不会这是一次事业上升的好机会呢，不管是不是，他是做足了功课来的，于是清清嗓子，道：“今天来，我们主要是拟定出一份协议，现在我们先来谈一下财产问题。”

这应该是必要程序，可在之前律师打电话来时，亦欣便已说过“她什么都不要。”似乎是猜到了她的心思，邵楚意抬了抬手，说：“这里跳过吧。”

小律师讶异，其实之前他也询问过了两人的意思，得知林亦欣没有要求任何东西，邵楚意也只是淡淡“嗯”了一声，他问要怎么办，邵楚意也是说“尊重她的意见”。这样看来，倒是女方大方，男方小气了。可他跟了邵楚意这么多年，是知道邵楚意性格的，他绝不亏待人。或许是那件有损面子的事惹怒他了吧，有德报德，有怨抱怨，也是邵楚意的脾气。只是既然如此，他也提过完全不需要开这场会议，可邵楚意却是沉默了良久，然后说："还是开吧。"

如果厌恶一个人，不应该连一眼都不想再见她吗？可他们这样坐着，却也丝毫没有不悦的成分在。小律师有些搞不清这两人之间的状况，但也毕竟混了那么多年，他只要做好本职工作就好，于是再次清清嗓子，说："那这样吧，我把一些必要的条例念一遍，然后两位要有什么要求就跟我说，最后我再拟一份出来。"

亦欣对这个安排很满意，邵楚意没说话，算是默认。

亦欣以前看电视剧，那离婚协议书只有薄薄一张，或者最多也就几张，可她听着那律师念，只觉得怎么那么多，各种乱七八糟的条例，仿佛是在解剖他们这段婚姻，让她把往事一件件回忆起来。她起初还认真听着，后来越听越烦躁，干脆盯着墙上的挂钟，一圈圈数着。

终于结束了，雨又开始滴滴答答下起来，亦欣到门口拿伞，邵楚意今天没有自己开车，也站在门口等司机。

"雨这么大，送送你吧。"他双手插兜，说。

"不用了，这里打的很容易的。"亦欣笑笑，四处环顾找着出租车。

也不知是天气原因还是时间不对头，过了好一会儿也不见一辆出租车。邵楚意的司机却已经来了，因为面前积着水洼，车开得极慢，然后在离他们几步处缓缓停住。

司机开了车门，邵楚意却是没进去，回头对她说："一起吧。行李就在后备箱里，真想跟我一刀两断？"

语气淡淡的，不再是从前那般霸道，可听来又似有些悲哀。

他们是去年春末在一起的，细细数来，竟还不到一年。可就这么一年，他就好像在她周围生了根，现在再想拔掉，已是困难。

她莫名有些心软，见雨没有止住了念头，点点头，上了车。

她没开口，他却问她："你住哪儿？"

亦欣想到许晨跟她说的那段话，心中一阵凄然，咬唇顿了顿，然后报出地址。

邵楚意是真不知道亦欣住哪儿，他跟许晨说过，他不想查她，那书店的地址，也是许晨告诉他的。昨晚参加完舞会，灯光闪耀，衣香鬓影，他却想起有个人，拉着他说："我不会跳舞。"

那样笨，又那样让他放心不下。

车开得很缓，他看她转头看窗外，脸色比上次见到时好了许多，不知怎么，他突然开口问她："分开了，有些事情是不是也可以坦诚相告？"

她缓缓转过头，问："什么事？"

"那身衣服，不是你买的？"

亦欣一愣，过了好一会儿才尴尬地应了声："嗯"。

"你还真是个合格的媒人。"他道，不是挖苦不是取笑，只是无奈。

后来帮亦欣将行李提上楼，在楼道上遇到了时常送她水果吃的大妈，打了招呼，大妈却怎么都不走，只一脸探究看着两人，亦欣尴尬，只说："他是我朋友。"

邵楚意很配合得没有吭声。

她房间小，一眼就能将所有都收入眼中。她笑笑，在他皱眉前先说："麻雀虽小，不过五脏俱全。"

不知为什么，她很想让他知道自己过得不错。

空间不大的后果便是多了他一个人，显得很挤，他有些拘谨地坐在椅子上，看她到厨房倒水。

"这里安全吗？"他首先考虑的就是这个问题。

"嗯，很安全的，而且这边居民都很好，有时候楼道灯坏了都有人主动帮忙修理。"

她递水给他，他却是看到了她身后桌子上放着的半瓶酒。

"你喝酒？我记得你酒量很不好。"

她忘了是什么时候买的了，只记得那时状态很不好，便去买了瓶酒，她是一喝就醉的，效果竟比吃安眠药好。

"随便喝喝的。"她不知怎么解释，干脆拿起，问他，"要不喝一杯？"

这样大方，反倒让他不再询问。

后来她再送他下来，天气阴沉，那伞是黑色的，他穿的也是件浅灰色西装，站在身后白茫茫的雨中，仿若一幅寒凉凄清的山水画。

他说："照顾好自己。"

短短五个字，却在她心头无边无际的蔓延泛滥开来，温情脉脉，纷纷扰扰渗透进全身。她目送走他，雨还在下，太阳却忽然出来了，亦欣眯眼看向远山，回身往楼道上走。

她想起前几天碰上陈玥，她正结识了一个新男朋友，她们坐在咖啡厅里，她没有问亦欣这场婚姻的来龙去脉，只说："亦欣，爱情不是一只羊，不可以圈养。爱情是一匹马，走到哪里谁也不知道。"她突然想转身跑出去，手按在楼道边粗糙的墙上，许久克制不下的冲动。方才喝的两杯酒在体内作祟，她猛地转身，外面雨还在下，越来越大，她竭力想寻找些什么，却忘了方才自己是看着那车渐渐消失的。

楼道上传来走动的声音，管理员大妈探出头来“咦”了一声，满含深意地笑问：“阿欣，你那朋友走了？长得很帅气啊，有没有女朋友？”

她抬头，声音低低的，答说：“有的。”

“哎呀，那可惜了。”大妈感慨一声，突然又想到什么，眯着眼道，“不会就是你吧？”

“您别乱想，我哪有那福气？”她捏紧冰凉的手，语气中是遗憾，心里却是哀伤。

从很早开始，她等的不就是这样一天吗？可现在，她后悔了。

“也是，他看上去挺有气质的。”大妈喃喃的几声，听到楼上有人唤她，便也再顾不上与亦欣调侃。

她走后，亦欣将脑中不该有的想法一概甩清，上楼。

是的，她没这个福气，已经结束了才想着做最后的挣扎，晚了。在洗手间面对镜子时，她就告诉过自己要保持立场，要有风度，她必须看清现实。

其实如果她再冲动一点走出去，她就会发现邵楚意并没有离开，他坐在车里，一直看她房间的灯再次亮起。

过了这么久，她在做什么呢？是碰到了什么事，还是站在原地发呆？

她最爱发呆了，他笑，又等了好久，才让司机开车离开。

（四）有多少爱可以重来

近一个月，亦欣再没见过邵楚意。她还是一个人生活，偶尔周末回家吃饭。生活规律地进行着，各个时间段都被她安排得妥妥当当，没有空余时间去想其他。

亦欣喜欢这样的生活吗？没有感觉，只知道每天早上醒来，第一时间就想着起床，因为只要稍一愣神，脑袋就容易失去控制，想到一个站立的身影，一个无奈的微笑，她都要失神一天。天气暖和起来，一个人住的时候，也就不喜欢太早回家。而每次一回家开了房门，她便忙不迭地洗衣冲澡，生怕自己面对空荡荡的房间又生出无聊的寂寞来。

这样的生活，不消沉，但也没有激情。只偶尔小雅出现，她与她聊一聊，才觉得平淡的日子也可以这样开心美好。

在小区楼下遇到谢君筠，可算是她这段时间以来唯一发生的事情。

他站在楼道口，说："请你帮我个忙。"

谢父病重。

谢君筠曾联系过她，发烧那天晚上的未知号码就是他的。后来谢父情况稍有好转，他就想再等等，或许能出现奇迹，他能找到母亲和妹妹，或者，父亲的病能够好转。可一个月过去了，什么都没发生，谢父更是已油尽灯枯。

亦欣随他去香港是第二天的事情。一下飞机，她没做休息就匆匆赶去了医院。

病床上的老人枯瘦而苍白，亦欣想着谢父年轻时应该也是风度翩翩，岁月无情，他苍老的脸上已丝毫不见了风采，只那多年沉浮下来的气势还在，他即使躺在床上，看人的眼神也是不怒自威。她是和谢君筠套好话后才进去的，然而面对一个陌生人，那声"爸爸"还是叫得极其生硬。

可在外人看来，父女多年未见，这声叫唤已是饱含深情。众人都侧了身子抹泪，这些人亦欣都一一认识过，有谢父的两个妹妹，他多年的好友，还有在家中伺候几十年的保姆。谢父抬了抬那插满输液管的手，示意身旁的人都离开，只留下亦欣一人陪在身边。

面对眼前完全陌生的人，亦欣不免局促，紧张地按谢父的要求帮他去掉氧气罩，她就低下头不再说话。她感觉到自己被这老人打量了好久，她的手放在病床边，此时被一双枯槁的手吃力握起，然后她看到他动了动嘴唇。

声音很低，亦欣微微凑上前去，竭力辨听，他说："你长得像你母亲，当年，她也是……"亦欣没有再听到后面的话，谢父仿佛进入了沉思，一言不发，只还握着她手。

良久，他才好像叹了口气，问她："多大了？"

"二十六。"她与谢君筠要找的妹妹同岁，说实话时心情总归还算放松。

"二十六。"谢父喃喃重复，感叹道，"一晃眼，竟这么多年了。"

他每说一句话都是吃力，亦欣什么都缺，却唯独不缺耐心，于是静静等着，良久，又听他说："恨我吗？抛下你们母女，让你们独自生活那么多年。"

人到行将就木，总才去后悔当初，她看到眼前老人痛苦而悔恨的眼神，动了动嘴唇，说："不会。"

似是满意这份答案，谢父艰难地笑笑了，说的却是："你们不过都是在骗我。"

这样一句淡淡的话，让她这个假冒者瞬时慌了神，还好谢父缓了口气，继续说："我这快死的人了，你们总想安慰我。"

他嘴角还噙着笑，却不再说话。亦欣脑中瞬间闪过无数处理方法，谢君筠和她说过，谢父精力不足，她只要陪着他就好，更多的时候，只需保持沉默，可她想了想，还是一咬牙，道："其实也是恨过的。可更多的，还是想念。"

她见自己的话引起了谢父的反应，于是接着说道："我从小就没有父亲，可我也从来没想过要一直恨他，我就是想知道，他是什么长相，他做什么的，他爱我吗，他……为什么要抛弃我。"这番话是带了感情的，说着说着竟让她也流下泪来，不知是悲哀自己，还是同情眼前这个老人。

可谢父眼神中也顿时有了光芒，握着她的手也紧了几分。

"听君筠说，你现在叫亦欣？"

"嗯。"亦欣点头。

"亦欣，亦欣，改得真好。当时读书的时候，临蓉就是有名的才女，大家都说以后孩子要让她取名。她……"每次说到谢母，谢父总是长久的停顿，仿佛是想不起来，但也许不过是，回忆太重，一时难以拾起。

病房门在这时被敲响，谢君筠开门进来，站在门口恭敬地说："父亲，您该休息一下了。"

谢父从回忆中被惊醒，慢慢转过头来，有些不舍地看了看亦欣，说："人要死了，精力就越来越不够了。能留下来陪陪我吗？我想醒来随时都能见到你。"

"当然可以。"亦欣点头，语气已有些哽咽。

她一直陪到半夜，谢君筠就坐在她身边，昏昏沉沉间，她被人轻轻推醒，然后是一帮医生匆匆赶进来。她还没清楚状况就被谢君筠带出，然后听到他说："几乎每晚都要这样，我们……已经习惯了。"

亦欣第一次如此真切地感受到人命的脆弱，躺在床上不能说不能动，那样痛苦，又那样无助。

"他……还能支持多久？"她有些艰难地问。

"最多一周。"

他们对话时一直没有看对方，后来也再没说话。

谢父是在第二天下午醒来的，亦欣那时正目不转睛地盯着他，她看见他慢慢睁开眼，看到她，嘴角一动，似有了微笑。

他的状况比之前更不好了。

之后又是聊天，谢父问得简短，但凡不涉及自己身份的，亦欣就尽可能多讲，挑些有趣好玩的，逗他开心。

夕阳从窗外洒进来，明明是亦欣心仪的金黄，可照在面前老人的脸上，却让她不断想到日落黄昏，时限将至。她想，眼前这样一个人，他曾叱咤风云，曾活得轰轰烈烈，甚至，也爱得动人心肠，可现在，他要走了，带着再见不到妻子的遗憾，离开这个人世。她心中悲怆，又见光线刺得谢父有些睁不开眼来，于是起身，将窗帘拉上。

她背对着他，听到他问："你母亲……她还好吗？"

明明是低喃的一声，她却听清了。他该是费了很大勇气，才敢问这个问题吧？可亦欣和谢君筠最怕的也是这个问题。不知道为什么，谢母带着女儿消声灭迹，谢家那么大的能力，都没有找到她们。她和谢君筠都知道，谢父有天终会问这个问题，可因为内疚，又不会马上问，两人只希望能拖一天是一天。

"她一定还在恨我吧？所以都不肯来见我。"

"她……"亦欣想说她已经过世，可这对一个老人来说未免太过残忍，或许，留个念想吧，不知道她到底恨不恨自己，不知道她好不好，就可以少些遗憾。

她思忖了良久，道："其实我从小在孤儿院长大，母亲在哪儿，我也不知道。"

"你是说……你是一个人长大的？"

"我后来被人领养了，是在那个家长大的。"

"是临蓉亲手把你托给孤儿院的？"

谢父说话时已有些喘息，亦欣不敢再答下去，只帮他盖好被子，说："您先休息一下吧，我们醒来再说。"

谢父恍若未闻，只回转身去，眼神望着天花板，不知想着什么，良久，才说："再跟我讲讲你那些年的生活吧。"

他仿佛已经接受，亦欣应了一声，开始低低讲述。时间过得很快，从亦欣来到现在，谢父第一次有那么长的时间是清醒的，她一边讲一边看他，他的精神越来越涣散，于是她低下头，轻声说："您真的该休息了，等醒来我再接着讲。"

仿佛是过了好久，谢父才点点头，说："你也去休息吧，我这一觉，怕要睡上很久。"

"嗯。"亦欣应着，看谢父阖了眼，这才轻声退出来。

门外照例站着谢君筠，除此之外，却有另一个人让她吃惊。

"霍小姐？"

她惊讶，霍雨祺却是没有表情，想是身旁的谢君筠已经为她说明了情况。

"你怎么会在这儿？"

"我来看我的未来公公。"

一句话，又是震惊。亦欣将目光投向谢君筠，就听见他说："我和霍小姐明天订婚，这是家父的安排。"

"可……"她不明白，霍雨祺前几天还跟邵楚意在一起，他们是那样的匹配，不管是外界还是她，都猜测他们的喜事将近。就算不说这个，霍雨祺爱的，不也一直是邵楚意吗？亦欣记得她说她爱了十年，她说她认定的事无论如何都会争取得到。如今自己已经退出，她还有什么可以顾虑？而为什么又是这时候？即便是被强迫的家族婚姻，可她记得霍雨祺是那样的坚韧顽强，那样的有主见。

仿佛是看出了她的不解，霍雨祺笑笑，说："找个地方聊聊吧。"

她今日一身黑衣，脸色沉静，少了平时的凌厉，可那迫人的气势还在，她约她，也压根没想到要先询问谢君筠的意思。

谢父怕是要等明天才能醒来，亦欣同意，跟着她离开。

医院附近的一家茶餐厅，亦欣有太多的疑问要问，可明显，霍雨祺是知道的，于是她先开了口，说："我和谢君筠的这场婚姻，完全出于自愿。我以为你离开后自己就会有获胜的把握，可后来才发现，这个想法真是太幼稚了。他不爱我，即使你离开又怎么样，不爱还是不爱。"

"可你不是永不放弃的吗？"

"不放弃？"霍雨祺面带嘲笑，道，"那又怎么样，前提是他接受吗？他从未把我放到过心上，就算最终我死缠烂打成功了，可嫁给一个我爱却不爱我的人，我不愿意。倒不如现在退出，反而显得潇洒。至于谢君筠，我总是要结婚的，反正大家都是不爱，也就没什么痛苦可言。想想在这么多人里，他是最好的选择。"

"可……"亦欣想问，你离开后，邵楚意怎么办，可还是没能开口，只说，"其实他心上是有你的，你一直是他的知己。"

"呵，是啊，我顶着这红颜知己的名号这么多年，可最后呢，知己永远不是爱人。"

她一开始就走错了，红颜知己，多好的一个词啊，可没想到这个角色也最苍白无力。她就站在离他不远的地方，她懂他，他也懂她，可永远，她也只能站在那不远的地方，看一个个女人靠近他，而她却不能。生活不是小说电影，哪怕是场迟来的爱情，也不属于她这个红颜知己。所以，她决定离开，她要远走，远离他，也远离她的爱情。

看到亦欣垂眸，她笑笑，转个话题，说："听说你们要离婚了？"

亦欣沉默，却是默认。

"呵，没想到到头来竟是没人要他了。不过经历过他，你确定其他男人还入得了眼？"霍雨祺问，眼波一转，又道，"或许谢君筠不错，你要主动一点，没准也能抢走。"

霍雨祺其实心里还是不服，不管怎么样，只要爱的男人不属于她，那么看到他痛苦或幸福都会难受。明知道自己这样卯足劲儿跟她较真不仅没用还欠风度，可她一段感情就要无疾而终了，嘴上忍不住的不饶人。她没那么伟大，自己得不到，还要看着人幸福？所以，她不想对亦欣有任何忠告。

亦欣却什么都没答，她心里堆了太多矛盾和犹豫，她甚至还想到了秦郧，女人的第六感让她觉得秦郧对霍雨祺是有感情的，可她，又有什么立场来说。

最后不过是沉默告终，不欢而散。

谢父果然到了第二天早上才醒，医生说，怕是要到告别的时候了。

亦欣不明白，他明明还呼吸着躺在床上，可为什么连死亡的时间都被人算好。谢父先叫了亦欣进去，她沉默着坐到旁边，心中只觉得一阵又一阵悲凉，低着头，不想让谢父看到自己已经止不住的泪水。

谢父握了她的手，说："傻孩子，人总是要死的，哭有什么用，在临死前有你陪着，我已经很开心了。你跟临蓉长得，真的很像，只可惜……我看得出，你是真心对我这个老头，我也是把你当女儿看的。"

亦欣心头一震，只哽咽着强调："我就是您的女儿啊。"

她听到谢父长长叹了口气，说："我虽然老了，可心还亮着，临蓉爱孩子胜过爱她自己，哪怕再苦，她也不会和孩子分开。"那应该是很久远的往事了吧，谢父一边沉思，一边说，"那时我不让她带走君筠，你不知道她有多痛苦，她当时的表情，哪怕到现在我也记得。我对不起她，也无言见她。"

一长串话说完，谢父已经失了力气，喘息良久，才说："这事不要告诉君筠，我告诉你，是真心喜欢你这孩子，也想找个人，把压了那么多年的悔恨说一说，可我不想辜负了……君筠的一片孝心。这些年……我也对不起他。"

亦欣埋头竭力不让自己哭出来，只一个劲地点头。时间不多，她最后看了一眼床上的人，然后退出，让谢君筠和霍雨祺进去。一坐到外面长椅上，她就已是泣不成声。人生最痛苦的，莫过生离死别，而医院里每天都在上演着后者。哪怕谢父有专人一层的病房，可又能怎样呢？她看到不远处已经准备好一切的医生护士，死神是从不看人身份的，最终谁也逃不脱，谁也无力。

（五）冲动是魔鬼

谢父去世后剩下一大堆后事要料理，熟的不熟的纷纷来送行，谢君筠很忙，却也考虑周到，派人先送了亦欣回来。她不在期间，他的下属更是帮她把书店打理得井井有条。那天从谢家离开，远远的，亦欣看到霍雨祺站在谢君筠身侧，似乎也是般配，可他们脸上，都是种沉重的肃静。

那一天，天空阴沉沉的，她透过车后的玻璃去看谢家大宅，突然想：她到底想去哪里，又到底需要什么？

亦欣开始迷茫，年少的成长经历让她对事情从来都采取睁只眼闭只眼的态度，她不愿去追根究底，所以选择只需要背诵的文科，害怕知道答案，所以可以守着一段未知的感情等上七年。大智若愚的含义，她完全融会贯通。然而那真是大智吗？一段生命的逝去，让她开始去想很多事情，去了解、思考周围的人和事，然后问自己："你为什么一样都没抓住？"

她太能够隐忍，所以，一场感情等了七年才得以完整和结束。大学刚毕业时，她也觉得自己能够放下，可她从来都是高估了自己。许晨说："亦欣，我们已经等不起了。"那时她没放在心上，可看到霍雨祺放弃，她才想到，或许，真的是等不起了。霍雨祺选择了也许比邵楚意更优秀的谢君筠，可她呢？霍雨祺说："经历过了邵楚意，你还有哪个男人能入眼？"

她，还等得起，或者干脆说，还等得来吗？

她是不是要放弃幻想放弃犹豫，去问自己的内心。林亦欣，你到底想要什么？

这场突发的自省一直持续了好多天，直到此刻，她不自觉站在邵楚意的公司楼下，突然慌张意识到答案的出现。

她为什么会来这儿？因为茫然无助吗？只想在离他近一点的地方站上一会儿，仿佛这样心就会得到宽慰。面对眼前熟悉又陌生的环境，她紧张，心却似在一点点明了。

"你来找我？"身后一个声音陡然发出，吓了她一跳。

他不知何时就出现在了她身后，面色中透着惊讶。

亦欣一时慌了心神，在他凌厉的目光下，好像什么都露了馅。她绞着手，硬着头皮说："只是路过。"

这样低劣的谎话，邵楚意却不揭穿，只顺了她的话，说："那上去坐坐吧。"

"不用了，我马上就走。"她慌忙回答。

"就坐一会儿，分开了却也不是陌生人，你不用这样戒备。"他内敛而有礼，倒让她觉得有些生疏，但转念想到，这或许就是平常的他吧，自己对他再没特殊，所以也不再需要什么特殊对待。

一瞬间，她竟觉得有些失落。

他已经侧了身邀请她，何必这样小家子气呢？亦欣于是不再推辞，跟着上去。楼下有电梯直达他的办公室，可上去时，他们还是接受了各色目光的审视。

上楼时秘书 Sandy 正送了饭到邵楚意办公室，见到亦欣，也是一愣，但素质明显要高，只目不斜视地将东西摆好，然后离开。

邵楚意看了看，又从抽屉中拿了双筷子，说："你也没吃饭吧，东西挺多的，一起吃点？"

"你在办公室吃饭？"印象里，两人关系正常的时候，他还是较常回家的。

"最近事情比较忙。"他略带提了一句就不再说。邵楚意其实已经很久没回那个家了，工作照旧的忙，他只是没了动力，有时甚至害怕回去。在那儿一待久，就有太多东西涌上来，让他难以控制。

亦欣是第二次来邵楚意办公室，此时才发现这个专门的休息室，空间还挺大，右侧一个角落置了个架子，上面摆满了各色的酒。两人独处一个空间，她一时还有些局促，于是指着那些酒笑说："你还真是酒鬼。"

他笑笑，说："都是别人送的。"

"送那么多？家里可也藏了好些。"她揭他的老底，话一出口才察觉到那个"家"字的不妥，于是马上敛了打趣的神色，暗暗责怪自己口不择言。

这细微的变化却是被邵楚意发现了，嘴角扬了笑，说："我还以为你从没在意过。"

老实说，亦欣刚去那个家时，的确是守着自己小小的一隅，后来慢慢拓展到厨房、书房，再……偶尔到他卧室，那个隐蔽的储藏室，她倒真未发觉。只从法国回来后的那段时间，邵楚意久不见人，她一个人待在空旷的大别墅里，只觉得身体和心理一点点也空了下来。有天心烦，她趿了拖鞋无聊地在房间里逛，一个个房间地开，那时真觉自己像个弃妇，可随后就让她发现了这样一个好地方。她喝不了多少酒，那天却鬼使神差地开了一瓶，难得觉得味道不错。之后她就将那瓶酒藏到了一角，偶尔没事便打开来尝尝。

她想起那时一个人的生活，突然不知道自己当初到底在想什么？

或者，她什么都没想，只是如游魂般游荡，然后告诉自己，时间到了，可以离开了。她听从上天的安排，却从未想过反抗。

她还在沉思，邵楚意已上前随手挑了一瓶，问她："要不要喝点？和我在一起时，你好像总会莫名紧张，不过灌醉了就又原形毕露了。"

他嘲笑她的酒量，亦欣撅撅嘴，道："我现在酒量还不错的。"

这是实话，那瓶酒给她的收获不少。

他揉着眉角，说："我也没打算灌醉你。"

邵楚意已经拿了杯子，亦欣与他相视一笑，倒真和他坐在沙发上喝了起来。夕照从办公室那落地窗洒进来，透过休息室的门，照得彼此都清晰在目。亦欣听到邵楚意说："我们离了婚，好像反而相处更自在了。"

其实他们还没签字，离婚协议书就在他书桌里，律师效率高得很，老早便已拟好，他却迟迟不通知她。他不舍。这一生，一个人要与多少人相遇，又能与多少人执手？他才懂得珍惜，而她，怎么能够就要放弃？他同意离婚，只是不想逼她太紧。他已是穷途末路，只能想出这样的策略，希望时间能够发挥作用。秦郧以为他是胸有成竹，可他其实一直提心吊胆，每一分每一秒，他都恐惧会有变故发生。幸好，在无端的消失之后，她又回来了，站在他公司楼下，让他又惊又喜。可这样终究是拖不了太久的，她爱了夏萧默七年，这时候如何能用几个月的时间爱上他。

邵楚意说他们俩此时反而更自在，亦欣表示同意，自嘲地笑笑说："或许我这人就是这样，用许晨的话说，这叫犯贱。"

他扑哧一笑，说："或许我也是。"

两人一杯接一杯，都有些醉了，后来不知怎么就背靠背坐在了地上，话却也多了起来。

邵楚意说："从没见过你这样的人，把别人的爱当成负累。女人不都喜欢男人爱她们吗？越多越好，你却偏不这样。林亦欣，你还算不算是个女人。"

林亦欣说："他们都问我，我们是怎么遇上的，可我想，你和我好像都还没来得及遇见，一切发生得都……让人难以想象。我觉得太早太快了，但现在，我又害怕自己太迟了。"

邵楚意摇头，又说："还记得我跟你说我母亲临终前说过一句话吗？她说，'在感情中，你永远做不了最明智的选择，有时候明明知道，却还是身不由己'。我那时还笑她傻，没想到……"

亦欣接着说："是啊，身不由己，我原以为自己这辈子只能爱一次了，原以为……邵楚意，你是对的，我总是自以为是。"

两个人看似在对话，可大多时候又都是在自说自话，丝毫没有逻辑。后来真醉了，邵楚意侧身揽过她，四目相对，问："林亦欣，你心里究竟在想什么呢？"

他的眼神深邃，眉眼分明，让她想起小时候那些武侠片的男主角，丰神俊秀，拈花一笑，便拨动了少女心弦。他却好像经常将双眉皱起，让她有冲动想去抚平。他喝得多，她其实还清醒着，可人在酒后胆子就不免大，心里怎么想，竟真这样去做了。

她一手抚过他眉心，马上就被他紧紧拽住。

他看着她，又问："你在想什么？"

她坚持将他眉心舒展，专心致志，像是在完成一项大工程，直到看着满意了，她才开口，说出了这些天一直想说的话："霍雨祺说，经历过了你，我还怎么看得上其他男人。这样的想法，我以前也有，不过不是对你。我那时是在想，心里有了那样一个人，我还怎么能爱上其他男人，可是你出现了，明明很霸道，明明和他截然相反，可我好像就是喜欢上了。我想割舍，可是越割舍越发现自己放不下。"她的话让他有些愣住，亦欣趁着空当将手抽出，手撑着地板站起来，居高临下地看他，"可你让我怎么办？我不能要你的，我要不起的。"

她哽咽着，脚步有些虚浮，在他面前晃悠。邵楚意也起身，抱住她说："从来没有不能，只是你不敢。你总是太害怕失去，守着那一点点拥有，却从不敢去争取其他。你怕伤心，怕失去。可是亦欣，你为什么从不肯去问自己的心？"

他握住她的手，将它放在她胸口："这里面，是有我的，对不对？"

她抬头看他，为什么他什么都知道。她从来不是绝情，她只是心软，也因为心软，所以要早去拒绝。她累了，她何尝不想去拥有，可正如他说，她怕伤心，怕失去啊。她一直在提心吊胆地经营这段感情，处处小心翼翼，不敢进入，因为她怕。当感情逝去，她离开他，然后松口气告诉自己，还好我们都未用心，还好都不至于伤得太深，因为她怕。

可其实一切，都是自欺欺人。

如果不这样，她还能怎么样呢？

亦欣因为酒醉不能站稳，邵楚意正弯了腰搂住她，她突然大着胆将唇凑到他嘴边。她经验不足，与夏萧默那吻，也是他主动引导，亦欣不知道该怎么做，只左右去啃。这一刻，她什么都不要再想，只想既然不能自欺欺人，那就让自己放纵一次，她的身心永远不能合一，那么这一次，就统一一回。

邵楚意还在质问着她，这一切发生得太快，让他没有时间反应。亦欣吻上来时，他眼神中闪烁过各种情绪，有冲动，有迟疑，有克制，但最终，他还是慢慢俯下身来。他很快就掌握了主动权，舌头长驱直入，瞬间席卷了亦欣的全部氧气与神志，这个吻急切但令人心安，他们仿佛像快要脱水的鱼，遇到一点甘泉，便要拼尽全力去吸取。

酒瓶砰一声倒下，可没有人去管。外面秘书还在，他也忘了让她先下班。

亦欣听到邵楚意磁性的声音就在耳边，他在唤她的名字，"亦欣""亦欣"，明明只在耳边，却让她觉得耳朵里的空气都跟着嗡嗡震动起来。

他对她的好，她一直刻意忽略，可在心里面，早已千回百转，一点点的放大、深入，直至忘不掉。她以为可以割舍，而到底，就连她的绝情与离开，都带上了浓浓的他的气息。

就这样沉沦吧，她最后一刻想。

是谁说人生苦短，不要犹豫，想做就去做吧？又是谁说欢乐难得，要跟着心走？第二天早上醒来，亦欣真想把那些人都拖出去斩了。

她是在一阵腰酸背痛中清醒过来的，先看到两个倒在地上的酒瓶，晨光流转在瓶口，让身边环境变得极不真切。然后，她看到了邵楚意。他们挤在一张沙发上，赤身裸体，衣服散落在四处。他呼吸均匀，应该还睡着，看似在她身侧，又似在她身下。亦欣闭了闭眼睛，再睁开，几乎要撞墙。

她在做什么，他们不是离婚了吗？她……看着身旁熟睡的人，唯一能想到的就是马上消失。邵楚意一手枕在她身下，亦欣抬起身来，竭力不让自己碰到他，抖着身子一点点抽离。右脚慢慢踩在地上，好容易起身，一个不稳，整个人都往下仰倒，重重摔在了地上。

还好，什么都没碰到，只是闷闷的一声。背痛得要命，她强压着不让自己抽气，小心翼翼地起来，然后找衣服穿上。邵楚意还安然地闭着眼，亦欣时不时看他一眼，一边提防着他醒来，一边一再查看有没有落下东西。她存着一个不切实际的念想，希望自己和属于自己的东西消失后，他可以将昨晚一切只当成一场梦，就当是春梦吧。只要这时能够逃离，此后无论他怎么盘问，她都抵死不认。

这个错误真是犯大了。

还是早晨五点半。亦欣不知道怎么就想到了高中时学地理，有个选择题，问以下哪个地方的人口变化值最高，答案应该选中心商务区。这里只办公，没有人居住，所以这时候出去，绝不会被人撞到。这应该是早上她能想到的最庆幸的事了吧。亦欣最后一次瞄了眼邵楚意，然后一脸懊悔地提着鞋就这样逃了。那时她不知道，身后的邵楚意，眯着眼偷看她慌不择路的模样，几乎要笑出声来。

他其实还贪恋她的温度，忍不住想从身后抱住她，可不知道为什么，他不想现在就揭穿。这一步靠近已经出乎他的意料，他有些不知所措，可更多的还是欣喜。昨晚抱着她，他就像个毛头小子，从前那些百花丛中过的经验似乎压根没有帮助。在那一时刻，她和他都是全新的。

听到门外没了声音，邵楚意翻了个身，将双手交叠在脑下，想起很多事来。

他想当初为什么会选择林亦欣呢？似乎只因为她是自己所有相亲对象中不算突

出却表现得最冷淡的一个，他调查过她，二十五岁还没谈过恋爱，不是恐惧感情就是爱得太惨，伤得太深，不过这些都无所谓，他需要一个女人陪他演一场夫唱妇随的戏，而且时间不限。所以这个女人必须要有耐心并不会给他添麻烦。而她，就当时而言，与他的要求十分符合。

她对他没有吸引力，她对他也无幻想。这样的搭配很好。

可究竟是从什么时候开始，他发现她也有了生动的一面，而自己，开始不再忽略她眼底那丝落寞，他开始在意她。他从不做作，也不自欺欺人，所以从意识到那一刻起，他便诚实表现出了在乎。可她，却毫无知觉。他想，或许是自己平常太过冷漠了。商场中那么多年，他习惯了用冷漠包裹自己，可越是冷漠的人，一旦和温暖相遇，便注定了要溃不成军。而她呢，他一开始就觉得他们是同一类人，他很少有看错的时候，唯一没料到的，是感情在亦欣心中的分量与带给她的恐惧。她的心太纠结，而现在，他要让她在自己面前变得简单。

他们真的发生关系了！

走在路上，亦欣只觉得各种别扭，好像身旁路人都能从她披散的头发中看出什么端倪，让她一次次怀疑自己是不是衣服没穿好，又或是脸上脖子上留了什么痕迹。失魂落魄回到家，许晨还在出差，她却再等不下，连忙打电话给她。

手机接通，她却哑然。

“亦欣，什么事？”许晨应该还在睡，问话的声音都有些含糊。

亦欣不说话，她于是又“喂”了一声，说：“怎么了？”

这时已经清醒了些，亦欣犹豫着想挂电话，却听那头问：“听得到吗？林亦欣，你别吓我，是不是发生什么事了？”

她语气带着焦急，亦欣梳理了脑中混乱的思绪，艰难开口：“橙子，我……好像……酒后乱性了。”

“什么？”那边应该是完全清醒了，大喊了一声，又仿佛确认般问，“你确定？”

“你知道的，有时候现场让我们看上去是乱性了，但可能，你们只是睡了一觉。”许晨安慰她。

“我也希望是这样，可事实好像并不是……橙子，我该怎么办？”

“我能先问问那是谁吗？”

“是……是……”亦欣吞吞吐吐尴尬地不知怎么开口。

这种情况，许晨只能有一种猜想：“是邵楚意？”

“嗯。”

“你们……真那个了？”再一次确认。

亦欣将头埋在沙发背上，低低“嗯”了一声，心里怎一个悔字了得。

“怎么发生的？你主动还是他主动？邵楚意什么反应？”

许晨一连串的提问让她几乎羞红了脸，只皱着一张脸，说：“我不知道。”

许晨急了：“什么叫不知道，你都跟人家那个了，怎么可能什么都不知道？是昨晚发生的吗？他到底什么反应？”

“他还睡着，我……逃出来了。”

那边低呼一声，道：“你是说，事情发生在他家里？难道是你主动的？”

“橙子，你能不能先别问这些，我现在心里很乱。我怕死了，我该怎么办？”

“这能怎么办？我说你这人，原先人家要你的时候你偏不要，现在他不要你了，你却……你怎么能在这时候犯错误呢？”

被骂得狗血淋头，亦欣又羞又悔，怯怯解释：“我……当时喝太多酒了。”

“什么理由都没用。”许晨语气中尽是急切，想了想，又说，“这样吧，过几天清明放假，我回趟A城，咱们好好商量商量，现在你也先冷静下来，事情都发生了，肯定是逃不过的？我们只能看看怎么处理。”许晨一边有条有理地宽慰着亦欣，一边却在心里埋怨邵楚意没跟她通气。不过她是真佩服邵楚意了，生米煮成熟饭，逃都没得逃。但对亦欣，还是要以同情加劝慰为主。她不敢告诉自己的好友，她此时倾诉的闺蜜已经站偏了边。

“你现在想也没有用，在家先冷静几天吧。”她说。

林亦欣这几天颇不宁静。手机关机，每天打的上下班，走的也就是书店与家的两点一线，一出门，或者身旁一安静下来，她就警惕，生怕邵楚意会从哪个角落冒出来。她打定心思要抵赖，可就她的道行，他有太多的方法让她招认。

奇怪的是，邵楚意一直没有人影。一切太过平静，也让她不安。她总不会真傻到认为他将那当成了一场梦。

晚上的黄金时间，亦欣却捧着薯条在沙发上看电视，遥控器按来按去不是抗战片就是家庭伦理剧，她明知道这是黄金档的重头戏，专给爸爸妈妈们看的，可她今天心里就是烦躁，电视台按了一轮又一轮，怎么都不肯罢休。后来许是手酸了，终于在中央九套停了会儿。节目中正在介绍北京故宫，她看到记者采访一个满头白发的外国老人，听他用蹩脚的中文说：“我爱中国。”

奥运都过去了，还这样没有新意，她扔了遥控器，麻木地看屏幕上呈现的一个个旅游景点。她生在南方，高中考大学，大家都曾扬言说要去帝都，其实那时她也是向往北方的，总觉得那儿豪迈，有文化气息，不像南方这些小城市，美则美矣，却过于精致易碎。她从来都是行动赶不上思想的人，所以这些年来，梦想一个都未实现。可这一次，她对这突如其来的想法跃跃欲试。

桌上还有半包薯条，她盯着它良久，意识到自己已经受够了这两天的提心吊胆。正好明天清明，事不宜迟，她从沙发上跳起来，开了电脑到网上订票。

上午九点，时间也好。

按下确认键，然后是一阵大逃亡似的行李打包。

第二天上飞机前，她才突然想到要回来的许晨，给她打电话，关机，想来她还在飞机上，于是发短信给她，说："橙子，我去旅游了。北上，感受历史气息。不用找我。"

简洁明了，发送，然后关机。

那一刻，她才轻松舒下口气，第一次为自己的冲动感到期待。

（六）她离幸福那样近

人生地不熟的，亦欣就这样独自到了目的地，拿着地图在街头发呆。

A市。

邵楚意看了看手机上的来电显示，按下接听键。

"怎么样？"

"没有看到人。"许晨第一时间通知了邵楚意，正好单程在北京出差，他就拜托单程留意。

"怎么会，早上只有这一班飞机到北京。"

"确实没有，或者，她临时变了主意？"

"好，我再看看。"挂了电话，邵楚意瞬间没了工作的心情，直接将电话接到外面，说，"Sandy，帮我查一下林小姐乘坐的航班。"

他说过不查她，可这个节骨眼，他不能再让她跑了。

"邵董，林小姐乘坐的是早上九点去开封的飞机。"

北上，感受历史气息？开封？邵楚意苦笑着揉了揉额头，她还真是……

清明时节雨纷纷，开封没有下雨，但天气也是阴霾欲雨，亦欣乘坐晚班车到宾馆的时候已经是灯火微明的傍晚，刚进宾馆没多久，外面便淅淅沥沥滴落下雨来，她站在大厅里看向窗外，不免暗自庆幸。她这个十足路盲，此刻终于算落了脚。躺在宾馆床上，她开始再次翻地图，决定明天要去的景点。

各种迷茫各种未知，在此时的她看来却是令人兴奋。

都说北京是帝都，可亦欣总觉得作为首都的它如今太闹，她懒，也喜悠闲，选地方不爱闹市却独钟意小城。这里被称为“北方水城”，三千多年的历史，而今昔日繁华不存，听说不少遗址也被黄河吞没，城市也不新，与世无争。但毕竟是七朝古都，还是留了较多的历史名胜。古街古宅，古墙古园，自有一番磅礴神韵。

第二天细雨绵绵，沾衣欲湿，亦欣也不打伞，雨气空濛迷幻，这时赏景，那古朴建筑被雨洗得清新，倒别有一番画意。一天游览下来，亦欣很是满足。从入住起，宾馆老板就不断向她推荐这里的小吃，傍晚闲下来，便依言逛到鼓楼夜市，尝尝那有名的美食。许是太有名了，晚上过去，人头攒动，各色味道窜入鼻息，看着他人大快朵颐，亦欣反倒有些无所适从，只想起那句“热闹是他们的，我什么也没有。”

她笑笑，择了原来的路回去。没吃晚饭，肚子竟也不觉饿，反倒是心里空落落的。独自走在深夜宽而无人的马路上，起初游玩的兴致也渐渐淡了下去。

这样暂时的麻痹，竟也撑不过几天。

她一脚踢了路边的石子，嗒嗒嗒——单调的几声滚动，石子擦过路灯，慢慢消失在夜色之中。在陌生地方，她走路必须打起十二分精神，如今信步而行，等回过神来便毫无疑问的迷路了。亦欣想凭感觉绕回去，可印象中离得不远的宾馆走了很远依然看不到任何到达的希望。她发现自己始终围着一个硕大的公园转圈，方向感越来越混乱，或者压根说是没有。心里一急，索性就坐在了公园边的长椅上。

虽然知道宾馆就在附近，可再不济就打的嘛，现代交通如此发达，这样一个缺点完全可以弥补，可是现在，她累了，只想坐着休息。应该是农历月初，月亮弯弯的像被修坏了的眉毛，旁边零落的几颗星星看上去遥远疏离得令人难过。亦欣不由想起个冷笑话来，说空姐问小朋友，飞机飞那么高，为什么不会撞到星星呢？小朋友就答：因为星星会闪啊！

分明是回暖的季节，她还是不自觉打了个寒战，仰头扯出个笑脸，还真是冷呢。她盯着天上那些不会闪的星星，心想自己此时算不算流浪在开封的街头呢？

其实，真的，流浪在北京的街头应该更有意境。

不知道此时邵楚意在做什么，他醒来后会是什么反应呢？亦欣抬头看天，眼前不由浮现出他的脸来。

她暗暗叹了口气，低头去摸口袋里的手机。按了几下屏幕都是漆黑，才想到自己已经关机。这么大了还玩失踪不太好吧？她心里这样想着，于是去按开机键。一分钟，两分钟，手机握在手上良久，却是一点震动也无。心中失落，拿着手机左右摆弄，后来翻出最近联系人，第一个是许晨，然后……竟就是邵楚意。她确定自己已好久没和他联系了，可这样靠前的名字，让她不由暗自嘲笑自己有多么的与世隔绝。到头来她还是想多了，不是她闹失踪玩神秘，而是旁人早已将她遗忘。

她的人生，怎么总那么悲戚？

雨后空气清爽，夹杂着淡淡的泥土味道，她深吸口气，仿佛做了什么大决定般，庄重地按下拨出键。

"嘟……"刚响完一声，手机那头就传来他略带沙哑的声音："亦欣？"

其实犹豫的刹那，亦欣想过很多种结果——比如这时候他可能休息了，所以手机在响了很多声后会传出："对不起，您拨打的电话暂时无法接通。"

或者他正搂着另一个女人参加宴会，于是在响了很多声后传出："对不起，您拨打的电话正在通话中。"

或者他们现在正是激情时刻，那么，电话在响了一两声后就会传出："对不起，您拨打的电话已关机。"

她像小女生一样惴惴猜测各种结果，可万万没想到邵楚意会马上接起电话，一时措手不及，陷入慌乱。

见她良久没说话，邵楚意反倒有点担心，问："怎么了？"

"没……没什么。"她快速吐出几个字，然后便是沉默。

良久。

仿佛彼此都做了艰难的心理挣扎，他说："亦欣，我想你了。"

她也说："我不知怎么就想到你了。"

几乎是同时开口又同时愣住。

她想，这时候，他会在做什么呢？

"我想你了，早点回来好吗？"邵楚意低低的声音带着不尽的温柔。

"嗯。"唯一一次，她没有拒绝没有违抗，只是答应。她是真的想他了，虽然知道他看不到，还是握着手机点头。

邵楚意一愣，想来也是没料到，过了一会儿，才问："亦欣，你在哪儿？"他像是急着在走路，话中还略带喘息。

"开封。"她说。

"然后呢？"

"然后，我不知道了。"

那边传来轻微笑声，问："迷路了？"

“你怎么知道?”

“我当然知道。”他在那头笑，见氛围转向轻松，于是接着道，“我还知道你常丢三落四，但又恋旧，收了好多破铜烂铁不肯丢；酒量很差，却还偷我酒喝；容易感冒发烧，但一点都不怕打针吃药；喜欢家的感觉，可是又总患得患失。”他顿了顿，语气更柔缓了些，说，“我还知道你爱我，却怕自己爱得太迟。”

他的话仿佛就呢喃在耳边，亦欣听到自己心跳慢慢加快，砰砰砰，渐渐的，仿佛擂鼓一般。她在紧张，虽期待，嘴上却说：“怎么老是转折句啊？我不爱听。”她看不到他，头顶是寂寥天空，身旁也是沉寂一片，可手机那头的他已填满了此刻整个世界，让她知道自己还有人可以依赖，可以倾诉，甚至可以耍小性子。

这就是恋人的好处，可她，却到现在才尝到。

邵楚意笑，接着说：“你喜欢画画，所以才那么支持小乐；喜欢阳光，常窝在阳台上晒太阳。不怎么会做菜，速度慢，也不爱穿高跟鞋。”

亦欣左手紧紧拽着手机，没说一个字，心却一下下被敲击，正泪眼婆娑，眼前朦胧出现双脚来，她惊讶着抬头，对方正同样握着手机，笑容中带着点欣喜与无奈：“做错了事还专爱逃跑。”

“你……”她想问，你怎么会在这儿，可话到一半却觉得没有意义。她不再想要知道为什么，只要他在，就好。

她记得有人说过：一个男人如果真的在乎你，那么，他翻遍全世界都会找到你。

找到她，邵楚意有太多快速简洁的方法，可亦欣更不要再管过程。她只知道，他在找她，并且找到了她。

邵楚意在她面前蹲下来，伸手去擦她眼角的泪水，说：“应该是我哭才对吧？我可都是你的人了，这次再不能让你逃掉。林亦欣，我要你看着我的眼睛告诉我，遗忘一个夏萧默，你用了七年。那我呢？爱上我，你要多久？不管多久，我都会等。”

他们不再年轻，再等不起，可他说，不管多久，他都会等。这不是年少时不知轻重的承诺，相反，这里面，包含了太多重量。

她动了动嘴唇，说：“已经够了”。

声音很低，但他听得见，抚上她脸的手一时僵硬，小心地问：“什么意思?”那一刻，他只觉得忐忑不安，此刻不如从前的分分合合，他有预感，这个答案，会是最终的决定。

仿佛是等了好久，他听到她说：“我突然想起，距离我们第一次见面已经一年了。”亦欣望进他的眼睛，那里承载了太多情感，是她从前不敢也不配承受的。可她知道，有一份感情，她渴望却时常错过，她在意却不敢在乎，但现在，她开口，说：“爱上你，我用了一年，整整一年，刚好一年。”

人，大抵总要摸爬滚打一番，才晓得什么是自己想要的；总要吃些苦头付些代价，才明了哪些是自己不能舍去的。她与他的爱情，并非一见钟情，并非惊天动地，只是就这样自然地发生了，成为她生活的一部分，渗入她骨血当中，再也割舍不开。

张爱玲问：踮起脚尖，我们就能离幸福更近一点吗？

这个问题，林亦欣不能回答。可她知道，她只有踮起脚尖才能吻到他。她看着他，想要试试这一次，自己能否靠近幸福……

邵楚意想过的，想过他最终会让亦欣点头，可不管曾经想过多少遍，当答案来临，他还是不敢置信。在酒醉之后，亦欣再一次吻他，这一次，比之前稍有了经验，却还是生疏。

但没关系，未来还有足够多的时间。

雨过后的夜晚，清爽怡人。

他说：“你说的，你爱我，作为一名人民教师，不可以说谎。”

“嗯。”

“不许你再偷偷跑掉。”

“嗯。”

“不许再看着天空流泪。”

“嗯。”

“也不许对着我想到他。”

“嗯。”

“不许……”

“哪有那么多不许啊？”她被他问得烦了，终于反抗。亦欣从没想到有一天邵楚意也可以这样婆妈。

“对，就是有很多，很多很多的不许，我想太久了，必须把它们都列出来。”

“那我可不要你了。”

“已经来不及退货了。”

她和他，就这样了吗？亦欣觉得一切都太快，仿佛昨天还是离别，今天就又相爱。可其实也不快吧，这场感情，她等了许多年，伤过、痛过、错过，直到现在，终于等到了归宿。

【霍雨祺番外】

似水流年，我们只是地平线

二〇一一年盛夏，霍雨祺站在邵氏公司门口，见证了她最心爱男子的爱情。

隔天，她飞往纽约，商量订婚事宜。

二〇一一年深秋，纽约天主教堂，迎来了她盛大的婚礼。

穿白袍的神父站在圣殿的祭台上，慈祥和蔼地询问台下的一对新人。

“谢君筠先生，你愿意在这个神圣的婚礼中接受霍雨祺小姐作为你合法的妻子，一起生活在上帝的指引下吗？你愿意从今以后爱她，尊敬她，安慰她，关爱她，并且在你们的有生之年不另作他想，忠诚对待她吗？

她听见旁边着黑色婚礼服的男人低沉的声音：“我愿意！”

然后，她又听到神父同样的说辞，以及她自己的誓言——

“我愿意。”

第二天，他们一同飞往意大利度蜜月。

这就是霍家千金二十八岁时的婚姻，在外人看来，虽是家族联姻，却也是郎才女貌，琴瑟和谐。

“就这件吧。”

“邵先生，不好意思，这件衣服刚被定下了。”

“是吗？”

“霍小姐，您来了。”

霍雨祺一进旗舰店，就看到了站在不远处的邵楚意。婚后第一次回国就见到他，真不知道是缘还是孽。

服务员已早早迎了上来，将刚包装好的衣服双手递过：“霍小姐可真有眼光，这件是独家设计，本店也仅有一件，刚刚邵先生也看上了呢！”

她看到他迎面走来，恍惚间，霍雨祺想起自己第一次见邵楚意。

那时她还读初三，邵父带他到家里拜访。她已经厌倦了这些所谓拜访，因而并未将他放在心上，以中考复习为由不愿陪他。她是高傲的小姐，可他，竟也没有正眼看过她。

她记得那时邵楚意一直站在院子里的一棵树下，双手插兜，背挺得笔直。

他有着超越他年龄的成熟稳重，霍雨祺清楚记得，邵楚意在那儿站了整整一个下午，而她，竟也傻傻站在二楼窗边，看了他一个下午。

后来她想，或许这便是一见钟情。

之后他们并没有过多的接触，邵楚意很快便出国留学了，她比他小，可也跟父亲要求出国，父亲疼她，什么都听她的，于是她也去了，却不是与他同一所学校。她喜欢他，可她也清晰知道还不是时候，所以不想让自己表现得太过明显。她需要的，是慢慢融入到他的生活之中。

她很有分寸，于是两人的关系越来越好。

那一年邵楚意回国，她还在国外，趁放假回去看他，就发生了那件后来一直被人传言的事情。

所谓的美女救英雄，却没有一个人知道这背后的故事。有时候听着他人绘声绘色的描述，她真希望那些故事都是真的。可事实，不是这样。

那是她第一次见邵楚意发脾气，不，应该说那时的他，几近愤怒。继母几乎是跪下来求他，他才松了拳头。

那天本是邵父的生日，邵父在家中设宴，她自然去了。邵楚意的继母带了一个儿子，由于以前的家庭问题，这个孩子患有轻度的精神分裂症，他在楼上看到了邵母的遗像，不知怎么就当着邵楚意的面把照片给砸了。那时她正挽着邵楚意的手，清晰记得他的身体慢慢紧绷，然后他放开她，一拳揍了上去。虽是小宴会，但参加的人也并不少，之后的场面可想而知。

霍雨祺还记得那天，盛夏中午，人在门外站一站都会被晒伤，可她陪着邵楚意在外面站了整整一个下午。他不让她陪着，她便站到远处，情景仿若两人的初见。

他不说话，她便陪他沉默。她记得他拳头上还残留着鲜血，随着汗液一点点滴到地上，殷红刺眼。

直到夜色笼罩，她几乎再看不清地上的血，才慢慢走到他身边，抱着他说："楚意，我们在一起吧。"

那并不是最好的时候，可那时候，她就是想说。

她记得他的回答，他轻推开她环抱着的手，说："雨祺，我不会相信感情，爱情、亲情，都不相信。所以，对不起。"

他不相信，没有关系，她会陪着他，直到他相信，霍雨祺坚信自己有这个能力。她一直在等，可最后等到的，却是林亦欣的出现。

她多少次回忆两个人的过去，想不通为何是她。一个不相信感情，一个逃避感情，这样的两个人，如何能在一起。就是到现在，她也不服，可上天就是这样安排了，她是他的红颜知己，却永远不能是爱人。

她的爱情，从萌芽到成长，不过是刹那之间。可期间的一点点靠近，却用尽了她最美好的时光。

"回国了？"邵楚意不知何时已经走到她身边，将她从回忆中唤回。

他们之间，还有很多很多的故事，可如今，一切都将尘封。

她从容地微笑点头，道："怎么？你亲自出来逛街，还是……"环顾了四周，却没有看到别人，她不禁自嘲一笑，从服务员手中接过袋子，却是递给了他，"刚回来，算是我的见面礼。"

邵楚意也不推辞，道："多谢，有空出来聚一聚吧，秦邺还一直抱怨你瞒着他结婚呢。"

她灿然一笑，说："好。"

他和她的故事，就这样结束了。

而和他，霍雨祺看着不远处开车来接自己的人，又会否有故事呢？

【夏萧默番外】

回忆之前，忘记之后

夏萧默是从何时喜欢上亦欣的呢？有时，连他自己都不清楚。

但他清楚知道的是，她一直都在他的记忆中，哪怕有时只是淡淡的一抹影子，却也从未随时间消失过。

印象中有关她最深的回忆，是一个夏日的共处。他永远都记得那天凉爽的夜风，漫天星光，以及星光下的她。

那是八月的流星雨。

社中外地的成员都已回家，只有几个本城的，相约到学校天文台观测。他是社长，自然也在其中。彼时，他刚见着自己的亲生父亲，心情不算激动，却也不完全平静。然而在他人眼中，他一直都是这样淡淡的，因而也并未有人看出端倪。

观星要等到半夜，可社员们差不多十点就到了，在天文台中兴致勃勃地笑闹着，倒也让他不觉轻松起来。其实校天文台并不大，中间又被天文望远镜占了一半，大夏天人挤成一堆更是格外闷热，可那晚男男女女打闹在一起，早忘了环境的恶劣。

当凌晨星光划破漆黑的夜空，大家都欢呼了起来。他也微笑着去看天空，身旁有许愿的，也有凑在望远镜前观测的，他余光轻瞥，就看到了她，却是正隔着那星光望向自己。

等到他疑惑着转头，亦欣已移了目光。那一刹那，仿佛只是她在看流星时不经意的带过，又仿佛，只是他的错觉。此后她再没有侧头，可他透过那璀璨的星光看向她，明灭星辉中清晰而熟悉的身影，却让他觉得有什么触上心头。

后来，大家就靠在墙边睡了一晚。早上五六点钟醒来，夏日清晨的阳光已经照耀开来，他最早起，在天文台前的走廊边站了一会儿，回过头时，就看到她一双眼睛正看着自己。

这次，不是幻觉。

见被自己发现，她也有些尴尬地低了头。

他心中一震，却分不清是什么情感，停了片刻，才微笑说："醒了。"

"嗯。"她抬起了头，一张脸仍是那乖巧的小学妹样，可萧默分明觉得有什么在改变，不知是她，还是自己。这样的氛围，哪怕是去年冬天与她一同从图书馆来回半个多月都未曾有过。

大学里，夏萧默并未想过恋爱，所以当爱情接踵而至，他还来不及察觉。

他记得亦欣当时小心翼翼地避开了地上横七竖八躺着的人，然后走到自己身边。清晨的空气异常清爽，应是昨晚睡觉的缘故，她放下了一向扎着的长发，发丝吹乱在他眼前，她仍略低着头，手指在身前绞着，似乎不大习惯此时彼此的沉默。

良久，她才找到话题，道："我去给大家买些早餐吧。"

他想都没想就应道："一起去吧。"

后来走在路上，两人却都没怎么说话，她只问了一句："学长好像有心事。"一句话，解释了她看他的原因。

五年后重见亦欣，夏萧默又想起了当时的情景，可自己那时究竟有没有回答，他却怎么也记不清了。

那应该不是他第一次注意到她，可夜晚星光中他看她的侧脸，清晨她低着头的片段，停留在他脑海中再也挥之不去。

那样一种情感，多于好感，但是爱吗？当时的他，该是迷糊了吧。

他很细心，记得她的生日，她的喜好，她说过的每一句话，也记得更懂得她的开心与失落，可他唯一不知道的，是她也爱他，并且比他多得多。

直到临近毕业的那一晚。

依旧是夏日，气温却一反往年的温和，变得异常闷热。他和几个好友毕业聚餐，也邀上了叶子琳。那晚所有人都醉了，最后他送子琳回去，在路上，她倚在他肩头，突然说："萧默，我爱你。"

他有些惊讶，但他们是从小玩到大的青梅竹马，有好感也是难免，他调整姿势扶好她，并未将这话放在心上。待扶着叶子琳上了出租车，然后接着，他听见她说：“比林亦欣多得多。”

叶子琳醉了，夏萧默却因为这句话清醒了一个晚上。

大四时他住校外，因为回校已晚，子琳那晚便睡在他宿舍中。他坐在沙发上等她醒来，第一句话便是：“你昨晚说的，是什么意思？”

那一晚本该是属于叶子琳的表白，可夏萧默一心全在了林亦欣身上。他不断想着子琳的那句话：“萧默，她爱你。”

萧默第一次见到子琳哭，也是在那个清晨，但他早已忘了要追上夺门而去的她。子琳的一番话，为他揭开了很多东西，那本就是他即将离开前内心久放不下的所在，再加上那晚酒精的残余，他在宿舍中独自睖睁了好久，等清醒过来，已是站在了女生公寓的门口。

他并没有联系亦欣。

他只是站在门口等着，仿佛是要上天给自己一个决定。

但很多时候，天意总是弄人。

夏萧默从来是最细心的，可那一天，他没有发现从外面回来时亦欣眼里的落寞，看着她从对面走来，他就已经慌了。他从未这样冲动过，没有任何准备，甚至没有任何思考，只傻傻地等在门口，等着她走近，然后跟她说那样一句话，甚至，不敢用“爱”字。

他说：“亦欣，我喜欢你。”

那时，他完全忘了自己曾经有过的许多顾虑。许多个日子里，他一直以为是自己默默心动着，他何尝不想让亦欣知道自己的心意，说出一个“喜欢”或者“爱”字可以很简单，但那之后呢？他马上就要离开，他明确知道，那样一句话，在那样一个时候，是多么的不负责任。

于是当他看到亦欣慌乱逃开，萧默最先想到的不是追上去。

站在猛烈的阳光下，他突然清醒。意识到两年来亦欣对自己可能拥有的情感，意识到自己的不合时宜，更意识到自己当前所能给予的以及不能给予的。

他遇上她，并不在对的时间。

离开之后，他希望她幸福、快乐。他送她明信片，以履行那个可能不再有人去实现的约定。有时，他也觉得自己可以忘记，但无数个夜晚后，他才知道，原来忘记之后，还有梦。他不断想起他与她相处的很多瞬间，一点点，一丝丝，在过了很久后沁上心头，让他舍不得，放不下。

萧默曾想过与亦欣的再见，她应该还是那个扎着马尾爱低头的女孩。五年时光，对他而言似乎眨眼即逝，可他忘了，将近两千多个日子可能承载的改变。在叶子琳不离不弃陪伴他的那些时光里，他竟忘了去想，她也该是有人陪伴的。

不是所有的期待与梦想，都可以重现；也不是所有的话，都来得及告诉。

第一次在舞会中见到亦欣，萧默就知道自己已经晚了。

之后，邵楚意来找过他，却不是为了纯粹的摊牌。相反，他对他讲了很多事情，包括亦欣那五年来难以割舍的情感，她的痛苦以及逃避。起先，他并不明白邵楚意的用意，但很快他便发现，那是另一个爱她的男人在宣布自己对她的关切与呵护。他可以从邵楚意身边带走她，可以轻易唤起两人曾经的情感，但五年来她的伤，他已来不及弥补。他的爱情，在多年后从迷雾中挣扎醒来，却注定只是不能永恒。

五年后他们的相遇，发生在冬季。或许这一次，上天做了一个正确的决定，来宣告这场爱情的无法萌芽。一如那些个冬日的夜晚，她隔着单车满怀心意地走在他身边，他却未能察觉。

他与亦欣，大约便是彼此生命中一场命定的劫数，充满着美丽，可注定失去。最后一晚躺在草坪上，他又恍恍惚惚想起了从前。一切似乎又回到了记忆中，大学最后的三个夏天，他与她初逢，见到星光中最美的她。

最后，与她分别。

图书在版编目（CIP）数据

谁的等待，恰似花开/王火火著. — 北京：光明日报出版社，2012.5

ISBN 978-7-5112-2208-4

Ⅰ. ①谁… Ⅱ. ①王… Ⅲ. ①长篇小说-中国-当代 Ⅳ. ①I247. 5

中国版本图书馆 CIP 数据核字（2012）第 041861 号

谁的等待，恰似花开

著　　者：王火火　著

出 版 人：朱　庆　　终 审 人：孙献涛

责任编辑：高　迟　郭玫君　　策　　划：丁文明

封面设计：深海设计　　责任校对：丁文明　蔡正宫

责任印制：曹　净

出版发行：光明日报出版社

地　　址：北京市东城区（原崇文区）珠市口东大街 5 号，100062

电　　话：010-67078250（咨询），67078270（发行），67078235（邮购）

传　　真：010-67078227，67078255

网　　址：http：//book. gmw. cn

E - mail：gmcbs@ gmw. cn　guomeijun@ gmw. cn

法律顾问：北京市洪范广住律师事务所徐波律师

印　　刷：北京大运河印刷有限责任公司

装　　订：北京大运河印刷有限责任公司

本书如有破损、缺页、装订错误，请与本社联系调换

开　　本：690×975　1/16　　印　　张：15

版　　次：2012 年 5 月第一版　　印　　次：2012 年 5 月第 1 次印刷

书　　号：ISBN 978-7-5112-2208-4

定　　价：26. 80 元

版权所有 翻印必究